石上柏

明臣题

中财散文集

周爱武 主编

文化藝術出版社
Culture and Art Publishing House

我的反省（代序）

边锡明

诚实。诚实源自于真诚与真实，真诚与真实是一胎双胞的孪生兄弟，他们有一个共同的祖根，乃是真性。真诚是为人的根本，真实是做事的根据。真实真诚，基业永恒。观照自己，我跟真诚与真实却时有疏远，鲜有深刻，中财精神倡导了十多年，然而，其实践的广度与深度足以映照出自我修为的厚度与高度。因为道理总是如此的简单，文化的缺失往往肇始于高端。

认真。中财试图生发于真姓的祖根之上，所以便会努力去认真。这是中财的初志本心。认什么真？论为人，就是对真情的追寻；论处事，就是对真理的追求；论学问，就是对真知的追问。真情、真理、真知，恰似三山五岳，经历沧海桑田的变幻才历练得气象万千，或险峻雄奇、或秀丽和美、或白雪皑皑、或林色如波。面对真情，我是如此的轻薄，只有敬畏；面对真理，我是如此的浅薄，只有敬畏；面对真知，我是如此的微薄，只有敬畏。

谦让。谦让是仁爱的修为，宅心仁厚，古道热肠。能立立人，能达达人，是谦让文化的精髓所在。孔子说，夫仁者，己欲立而立人，己欲达而达人。能近取譬，可谓仁之方也已。这是人生的至高境界，人类精神的光明顶，峰回路转，亦幻亦真。因此，对一个组织的首脑而言，内生责任与内在使命是其修身向善的重要起点，他必须有勇气与能力做自己人格的主人，主动承担使命与责任，免除来自人性阴面的傲慢、贪求与恐惧，把勇猛变成弘毅，把聪明变成睿智，任重而道远，继往而开来。

是为反省。

2007年12月1日

目 录

东张西望

爪哇岛

张望是父亲给他起的名字，取东张西望的意思。很好。

不知道他父亲何以能搓着双手上的泥巴，裤脚上沾着草叶，偶作哲思就想出了此名字。一个人的名字，总是寄予着上辈人对孩子的某种希望。给孩子起名张望，是一个老农在提醒孩子，过日子要时刻注意东张西望，寻找属于自己的机会和方式。可见，即使是田间劳作的老农，对生活的要义也有着极为深刻的体验和理解。

小时候在乡间草丛里有一种鸟，毛色土灰，肚子上的毛色是靛蓝的，略小于麻雀，叫声清脆银亮。我们没有一个人捉到过这种鸟。这种被叫做靛雀的小鸟，有着极为灵活的脖子和十分机警的双眼，它总是闪电一样在草丛和天空里飞来飞去。你刚要眯着眼去找它的影子，它已经在另外一个地方清脆地叫了起来。它不但飞得快，轻巧敏捷，而且毛色近于土色，它随便隐在一块土坷垃旁边，只要不叫，你从它的身边走过也不会发现。后来学习鲁迅的《故乡》，里面提到了“叫天子”，我就疑心是它。

在生活场上东奔西走，图谋生计，便会渐渐失去警觉，蔓生麻木和疲惫，懈怠之心日甚，但那些隐藏的枪口并不因此而消失，大到天灾人祸，小到鸡毛蒜皮，都会让人马失前蹄，轻者做了人质，重者遗憾终生。

有一年，我在一个叫肖庄的小学校里教书。学校在村子的东北角，与村子隔着一大片水湾。学校里有七个老师，男老师老少全算上只有三个。我们的话题已经逐渐聊到了几近于无。郁闷时，我就站在小院里看看天，偶尔去校外的水边站站，我感到了生活的乏味和疲惫。有一天，同村的同学和他的妻子到水边去脱坯。他的生计很艰难，家里连个院墙也没有。他们从早晨一直干到了中午，放学的时候，不知道为什么他们忽然吵了起来，越吵越厉害，最后又动了手，弄得两个人浑身上下都是泥水。很多学生都跑去看，他的妻子哭着回家了。

他们忙活了一个上午，肯定都累坏了，脾气也都变得很坏，因为对方的一句话，就忽然发泄出来，拿对方撒气。我替他们感到难过。他们都是为生活所逼的人，本来应该同病相怜，却把不满都撒到了对方的身上。据说，他的妻子从小没有父母，跟着哥嫂生活，但关系并不是很好。

好在这个同学后来终于走出去，在外面做些事，生活也日渐宽裕，到了这时候，他才晓得要疼他的妻子。生活的巨大压力总会使人在疲惫中迷失方向，而要挣脱这种压力，又是多么的不易。

一个饱食终日的人很难体会那种挣扎于底层的艰辛和痛苦，他们总习惯于对别人指手画脚，说三道四，这些满面油光的人永远也不会知道，被几元钱难住，被一个小事难住，被生活的激流冲到夹缝中进退不得的无奈和耻辱。

一对农民夫妇承包了十几亩麦子。麦收时为了省钱，完全是手工收割。有一天割麦到了中午一点多钟，两个人都又热又渴又累，但仍挣扎着装满一车麦子顺路拉回家，到了麦场，丈夫坚持不卸车立刻回家休息，但妻子却坚持要卸完车以后把车拉回去，一气之下，丈夫说要卸你自己卸，说完扭头就走。妻子一个人坚持着卸完了一车麦子，已近虚脱。她拉车回到家，什么也没有说，一个人躲到里屋，简单地收拾了一下，到小屋子里喝了农药……

事后，有人评论她太傻，那么多苦都受过来了，卸一车麦子算得了什么？再忍一下就过去了，犯得上为了一车麦子把自己的命给送了吗？话是这么说，事实上，当她一直在过这种日子的时候，羞恼已经不止一次地蓄满心胸，而她对未来的失望却一点点积蓄起来，当这种堆积到了她难以承受的时候，她就很轻松地选择了轻生。而这车麦子，只是一个由头而已，没有它，别的一件什么小得不能再小的事情，也会成为这个悲剧的导火索。

说实话，从我的同学夫妻吵架那天起，我就一下子学会了远观生活。当局者迷，旁观者清。当我们被生活这条狗追得连喘息的机会都没有的时候，极容易慌不择路地逃进死胡同。只有在奔波劳碌中悄悄离开自己及所处的位置，远远地站到一个更高一点的地方，回头看看这些纠缠不清、错综复杂的烦恼，才能看清以前的来路和今后的日子。退一步真的是海阔天空。这样的远观，亦不至于一叶障目，因为一时的艰难而迷失自我。

很欣赏一个乡村教师的达观。他对自己评级论职中的失败态度淡然，对大家的明争暗斗不屑一顾。他说，人这一辈子，说来说去都是这几十年，中间这些杂绊，无非是你今天往前多跑了几步，我明天加把劲又赶过了你，但是不管怎么说，最终的结局，是大家都到山顶上聚齐，因为一时的不满足就要去互相打破脑袋，真的是不值得，犯不着。他甚至举了身边众多的得意者和失意者，总的看去，果不其然，甚至一些当初的春风得意者仅仅几年工夫便一落千丈。没能笑到最后的真是举不胜举。

不是你不明白，是这世界变化快。如今的三十年河东三十年河西已经缩短为三年河东三年河西。所以，得意时你未必就走的是康庄大道，艰难时也未必就全是激流险滩。一不留神，你就碰到了柳暗花明。

因此，你不能失去自己的警觉，更不能无故自馁。

当初，我们曾经无数次地靠近那只"靛雀"，重重地包围，全力以赴地攻击，甚至不少次我们都动用了破渔网，但最终，没有一次得逞。那只鸟机警而沉稳地粉碎了我们自以为是的种种阴谋，它总能捕捉到我们的漏洞，并成功地安全飞离，找到属于自己的那片天空。

它依然清脆而响亮地欢叫，剩下我们这些布控者茫然而无奈地愣在那儿。

因此，你应该坚信，就算是一片乌云，嚣张而狂横，也没有办法永远都笼罩在你的头顶。你依然是你，一只欢快的叫天子。

所以，你要生存，就要机警地东张西望。你只有在机警中，才能辨清那些飞石的来路，准确地躲开。

东张西望，一个农民的美好愿望，其实又何尝不是我们每个人的愿望？东张西望，多好，深刻而凝练。而它出自一个躬耕于田间的农民之口，更让我们感叹它的质朴和深邃。

只要你还没有失去信心和勇气，就时刻机警地东张西望，于我们是多么地重要。

事实上，一旦事过境迁，你就会发现，当初的荣辱是多么的可笑和无聊，它甚至不比一条路狗对你狂吠几声更怕人。

（2003年11月21日首发中财论坛）

爪哇岛，本名刘光辉，男，1968年4月出生，现居山东平原，本科学历。1993年就读北京鲁迅文学院。中国散文诗学会会员、中国诗歌学会会员、山东作协会员。出版散文集《纸上的故乡》。

1968：献给一个疯女人的红色石榴

海男

我在一个墙角发现她时，她正叉开双腿，躺在墙角的一道阴影中。她并没有睡觉，而是在傻笑着，她的笑竟然如雨后的阳光般灿烂，而她那满脸的污痕说明她已经有很长时间没洗脸了。

疯意味着什么呢？从我看见她的那一刻，她就居无定所，不停地改换栖居的角落。当然，这是傍晚到夜晚的过程，而白昼，她却异常地活跃。从我见到她的那一刻，就没见她穿过鞋子，她赤着脚，脚趾头像一种猫爪，而她的手像一种扇面。当她的脚趾和手指彼此摇摆时，她好像是在跳花灯舞，仿佛又在跳忠字舞。

我一会儿看着她的脚趾头，一会儿又看着她的手指间展开的扇面。在我的成长史中，我已经是第二次看见疯女人了，所以我并不畏惧。她当时的年龄并不大，25岁左右。当她跳舞时，大人和孩子们都会不知不觉地站在周围。所有人都在目睹一个疯女人不正常的人生游戏，所有人都在悲天悯人中追究她从哪里来，追究她发疯的缘由。每当人们议论纷纷时，也正是疯女人陶醉在她的错落舞步中的时候，她的脚趾头永远像猫爪般伸开，她的手掌永远像扇面般张开……

她已经丧失了痛苦、绝望，甚至是疼痛。有一天，我看见她从一片打碎的瓷器中经过，她的脚趾头出了血，即使她疯了，她的血液仍然是红色。这是她作为生命所存在的一部分。

她是从哪里来的，没有人知道，没有人看见她来的路，只是当我们睁开双眼，在我们的现实中增加了一个疯女人而已。她有一张瓜子脸，下巴尖细，就像一片月牙，而她的双唇总是泛出猩红，一种不正常的红，一种生病的红。她已病入膏肓，依然在跳，她有两根长辫子，黑乎乎的辫子远远看去垂在肩上，摇摆着她存在的境况，她像阴影般显示出活力，一次又一次地跳，累了时就蜷曲着，寻找到一个角落。

有一天，她就坐在金官公社一家铺子门口，那是雨天，我慢慢地向她走去，把手中一只还没来得及剥开的石榴放在了她膝头上，当时她正在打盹。然后我藏在对面的铺子门口，观望着她。我只是想看看她如果发现膝头上有一只石榴，会不会高兴，如果是我的话，我肯定会高兴。1968年，我已经开始研究人性，通过我来研究发生在别人身上的人性。

在难以捉摸的境况中，她醒来了。当她结束一个困倦姿态时，她似乎又重新回到了人间。她看到了，她的双膝轻轻地、微不足道地战栗了一下，鲜红的石榴从她双膝上滚了下来。她神经质地惊醒，以及神经质地跳了起来，随即扑向前，把整个身体扑向前——去触及那只石榴。

这个女人的姿态从那一刻就永远地难以消失在时光中，永远地占据了我记忆中的镜头。当她用手触摸到那只石榴时，我竟然在她脸上看到了那种天真、单纯得像清晨露珠般的笑容，她把那只石榴捧在手上，并不急于去剥开它的皮。她站了起来，那个午后，她刚结束最困倦的时刻，她打了好长时间的盹。此刻，她又要开始她的生活。

她的所谓生活就是一种发疯的状态。她已经在这座小镇住了很长时间，人们都已经习以为常她的生活状态了。当她跳舞时，观看的人已经越来越少了。她似乎并不孤单，依然跳啊跳。从猪铺门口的石板路跳到卖鸡巷中去，又跳到四方街的水井旁边，甚至她还趴在水井边缘照镜子。迄今为止我都不知道，我送给她的那只红色的石榴有没有被她的手剥开。如果剥开石榴的话，她的唇一定会为之战栗。

即使是一个疯女人也不会失去用唇尖、用牙齿品尝美妙的感受，而且，1968年我对石榴的品尝感受是独特的。当我剥开一只石榴时，那只石榴在之前已经被小哥哥摘下。当他攀在石榴树上摘下那一只只红色的石榴，把它从手上抛掷到我的篮子里时，我的唇已经开始尝到了那种甜美。

剥开石榴的皮，一粒粒粉红色的错落有致的石榴籽就会展现在眼前。我要感谢我的父母，在一个特殊的时代，把我抛入了一个与众不同的世界。一个可以看见繁星、石榴树和乡村田野的世界。那个世界在我成长的时候培养了我，在我饱受苦难的时候让我品尝到了石榴的甜美。

也许基于这种原因，我想把我感受到的那种甜美让那个疯女人品尝到，然而我看不见她剥开石榴的时刻，那只石榴就已经看不见了。为了实现我的这种美好愿望，我又捧着另一只刚刚从树上摘下来的石榴，那只石榴甚至还充满着露水。这是拂晓，小哥哥一早就摘下石榴送给我，以安慰我那颗跳动的心。

我选择了拂晓，一个刚刚醒来的梦，一个不被别人的声音所干扰的时刻，前去寻找疯女人，在我印象之中，这样的时刻她总是会睡在金官小镇的一个角落。她无家可栖居，她到处漂泊，所以她搜寻的世界是一张网，她的夜晚是店铺里的一个角落。

然而，那天早晨我寻遍了所有的角落，就是没有看见疯女人的影子，搜寻不到她的身体，我有些失望。突然，空气中洋溢着一种互相传播的声音，很多人用舌头、唇表达着那种震惊的同时，也在跑。他们跑向哪里去？他们为什么跑？我的本能也开始跑了起来，犹如1966年我在奔跑，跑向金沙江湾道中去看那具女尸。

终于跑到了四方街，黑压压的人群已经把四方街的水井包围住，我的心跳动不息，不顾一切地拨拉开人群，用我的小个子从人群中的空隙钻进去。我又一次看见了1966年的情景：一具女尸，一个疯女人刚刚被打捞出水井。她躺在水井的石板上，仿佛躺在柔软的青苔上，事实上，在石板的外围，长满了青苔。那光滑、毛茸茸的、性感十足的小镇青苔。我走过去，把那只石榴放在了她身边，便小心翼翼地跑了，我跑得很快，直到我扑进石榴树的影子下面，那天我痛哭了一个白昼。

（2004年2月18日首发中财论坛）

海男，女，1962年出生，云南省永胜县人，鲁迅文学院研究生班毕业，1980年代开始文学创作，在诗歌、散文、小说领域多有建树。主要作品有《疯狂的石榴树》、《虚构的玫瑰》、《请男人干杯》、《只爱陌生人》等。

褐色的陶

陈洪金

沐浴在滇西北明亮的阳光里，我怀念着一种陶，褐色的陶。

滇西北的阳光把一座小小的永北城照得透亮如水，一条叫做吉庆路的街旁，人群中的街市扬起的尘埃弥漫在低矮的屋檐下，堆放着的陶罐大如缸，小如拳头。敞开的陶罐，沿口上闪着釉光，每一片闪光中都晃动着一枚太阳。街上的人群中不断有人来到小摊前，弯下腰，蹲在大大小小的陶罐前面，搜寻一件满意的物品。出售的陶罐在行人的注视中，一件一件被挑选着，拿起来，再放下，拿起来，再放下。被挪动的陶罐彼此摩擦着，发出叮叮当当的声音，清脆而响亮。蹲在陶罐前面的人们，他们的身影也会在不经意中出现在那些釉光里，就是这些人，让我想起他们的先辈。

在滇西北的高山与峡谷之间，似乎所有的人身上，都有一种情结。在历史与往事的追溯中，从不会绕过铃声阵阵的马帮。一条路曲曲折折地穿过滇西北，成了它粗壮的腰带，马群走在红土灼目的山道上，茶叶、粮食、铁器、食盐、棉布、玉石、香料，在马背上来来往往，因此而养活了沿途中众多的村庄。这条路在滇西北穿过数以万计的村落，马帮边走边停，竹林和溪流、红土与岩石、木桥与溜索，遥远的路途使他们在风餐露宿中充满了对家乡的怀念与向往，于是，一种饮具产生了。

这褐色的陶罐，在烈火中经过了由泥到陶的烧炼，在旅途中一次次被置放在只由三个石头砌成的简陋的火塘边，被蓝色的火焰烧烤着。陶罐里的猪油沸腾起来，闪亮的油泡不断迸裂，米粒渐渐变黄，最后放进去的茶叶在沸油和米粒之间发出滋滋的声响，浓郁的茶香远溢。习惯了肩扛货物腰挎钢刀行走四方的汉子，长满了老茧的手，捏住陶罐颈间小小的柄，把陶罐从火塘边熊熊的火焰里拧出来，放在草地上，然后用一只小巧的铜茶壶往陶罐里沏水。陶罐里的水在瞬间沸腾起来了，轰然升起的白汽里，弥漫着焦米的浓香和茶叶的苦香。茶水在陶罐里冒着油泡万马奔腾。一字排开的白瓷酒杯里盛满了烈酒，空着的几个杯子，敞怀对着滇西北高远的天空。陶罐里的茶水沸腾了十多分钟，又被拧出火塘，沏进剩余的酒杯里。根据口味不同，茶水里分别加了盐或者红糖，有的赶马人在途中受凉了，于是又在茶水里加一些酒，赶马的人们，忙完了各自手里的活计，围着火塘坐下来，拿起茶杯，细细地品味异乡的生活。

在滇西北，马帮的存在，使得褐色陶罐成了赶马人不可缺少的生活器具。它们随着马帮在春花秋月的轮回中，一次次远走他乡，随着马帮的商品交流，这种陶罐也渐渐地成了滇西北茶马驿道途经各地的商品。它也可以为赶马人换回布匹、粮食、茶叶、铜板了。于是，在滇西北的永胜县一个叫三友的村庄，人们开始在作坊里生产这种陶罐，用模具制作，在瓷窑里煅烧，在马背上远走他乡。不计其数的陶罐散落在滇西北众多的村落里，还有一些陶罐，在我的家乡，当孩子们刚睁开眼睛的时候，就会看见它一直在冒着白色的水汽，把村庄里的时光弥漫得宁静而安详。那些留在村子里的陶罐，在火上烤了许多年，盛着茶水，久久在罐沿上沸腾着，却从来不会溢出来。那些长年累月烘烤在火焰上的陶罐，仿佛我的先辈们，对生活充满了热烈地想象和周密地算计，却总是不动声色。

陶罐在滇西北的时光如同一脉水流，不停地往前淌着，不经意地就流到我的面前来了。那褐色的陶器，还是闪动着柔润的釉光，朴实得像我的父亲。在窄窄的街道上，四面八方的山民泡沫一样在阳光里漂荡着，他们在堆满了陶罐的摊铺前面，蹲下身子挑选那些大大小小的陶罐，细致入迷的神情，仿佛是在挑选一件农具。滇西北的阳光暖暖地照在他们的背上，陶罐里的茶水，那是一种滋润，让耕作得到了短暂的停顿，让汗水停止了流淌，让花朵闯进了目光。

我曾经不止一次承担了一个送茶的角色。在我的老家，母亲在陶罐里烧好了茶，沏进一个白瓷茶杯里，让我送给坐在火红石榴花下乘凉的爷爷。茶水盛在杯子里，很满，我一路上走得很小心，害怕茶水泼出来。向晚的风从院子里吹过，吹落了枝头的石榴花，花瓣随风飘落，满院子都是一片灼目的红色。作为回馈，爷爷总会在杯子里留下一些茶汁，还有沉在杯底的一小砣未融的红糖，我去拿茶杯到厨房给母亲的时候，就连同杯底的红糖，把剩下的茶汁喝了。每一年春耕农忙的时候，我家的田地都是村里养着耕牛的叔伯们帮忙犁翻的。中午，白花花的阳光照得田野里的景物干燥而炽热，人们却一刻不停地忙碌着，母亲在家里沏好了茶，用一个口缸盛了，让我带到田里去。繁重的农忙活计，使得人们为了一年的收成，不计晨昏地在田野里劳作。这时候，我们家里的陶罐总是不会停息的，它的沸腾作为一种滋润，给人们的劳动带来了片刻的轻松。陶罐源源不断地让茶水沸腾起来，喝着陶罐里的茶水，父老乡亲守望着那一片肥沃的田野，劳累渐渐地消失，稻子也就渐渐地长起来了，米粒晶莹，豆苗如浪。

所有的回忆都在那陶罐口上闪光，家乡的陶罐，把一种典雅与父辈们的生活恬淡地联系起来，让我在小城里忙碌的时候偶然撞见。于是，我会在心里悄悄地想念着距县城仅有一山之隔，却不能经常回去看望的亲人们。命运一天天不停地演绎着轻快与沉重、欢乐与忧伤，我知道，每一个人的身上，都会有一些东西，总是挥之不去。在很长一段时间，我始终固执地认为，我身边的人们，他们的项链、戒指、头饰、文身，仿佛在纪念着一种情结，我想，我也是有着一种情结的，那就是那散乱地摆放在街市上出售的褐色的陶罐，它们并没有隐藏在我的身体的某一个部位，我甚至也不会把它们当做一件艺术品，放在书柜里，或者书房中珍藏，但是，它却是在我的心灵深处的，隐隐约约地深爱着，每一次看见它们的时候，我就在东奔西走的凡人忙碌中，想起我早已去世的母亲和依然在老家劳作的父亲来了。

朴素的褐色的陶罐啊，我的兄弟！

（2004年3月18日首发中财论坛）

陈洪金，男，1972年出生，云南永胜县人，中国作协会员。著有散文集《灵魂的地址》、《乡村：忧伤的河流与屋檐》、《母土》等。

从一而终的河流

陈川

云南绵延不尽的山脉带来了这条河流。

少年的我曾经站在山冈，看天空中舞动的白云，也观望这大地的雕塑，一条河流成了我幻象中的那个世界，那时候，我不知道河流从哪里来，又将到哪里去。幻象中，我目力所及的地方就是这条河流，以及在河床上稍作休息的巨大的砾石。

冬季的河流是静止的，它将急躁的禀性隐藏起来。云南冬天的风吹过来，两岸山脉上的树林发出了欢快的呼啸，冬季树木的落叶纷纷飘落下来，落在河床的沙粒上，那些着上了装的落叶便静止了，似乎因此知道在不久之后它们将被河流带到一个什么样的地方。云南冬天的阳光是充足的，除了在茂密树林间穿梭，也慷慨地给予这条河流照耀。正午的时候，太阳对河流的照耀呈垂直状，纯蓝的天空，偶尔从遥远的天际飘来几块白云，步履匆匆，似乎在追赶太阳。除此之外，只见到一个纯蓝色的天穹。巨大的砾石横亘在河床的中央，保持着一种圆滑却并不永恒的姿态。它黑褐色的表面收敛着太阳的光辉，晨鸟喜欢将轻盈的身子停留在砾石上，借用鸟喙懒洋洋地梳理它们美丽的羽毛，冬日的鸟儿同样是懂得借石取暖的一族。然而，巨大的砾石并不显示出孤单，早晨忙于打扮的鸟儿发出清脆的啁啾，很快就会有另一只鸟儿回应。顺着声音沿着砾石向上寻觅，可以看到，另一块巨大的砾石同样停留在河床的中央，另一只鸟儿一边睁着警惕的眼睛一边梳理它彩色的羽毛。过一会儿，风就会从森林里慢慢地涌过来，两只鸟儿扇动着彩色的翅翼飞向栖身的林丛。冬季在河床中的行走并没有多少声响，我无法弄清楚那河底的砂子从什么地方而来。一根鸟的羽毛在风的涌动中从圆滑的砾石上滑落下来，鲜艳的色彩点缀着赤褐色的砂粒。蚁群同样忙碌着，这些敏感的小生命，它们都有熟知季节变迁的本领。冬季的迁移对它们来说同样重要——从河床涌来的风中，它们嗅到了春天的气息，还在秋末，这些可爱的生命便将巢穴建在河流的两岸，收捡着因最后一次河水的流动而带来的美食。而现在，当第一场春雨到来之前，它们就必须迁移了。春雨带来的汹涌洪水很容易就毁坏了它们的巢穴，对于这些蚁群，我从来不认为它们是弱小的一族，而是像河床中的砾石呈现出了坚强的成分，在它们的社会里也从来不缺少章法，即使在这冬季大规模的迁移也总是有序进行，长长的队伍连成一条黑色的长线，一只庞大的蚁群正在穿越云南冬季的河流。我在一个冬日的早晨看到了它们迁移的场景，我感觉到自己不是置身于一座山冈，一片森林，不是置身于一条河流之中，我已经身临战场，目光久久地紧盯着被刚才的庞大队伍踩踏过的砂砾，我的耳畔弥漫着千军万马的声响。

我听到了马儿的嘶鸣——我的马儿倦了，它扬开四足奔向这冬日的河流。河流是干涸的吗？我的那匹棕色的马儿在河床的中央停了下来，在那块巨大的砾石后面，它发现了那泓清泉，也得到了畅饮。正用它的前蹄不停地刨起河床上的砂粒，用这样的方式召唤着它的主人。我观望它，但没有靠近它，因为一只翠鸟也飞向了我的马儿，轻盈的身子落在距离马儿几米远的地方，眼睛同样是警惕的，然后，它拍打起翅膀在那泓清泉上盘旋，鸟喙轻轻地触及水面，当它飞向森林，回荡着的声音便显示出森林的寂静。

云南冬日的森林并不显得干涸。我的马儿带着我沿着河床往前走，我发现了许多泓清泉，像一面面少女梳妆时用的镜面，如果有风，细细的水波会轻轻地荡漾，在冬日，我只能感觉到这条河流的恬静。我甚至认为它有些像一个脱去了浓妆裸卧在山谷中的美少女。在这里，在云南冬日的河流之中，只要有几泓清泉，马儿的眼睛都是潮湿的。

然而，在时间的递嬗之中，大地和天空总会赋予万物关于生的另外的意义。一个纯蓝色的天穹在维持了一个冬季之后开始变得阴郁，风依然是这里的主宰——它带来了第一团乌云，通常这是春夏之交的时节，云层越来越厚，慢慢地在天穹中涌动，对于大地上的万物，它涌动的姿势永远都带有一种炫耀的成分。于是，太阳的热量被削弱了，有时候，黑暗的云层包裹起太阳，风像一个疯狂的战士在树林里穿梭，泛绿的山冈等待着乌云中挟带着的雨水。

其实，大地并不干涸。天象的变数总是充满了玄机，从风带来的黑云之中，你能感觉到黑云的涌动已经负重不堪。雨来了，总是很急，像一个叩开了新婚之门的新郎。大地张开巨大的喉管拼命地吞咽着这突然而至的雨水。天空中的黑云卸去了重负变得轻盈起来，腾起细细的腰肢讥笑着大地——因为吞咽总显示出笨拙。

黑云慢慢地散去，太阳挣扎着钻出来，努力地想照亮山谷中的河流。河流不再显得恬静，隐藏了一个冬季的急躁禀性开始暴露出来。一个声音从遥远的河床中传过来，像千百万只马儿奔跑，像庞大的蚁群的迁移。潮湿的大地开始摇动，河床中央的砾石也不再永恒，圆滑的身体似乎正慢慢滋生出千百万条腿，想挣脱河流的桎梏。

洪水来了。翻腾着，怒吼着。

停留在河床中的砾石随着洪水的到来开始涌动，黑褐色的背脊只是轻轻地一闪便消失了，像大洋中偶尔跃出水面的鲸的背脊。大地上一条巨大的动脉出现了，膨胀着，承载着这洪水绵延而去。河流变得凶恶起来。

我曾想，在其中，是否存在着永生。遗忘一条河流是不可能的。我多次站在这高冈上看这条河流，看它的静止，也审视它的狂躁；观察它的丰盈，也憎恨它的空洞……我的姨妈就是死于这条河流的——一个羸弱的身体，她的体重不及一块砾石的百分之一甚至千分之一，然而，她却凭借着对于生的渴望和这条河流对抗着。因此，她融入了这大地的巨大的动脉之中。

父亲和许多村人在第二天从河流的尽头找到了姨妈，她小小的身体被这些男人们从泥沙中挖了出来——我的姨妈已经僵硬，直到此时，她的脚和手都还倔强地保持着挣扎的姿态。我从父亲的眼神中感觉到我的姨妈死去了。很长时间过去了，河流存在着，它带给我更多的是关于死亡的恐惧。

然而，云南山冈的一条河流永恒着，我多少次地站在山冈观望它，也走近它，触摸它……它却无视我的存在，我内心的情绪很快地被云南森林中的风带走了。在河床上，同样停留着一块巨大的砾石，我想，对于一些逝去的事物，又何尝不是一种永恒呢？我由此相信，我的姨妈是被这条河流推向了永生。

（2004年3月20日首发中财论坛）

陈川，男，出生于1970年代，云南通海人，从事自由写作。作品见于《花城》、《中国作家》、《美文》、《青年文学》等刊物。出版《猛兽圈》、《最后的乡村牧歌》、《灵魂洞》等多部作品。

守望一只山鹰

李智红

每每仰望头顶上那片空荡荡的，寂寞而又缺乏生气与活力的，狭小的天空，我便会不由自主地怀想起远在十万大山深处的故乡，怀想起故乡那片蓝得纯粹、蓝得剔透，明朗而又鲜活的，翱翔着许多铁黑色大鸟的天空。

我说的大鸟，其实就是山鹰。

说它是大鸟，不是因为它们的体型巨大，而是因为它们在翱翔着、啸叫着的时候，总能让我产生一种发自肺腑的，充满着宿命意味的敬畏和恐惧。

这些山鹰，是我迄今为止所见到过的，一种真正意义上的猛禽。

在我的印象中，这些长了一身寒铁般的羽毛，双目有如电光石火，有着一副锋利而且充满着力量与杀气的爪子，和一张铜戟般锐利的嘴喙的猛禽，经常驻足于凶险万分，悬空高耸的黑色石崖之上，凝着神，敛着翅，犹如一个英气逼人的王者，敞开着博大的襟怀，平静地注视着无垠的原野与山丘。

它们喜欢长久地盘踞在这些无碍的高处，让太阳的光辉烘暖它们身上那汹涌奔流着的，猛禽的热血。让嚎叫的山风，像漫卷而来的水流，浩荡过它们的躯体，有力地掀动着它们身上那魔术师黑斗篷般深奥莫测的羽毛。这时候，它们仿佛都是一块块长着翅膀，充盈着血性与力量的石头。一动不动，与整个石崖的颜色浑然一体，无法分辨。

更多的时候，它们翱翔着，盘旋着，巡游于广大的原野与天空。它们的翅膀永远地张开着，像两片坚韧的灰褐色寒铁。它们喜欢在灿烂的阳光下，反复淬炼那锋锐如匕首般铺排开来的羽毛。它们在天空中一丝不苟地翱翔着的姿势，简洁而又利索。有时还会像一片云朵一样，平稳地停顿在高空。抑或突然收敛起巨大的翅膀，迅猛如利箭般穿刺过宁静的大气，带着一袭飕飕的寒风，直扑大地。那是它们在向着猎取的目标发出攻击时的情景。在那一瞬之间，我仿佛感觉到大地在微微地战栗，天空也在微微地摇晃。一种莫名的冲动，像突兀的电流一样，鼓荡着全身。

我曾亲眼目睹过一只鹰与一条蟒蛇拼死相搏的情景。那是一个深秋的下午，一只威猛的苍鹰疾然从高高的天空利箭般直射向窜出丛林的蟒蛇。眨眼之间，鹰与蟒搅成一团，相互撕缠抓啄。蟒蛇皮开肉绽，山鹰铁羽零落。临危不惧的鹰，最终把它那钢锥般的利爪深深地切入蟒蛇的脖颈，然后拼着最后的力气，猛地飞腾向高高的天空，再狠狠地将蟒蛇抛下。直到把蟒蛇摔砸得心骨爆裂，一命呜呼时，才见那只鹰缓缓地落下，先细心地梳理好零乱的羽毛，擦拭干净鲜血淋漓的伤口，然后才有滋有味地品尝着猎获的美味。搏击的惨烈和胜利的喜悦，使得它兴奋不已，自豪而满足。

在我的印象中，只有鹰，始终把天空当作永久的家园。它们从不惧怕风吹雨打，蔑视怯懦与自卑，总喜欢在众鸟永远难以抵达的那种高度之上，自由而快乐地飞翔。它们啸叫于阳光灿烂的荒原，翱翔在风的激流、云的漩涡之上。它们才是真正的天之骄子，是宁静的天空中一支支黑色的铁骑。

山鹰都爱把繁衍生息的巢穴，构筑在险峻而陡峭的绝壁危崖之上。远远望去，它们巨大的巢穴很像是一个黑色的古堡。当它们在空荡荡的高天上翱翔得有些疲倦的时候，就会突然收敛起呼呼生风的翅膀，回到它们坚固而温暖的巢穴之中。那情景，很容易让人联想到一个纵横江湖的游侠，突然收敛起他锋芒毕露的利器。抑或是一把寒气逼人的宝剑，响亮地回到了它宁静的鞘中。

据说山鹰的蛋很美，像玛瑙一样玲珑剔透，像星星一样闪动着清幽的光泽。但在我们的村庄，还没有任何一人真正见识过鹰的蛋。因为至今还没有人拥有那种胆量和勇气，去攀越鹰巢所盘踞的那些险象环生的危崖绝壁。

真正的山鹰，总是在从不懈怠地搏击中履行它一生的使命。它们的墓地，就是险峻的雪山、耸峙的危崖以及广大而又辽阔的天空。除了被猎杀的山鹰，还没有人真正见识过鹰的尸首。鹰的逝去，也一如鹰的降临一样，无从预料，不可捉摸。据说它们在临死的时候，都要让曾经并肩战斗的同伴，把自己撕扯得粉碎，将尸骨抛洒于奔流的江河抑或广大的天空。那是一种多么豪迈多么悲壮的葬礼啊！众鸟之中，恐怕也只有鹰，才能抵达如此的修为、如此的境界。

时下的天空，除了那大团大团地飘浮着的铅灰色云朵以及浓厚的煤烟粉尘之外，我们已经很难再见到一只真正的鹰。城市的动物园里倒是豢养了许多种类的鹰，但我始终以为那种已经被驯化得像家鸡一样温顺，仅仅只供人驱使和把玩的飞禽，不能算作是真正的鹰。因为它们的形神不在一体，徒有鹰的外表，缺乏鹰的精神与风骨。

真正的鹰，永远属于高远的天空，属于辽阔的原野，属于广袤的大地，是不可捕捉不可战胜的。天空一旦失去了鹰这样的猛禽，也就失去了生机与活力，失去了空阔与血气。

（2004年4月3日首发中财论坛）

李智红，男，1963年出生，云南省永平县人，中国当代知名彝族作家，中国作家协会会员，中国散文学会会员，世界华文作家协会会员，大理州文联委员，现任云南省大理州永平县文联主席，大理州作家协会副主席，《读者》杂志签约作家。著有散文集《布衣滇西》、《西双版纳的美》，随笔集《舍与得的人生智慧》。

子弹穿过谁的心脏

杨献平

这一个夏天的中午，短暂的午梦让我感到仓促而沉重。草草地用凉水洗了把脸，清醒一些了，就跟在一行人的后面，迈着稍微整齐的步子，穿过一条林荫道后，一踏上焦灼的戈壁滩，身体就格外燥热起来。头顶毒辣的阳光像是要抽筋剥皮，凶猛得很，仿佛要将我们这些人烤作肉干一样。汗水迅速流上面颊，直至嘴角，我用舌头一舔，咸涩的味道让我自己都感到讨厌。我们低头匆匆走着，谁也不敢正视太阳。

不一会儿，裸露的脖颈也被烤得生疼了。我昂起头来，看见远处的沙漠和天空，熊熊的气浪燃烧着，枯寂的沙漠俨若汹涌汪洋了。高处的云彩黑白参半，一动不动地挂在那里，像百年的等待，抑或是一种诗意的俯瞰。踩着松软或者坚硬的沙砾，我们汗流浃背，谁也没有开口说话，像珍惜金钱一样珍惜自己的唾液。

一台卡车轰隆着，从我们的正前方开了过来，车后飞卷着一道浓重的烟尘；它颠簸着，像是一头焦躁的猛兽，在戈壁滩上左冲右突，一副桀骜不羁的样子，在我们的不远处停下来。几个战士很麻利地从车上跳下，然后很有次序地把枪支递下车厢，分别放在几个早已堆好的靶台前。我们大家都很熟悉的老军务岳良，手提一张小凳，走近前来，坐下，取出弹仓，很熟练地将一颗颗金黄色的子弹押进去，又一一摆在一张摊开的报纸上。

我们气喘吁吁，到达目的地之后，队列依然是整齐的。可是太阳也毫不示弱，好像故意和我们作对似的，更为凌厉和坚决的光芒像针一样扎着皮肤。领队看着大家不堪忍受的样子，就下令让我们靠近大卡车，借卡车的阴影来遮蔽一下刺人的阳光。我蹲在卡车窄小的阴影里，擦着脸上汹涌的汗水，然后就用手帕使劲地扇了起来。

可沙漠的炎热是无法阻挡的，连空气都像是将熄未熄的火焰，扑在皮肤上，携带着烧灼感。我无可奈何，索性收起手帕，站起身来，把自己完全交给了太阳。我想：无论什么样的事物，一旦到了无可躲避的时候，奋然一击，哪怕是以卵击石，也是最好的选择。

我看见那些枪支，静静地躺在铁青色的戈壁滩上，枪口对着天空，它们宁静的模样，让我突然有了一种亲切的感觉；而作为一件瞬间致人死命的利器，它们所蕴涵的强大杀机，却让我的心脏感到冷和疼痛。硬木和精钢组成它们的躯体，生命则是人赋予的。它们是人类天性中的嗜血、杀戮和残忍本质的直接体现。多少人，多少革命，不就是通过它们而成功或失败的吗？

但枪支仍然是无辜的，它们只是人类的一种创造、一种工具和一些拆开来什么都不是的木头和钢铁，是使用它们的人驱使着它们。由此，我可以说出：真正邪恶的是人心，是把枪口对准自己兄弟姐妹的当权者和独裁者。

那些人已经分拨儿跑步上去，听从命令，趴倒在枪支的后面，把子弹卡进弹仓，紧紧抓住枪支，枪托顶在左肩。他们将枪口对着前方酷似人胸膛的靶子，他们开始瞄准了，他们神情专注，他们要使子弹穿过那个虚拟人的心脏。枪响了，爆炸的声音，在旷远的戈壁滩上溅起一片回声。哔哔剥剥的声音，一下子就惊醒了沉睡千年的古老戈壁，沙鸡从睡梦中接连飞起，它们趔趄的飞行姿势，满是仓皇。

我在一边看着，心脏咚咚跳着，我突然有了不想扣动扳机的念头，尽管标靶仅仅是一块纸板，尽管尖锐的子弹不会穿过真实生命的心脏，可是，我们有什么理由扣动扳机，让快速的子弹呼啸着穿过那些虚拟人的心脏，或是钻进戈壁的胸膛？虽然它们不会发出疼痛的叫喊，不会使一个真实而鲜活的生命从此消失，但子弹飞出之后，你总能嗅到一股浓重的血腥气，呛得你胃疼。

一批人打完之后，站起身来，快步跑回原地，每个人的脸上，都洋溢着一种满足和快乐。轮到我的时候，我选择了手枪，这种短小的利器，本质虽与冲锋枪相同，但相比之下，杀伤力和准确度却是大大降低。

我接过那支手枪，沉重的家伙，通身泛着幽蓝的光芒，它坚硬的身体给我一种陌生的感觉。是的，这么多年来，我仅仅打出过五发子弹，而且有两颗脱靶。今天，我又握住了它，在不同地点的戈壁滩上，我要扣下扳机，让子弹从自己手中弹跳而出，我看不见它们的飞行状态，却可以想象出它们的飞行轨迹。

我站直身体，装上弹仓，缓缓举起枪来。尽管允许偏差，尽管没有具体的目标，可是我总是要扣下扳机的，让属于我的那几颗子弹，摆脱长久黑暗和沉闷的生活，就在这一瞬间，沿着我所指的方向，弹出弹仓，乍见光明，快速的舞蹈和遭遇之后，也就结束自己的生命，进入到真正的黑暗当中。

我的眼睛眯了起来，我的左手微微颤抖着，心脏突突跳着，一些惧怕、一些兴奋 —— 我内心的火苗摇摆不定。我不知道自己该不该这样，也不知道自己究竟想要击穿谁的心脏。可是，我知道，我没有太多选择的余地，我必须把这些分发给我的杀人利器接连射出，像真实的愤怒一样：瞄准，扣下扳机，看着迅如奔雷的子弹，尖啸着，划破浓稠的沙漠空气，沿着我所指的方向，噗的一声，遭遇一个人的肉体 —— 他的倒下就是我的胜利。

这是多么残忍的事情呀！我知道，但我不能拒绝，就像我不能够拒绝亲情的束缚和好女人的诱惑一样。嗜血、好杀和习惯用手中的工具打倒别人，是我们的天性和本能。我们每天都在做着，只是形式和目标不同罢了，我们无法拒绝心中的邪恶欲望，如同无法摆脱生活的琐碎和生命逐步走向衰老一样，这是一种永恒的事实，谁都不可否认。

…… 我一次次地扣下扳机，一声声爆响之后，枪支在我手中一次次地弹动着，像是狂吠的猛犬，它凶狠的样子，让我心悸。它们爆炸的烟雾，有一种浓重铁腥和火药的味道。我再一次瞄准，变得从容起来，我知道，自己心中潜伏的恶开始毫无顾忌了。我狠狠地扣下扳机，爆炸的声音听起来也有些悦耳了。我意外地看见子弹，虽是瞬间，但它闪电一般的姿势，令我怦然心动。它摩擦空气的嗞嗞响声，让我也有了一种亲切感。我恍惚觉得，那颗子弹就是自己了，许久的沉默之后，瞬间爆发，乘着空气的翅膀，携带着愤怒的火焰，沿着既定的目标，寻找敌人的胸膛。—— 到达就是终结，死亡就是新生。以瞬间的生命赢得百世光荣，人类的生命因此而永恒神圣！

放下手枪，我的左掌已经隐隐作痛了。跟他们一起，我走近标靶，看到虚拟的心脏上，有两个洞开的伤口。通过枪口，有风吹来，本来燥热的风儿，也有了一种阴森的感觉。我想，如果是一个真实人的心脏，那该是怎样的一种疼痛？我想我会瘫软在他（她）身边的，我的良心终生不得安宁！为此，我告诫自己：你一生都不可以扣动扳机，尤其是你身后的人们。无论怎样，游弋不定的枪口，都要允许这片国土上的人们，坚持并追逐自己心中的美好理想。

（2004年7月18日首发中财论坛）

杨献平，男，1960年代出生。已出版著作有《中国的匈奴》、《沙漠之书》、《废墟上的花朵》、《灵魂的版图》、《〈寂静的春天〉导读》，主持策划出版《散文中国》系列丛书十卷本。

我的未来，我的生活

哑猫阿凡

考上大学以后，我就远离了家乡，开始了大都市里的生活。时光如水，一晃就是五年。从家乡到武汉再到南京，我像一只候鸟，驮着自己的梦想，在大江南北飞行。向后看，是消逝的光阴、模糊的人和故事，向前看，是不露一丝端倪的未来。

生命是已经标明终点的旅途，那终点是死亡。而生活就是一辆飞驰的地铁，单行道，没有出站口。我们在一日日的光阴里成长、奔跑然后老去。这个过程，没有人可以例外。可是，总有一些东西是我们可以把握的，例如亲情、爱情、友谊、梦想。

无论我们是生活在钢筋森林的城市，还是偏僻宁静的乡村，我们对美好生活的追求是相同的，我们的内心有着这样一个信仰：我们要通过自己的努力获得美好而幸福的生活。也许，有人会问：幸福究竟是什么？一栋房子，一辆跑车，一份满意的工作，一个幸福的家庭……都可以是，也都可以不是。这个问题的答案，在我们各自的心里，或者说它就潜藏在我们的掌心，我们的宿命里。需要我们去寻找、追求并最终拥有。

亲情

我有一个幸福的家，爸爸、妈妈和我。爸爸妈妈都是教师，在教书的岗位上已经干了三十多年。五年前，离开家乡上学的时候，看着站台上他们微白的双鬓在微风中扬起，我心里一阵酸痛，第一次意识到我的成长意味着他们的老去。

不管多忙，每个周末我都会按时给妈妈一个电话，哪怕只是三言两语，因为我懂得"儿行千里母担忧"，我的平安顺利是妈妈最大的心愿。我不是上帝，我无法拒绝时间在爸妈脸上刻上年轮，可是，我能够理解一个儿子的责任。我认真地学习，勤劳地写作，大学期间，我依靠自己的奖学金和稿费生活。爸妈给的生活费，我都偷偷存回了家里的银行账户。不为别的，我只想证明，我是一个自立的男生，是一个可以让父母安心的孩子。

爸爸和妈妈生日的时候，我会寄上一张祝福卡片，用简单的文字写出我最深的祝福。这是我必须坚持的习惯，因为，我发现虽然每次他们收到以后都会埋怨我乱花钱，可是那言语里分明有着难以掩饰的喜悦。更重要的原因是，大三那年暑假，我偶然发现，我给爸妈的厚厚的一叠贺卡被整整齐齐地放在了他们的"小金库"里，和家里的存折、户口簿、房产证放在一起。那一刻，我真的是情不自禁地哭了。我告诉自己，无论以后在什么地方，离爸妈多远，生日贺卡都要准时地飞到家里。这是我必须坚持的伟大任务。

五年的时间过去了，我长大了五岁，爸妈又老去了五岁。去年暑假和爸爸一起钓鱼的时候，他在不经意中说希望我能够考研究生，我当时没有回答，可是，我知道我必须答应。我了解爸爸的心意，学历只是其次，他希望在他的有生之年看到我在社会上站到更好的位置。

于是，我在武汉一边工作，一边学习，当我拿到南京大学录取通知书的时候，我看到了妈妈的微笑，爸爸眼睛里久违的神采，当然，还有我更加美好的未来。

亲情是上天的恩赐，没有逃避，没有选择。未来三年，未来的若干年我都要以感恩的心来珍惜，让爸妈在有生之年因为有我这个儿子而欣慰。

爱情

爱情是一个很奇怪的东西。是幸福与痛苦的混合物，它有着两副面孔，一副是天使，一副是魔鬼，所以，世界上才有这么多爱恨情愁，痴男怨女。

在武汉，在大学里，我曾经拥有过一段十分美丽的爱情。后来，这份感情因为女友的出国而终结了。现在，她在巴黎，我在南京，中间隔着一个太平洋。我们的感情于是只能成为被我们遗弃的孤儿，在冰冷的海水里死去。

她的离开，虽然在意料之中，可是我并不愿意接受。事实上，我接不接受无关紧要。她转身，离开，不再回来。我已经好久好久没有见到她了。我想念她，很想很想的那种。我不哭，我不露出一丝痛苦的表情，我甚至很完美地微笑。我没有别的选择，因为我知道，真正能安慰我的人只有我自己。

女友去法国以后的几个月里，我十分消沉，我总是忍不住要去想她，还不争气地哭过一次。我的房子里有很多她留下的东西，手袋、皮包、凉鞋、化妆品以及属于她的气息。她在QQ上告诉我，都扔了吧，我不要了。看到这句话，我就哭了。她的那些东西我一直都没有丢，因为我觉得它们都是我感情世界里的苦难兄弟。直到我离开武汉，它们依然躺在我的房间里，保持着原来的姿势。

我们联系得很少，在QQ上的三言两语也开始变得程式化。对于这样的改变，我无可奈何，一如当初我失去的爱情。我关心的是，在异国他乡，她会邂逅怎样的人，遭遇怎样的情感，最终过上幸福的生活。虽然，我知道这些关于她的一切都和我无关了，而我所谓的关心，会让人疑心我是在爱情的坟墓里做着地老天荒的美梦。可是，这又有什么关系呢？

信仰不代表着相信，而意味着愿意相信。我愿意信仰爱情，虽然我曾经失去了她。可是我知道，在不久的将来，我会遇上别的女子，遇上另外一场爱情，拥有幸福美满的家庭。而这些际遇不会太远，三年，甚至更短吧。

那就这样吧，让该来的来，让该去的去。爱情就是一个魔咒，念着念着，她就在你的门外敲门了——你听，那敲门的声音，多么清脆而悦耳，属于天下所有的有情人！

友情

毕业以后，仿佛只是一瞬间，朋友们都从身边消失了。然后，就只能在QQ、手机上联络了。网络时代真好，"天涯若比邻"的境界到了今天成为了一种现实，这恐怕是写这千古名句的古人羡慕不已的吧。

走出了社会，我们就汇入了街道上汹涌的人群里了，拥有了一样冷漠的表情，匆忙的身影——这是一个多么悲哀的事实。可是我们却只能接受并且习惯。

当朋友们得知我考上了南京大学研究生的时候，在祝福之余都羡慕不已。我知道他们羡慕的不是南京大学的名声，而是我又获得了学生的身份，可以继续逍遥于社会之外了。看着QQ、同学录上朋友们温暖的祝贺留言，我真的很感动，在分别了一年以后，我们的心原来还是可以如此贴近，喜悦共分享，忧伤共承担。

我的运气很好，拥有许多可以交心的朋友，因为他们，我与寂寞毫无缘分。是他们让我在精神上自信、从容而富有力量。在网络上，我曾经担任过几个文学论坛的版主，在准备考研的日子里，和他们有了很长一段时间的疏远，可是，我一回来，论坛上就有了专门欢迎我的置顶主题帖，那些我熟悉的以及不熟悉的网名，那些不知道真实姓名以及容貌的朋友啊，感谢你们，是你们让我深深地体会到了这个世界的美好。

今年三月，一个相交很久的朋友不幸因病逝世。他曾经是如此地富有梦想和青春活力。得到这个消息的时候，我很震惊。生命是如此的脆弱，命运的安排居然如此残忍！可是我们必须接受这个事实，因为再沉重的痛苦和惋惜都换不回一丝回声了。然后，我就感觉到，圈子里的人都多了一些沟通和理解，交往的气氛更加融洽了。也许人真的有这样无法摆脱的劣根性，只有等到失去以后，才开始懂得珍惜。

珍惜，就从现在开始吧！我所有的朋友啊，见过面或者没有见过面的朋友，就让我们敞开心扉，在这广漠的尘世互相依靠，相互温暖。未来的三年乃至今生以及来世，你们都要来到我的生活里面，和我一起度过每一个黑夜和白天，让我的睡梦里闪烁你们温暖的容颜。

梦想

考上南京大学以后，我几乎是有些发疯的想做两件事。拍一部电影和写一部记载我大学生活的长篇小说。这两个愿望在我的心里集结得太久了。现在，它们开始呼喊着，要从我的脑海里，跳进这个繁华的世界。意识到这一点的时候，我知道此刻的自己是一个十足的妄想者。可是，我知道，我想了，就会去做，而且要做到最好。因为，我知道，所有的事情都是从无到有，从梦想到现实，从我的心里到整个世界。

关于梦想的能力，我一直都具备。这大约和命运有关。小时候，妈妈找别人给我算命的时候，总是付双倍甚至十倍的价钱。算命人的理由是，这孩子，好命。妈妈一直相信这句话，可是，我一直都没有相信。但是，在这样一个炎热的夏天，我愿意承认，我真的很幸运——拥有梦想是我最大的幸运。

从本质上说，我是一个悲观的人。事实上，我没有敢于对所谓的爱情和幸福寄予什么厚望。唯一让我感到欣慰的是，我只是一味地悲观，却没有绝望。这使得我终于可以，哭着看太阳沉入地平线，又微笑着看太阳从地平线爬上来。我告诉自己，悲观也好，乐观也罢。生活是一条迂回曲折的路，终点是死亡。所以，我要在这条路上，想哭的时候，痛快地哭，想笑的时候，尽情地笑。

我的一个好朋友说，一个人可以一无所有，可以痛不欲生。但是他不可以到临死的时候，什么回忆都没有。这句话，听起来，就是孩子的语气，满是激情和勇气。仔细想想，又真的可以算作一种生活的智慧。于是，我一遍一遍地念叨它，像反复念着开启幸福之门的咒语。我在想，或许，这样念着，我终究就可以拥有幸福。

这样的世界，这样的夏天，我遭遇了许多可爱的人和事。我贪婪地呼吸着自由而幸福的空气。我和我的朋友们一起谈心，写诗，唱歌，旅行。于是，我终于可以，忘记忧郁，拥抱快乐。我微笑，一次又一次地微笑。仿佛，微笑是我唯一的表情。

亲情、爱情、友谊、梦想，这就是我的未来，我的生活。感谢这个悠闲的黄昏，让我的文字获得了表达的机会；感谢母亲，给了我富有激情和梦想的生命；感谢世界，让我拥有了这么多的痛苦和幸福。

（2004年8月9日首发中财论坛）

哑猫阿凡，真名胡凡，男，1980年出生，湖北省黄冈人，毕业于南京大学中文系。诗歌和小说作品散见于《花溪》、《南风》、《佛山文艺》和《北京文学》等刊物。

有善良做伴的那个冬天

吴安臣

1989年的秋天，是令人脸上绽放阳光的秋天，我如愿以偿地考上了重点中学。但接下来阳光就被无情的现实吹跑了，因为校舍的严重不足，我和其他几个同学被遣往一所普通中学寄读，那种感觉就仿佛未过门的媳妇突然接到一纸婚约解除书，失落不是最主要的，我不想鹤立鸡群展示自己，关键是我的食宿将无处着落。我还必须走读，且晚上要住校，但住哪？为一顿饭而往返七八公里，我根本无法上课，况且也没人煮给我吃，父母全在云南。犹豫再三后，我只得搭乘本村一个姑娘的自行车。

我出卖了男子汉的尊严换来的却是嘲笑。本来我可以带她的，但是她个子高大，我先天性营养不良，没办法，只得委屈地坐在后架上。沿途经过一村庄，几个顽童就跟着大叫："大姑娘驮着小男人，羞哦羞哦！"那刻我恨不得变成一个点乃至一阵烟雾遁去，而且每次到那个村子时，总会听到这样的声音，那份贫穷带来的羞惭最终让我放弃了再坐自行车，不搭乘她的车子我只好找个地方吃饭了。

无奈之下我想到了那守校的老头，开始时我很犹豫，因为他的名声不好。但想到自己连肚子都吃不饱，死要面子对自己没什么好处。于是我还是提了几斤面找到了他说："大爷我实在没地方吃饭，能跟您搭个伙吗？"我真怕他不答应，大凡牢子里出来的人，脾气都很古怪的，我又补充道："放学我可以帮你卖东西的！"想不到他说："不就搭伙吗，简单！不过，我也不指望你帮我卖什么东西！"我很惊奇他的爽快。

其实我也没时间去煮饭，也没更多时间帮他卖东西，都是饭做好时，他就站在我们教室外叫我，他嗓门极大，往往把全班人的目光吸引到我这儿，同学就冲我哧哧地笑，我那刻明白了什么叫无地自容，我清楚他们笑的含义，所以我总是在他："小吴，饭好了，我卖东西去了，放学你自己吃"的声音传来时，浑身莫名其妙地紧张起来。

后来我终于明白了他的名声为什么不好了，有人说他当年在一庙里帮人打理供桌，趁庙中无人时猥亵过一女香客。最后那女香客告他，他被以强奸未遂罪送进了监狱。从监狱里出来后他像被钉上了耻辱的十字架，漂泊几年后终未娶妻，连他的侄儿都羞于和他交往，人的一生就这样完了。

由于这一层关系，我帮他卖东西时，同学总是会跑到我跟前很神秘却似关心地说："嗨，我说你可要注意点，别叫那老东西带坏了！"那刻，我攥紧的拳头往往会不由自主地松开，他们的说法总是有根据的，按他们的逻辑，"龙生龙，凤生凤，老鼠生儿会打洞"，我和他待久了我也会变成一个劳改犯，其实他们有什么资格评论这些呢？！人总是会变好的啊，难道人的善良总要写在脸上？贫困加上流言让我进了教室就蜷在一角，我没什么朋友。

那次代数课，我急着出教室，就被平时看不惯我的老师罚了顶粉笔盒，我整整被罚站了一节课。但所有委屈的泪水皆已风干，被钉在耻辱柱上的我，似乎就该接受这无言的审判。下课了，我茫然地回到住处。

晚上不知道猫大爷（他的外号）从哪听到了这件事，对我说："孩子，人生路上磕磕碰碰的事太多了。我呢，是糊涂在前，本不该遭那份罪的，其实那女的根本就是神经有点问题，硬告我想强奸她，我冤枉啊！但把我抓进去后那些警察将错就错根本不听我辩解，这世道有时黑白不分啊！我这一进去自然就成了个不折不扣的坏人了，人人都说我是见色起意，那委屈比你大了去了？如果想不开的话，我早死在异乡了。"我无语地点头，这世界本身就很荒唐！"别人的嘴是堵不上的，堂堂正正做人，日久见人心，公道是会回到你这儿的，我是臭出名了，希望你要活出个人样来。当然我知道你委屈，你是没办法才会和我合伙煮饭吃的，你心里的委屈没处说！"但那刻我想："其实老人心里的委屈又有谁知道呢！"

那晚上我们爷俩谈了很多，我躺在他铺着豆秆杆的地铺上，偎着炉膛，觉得心里很暖和！真的。但他仍执意将散发着浓烈羊膻味的老羊皮大氅盖在我身上。现在想想流言再冷，怎么能穿透那羊皮大氅的温暖？我曾经冰冷的心在那个冬夜洋溢着三月的春光。

我才发现，我唯一的朋友就是那个在大雪纷飞的夜晚睡在我身旁，为我不停掖被角的老人；也就是那个冬晨胡子上挂满了霜花，为刚刚钻出被窝的我热好洗脸水的他；也是那个买回了一小块肉，煮好了舍不得吃，非要和我分享的他……那个冬天两颗孤独的心靠得很紧，迸发出的火花足以洞穿一冬的坚冰和酷寒。

接下来他甚至连面也不要我的了，他说我帮他卖东西应当有酬劳才对，其实我有什么时间帮他呢？他从不轻易问我的父母哪去了，他或许怕触到我心里那根脆弱的神经，多么细心的老人！好多个暗夜里我独自感叹。

那个冬天，他无意中说起要到哈尔滨去探望他的老哥哥。老哥哥是这世界上唯一能理解他的人，而且一直牵挂他的人，也是在他遭受别人非议时还能一如既往拿正眼看他的人。他说此去将和老哥哥相守过余年了，但我知道他一走我的吃饭就没着落了，晚上也不会有热被窝了，早上我只得将手放进冰冷的水中，我才明白我所心安理得享受着的一切，将会因老人的离去而失去，我将被寒冬所笼罩。

那个冬天要结束时继父回来了，他带了两麻袋的大茴香，但他天生就不是做生意的料，最后真的是赔本赚了吆喝，本来也没打算把我带回云南的他，索性找到了老人，说生意赔了本，想叫我认老人为干爹，老人说认不认无所谓了，他已跟我半年了，我也当他是我的儿子了，你不回来的话我还以为他是个孤儿呢！但那一刻继父却没一丝的惭愧和谢意，老人没趁机向继父索取什么，一切都好像顺理成章，两个男人面对着我这个和他们相关和不相关的孩子，闷闷地喝了半天酒，就为确定一个称呼吗？我当时不理解，那场酒后继父一样没为我留下，又回云南去了！甚至没留下一句话，我望着他的背影哭——我心情复杂地哭。

我认老人为干爹的消息像风一样传遍了校园，他们在讥笑，我知道！但其中的蔑视在我眼里已不算什么了。和善良的老人在一起我还怕什么。

离开那所中学，我用省吃俭用节约下的钱为老人买了点简陋的果品，老人居然激动得直搓手，我想对他说我从他那得到的岂止这些。他曾经对我说男人不善于表达，那么我所有的话也埋到了今天。其实我想对他说，大爷您可放心的到冰城哈尔滨去了，但我没说，什么都没说的我最终遗憾至今，后来我就失却了老人的消息，他真的到哈尔滨去了，他和他的老哥哥应该很幸福才对。

我为老人的善良和对那些流言的宽容而铭记那段岁月，我也在流言和非议中读懂了善良和真诚。有善良为伴，我安然地度过了生命里那个奇寒的冬天。

（2004年8月28日首发中财论坛）

吴安臣，男，1970年代末出生，中国散文学会会员、云南省作协会员，《时代名流》杂志副总编。曾在《中华散文》、《散文世界》、《青年文学家》、《中华日报》、《青年时代》、《读者》等杂志报刊发表过文章百余篇。著有散文集《草从对岸来》。

那宁静的和忧伤的

陈元武

我不知道如何来形容此刻的心情，就在我踏进这条山谷的那一瞬间，四面弥漫过来的那种在这里集聚和歇息已久的宁静就把我包围了起来。旷古的气息以及来自于深秋的清寒渐渐让我的血液冷却了下来，我的心跳变得缓慢了。明黄、黄绿、枯黄、褚黄、橙黄、朱红、褐色的和暗褐色的，新鲜和死亡同时并存的山林，一一展现在了眼前。通红的让人心跳和目光激动的枫树，站立于众树之巅，在山崖畔轻描淡写着一种忧伤的情绪。鲜红的叶子、燃烧着的树体以及可以随风扩散的那种深刻的悲怆韵调。感觉呼吸的频率在清澈宁静的空气激刺下变得舒缓了下来。

道上裸露的岩石块突兀地挡住了我们的去路，这一条小道悬在了半空中，下临深谷，傍依着峭岩和荒草。坚硬的岩石，从不同角度向外突起，孤支并裂解，悬空、摇摇欲坠。雾岚起于林岫之间，迷幻的不真实的场面总让人想入非非。雾从何处生？南方蛮僚之地，阴隰多雨，山间郁积着经年不散的岚瘴，腐败的、陈积的落叶以及寒凝的蜃气。雾让坚硬的岩石浸润着水的灵秀。树大而成林，林荫而成森，树林逼去了荒僻的凄凉，绿色堆积的起伏不定的山林结合部，生命的色彩如此斑斓。需要认真去辨识每一根草与每一片叶子的真实意义——充分地吐纳着天地之灵气，把自然的每一个细节都充分地展示在了我的眼前，盈动的、平静的、柔软的、细腻得如草叶上闪烁着的露珠，光洁的树叶在风中微微地颤动，一只虫子在枝茎上缓慢爬行，偶尔不经意地传来一阵风声。

感觉有许多面旗帜在风中飘扬一样，道旁无数的荻花以及芭茅摇曳着淡色的花穗。这是经典的画面，出现在了厚厚的一本长卷里，也总有人不断地捡拾着它所传达的精神内涵，恰恰这些盛开着的芦苇花淡得如一张张发黄的诗笺。走在这样的黄土道上，总会有许多异样亲切的感觉：黄土被雾气湿润过，路面紧实而洁净，那些滚动的石子、车辙印子、刚刚落下的黄叶和已经枯槁的叶子叠加混淆在一起。历史的、积淀的、距离的、非秩序的，线性与非线性的多种感觉蕴融在一起。道总是常走常新的，只要有人行走的道路，不会有荒草当途，不会被乱石和倒下的树木所阻挡。我感觉自己正走在通往历史与现实之间的一条小道上，这条道上曾经走过赶考的仕子们，以及到湖广江浙贩卖笋干的商人们。车马声辚辚而过，扬起滚滚黄尘。

在弥漫着宁静的山谷里，连一滴水落下的声音都是那么清晰。空气在树叶上微微颤动，雾气让即将死之和已经死亡的树叶变得悲怆而动人。那种诗意的颜色充满着一种大彻大悟后的悲欣与冷静。黄檗禅师曾经在这条道上走过，竹杖芒鞋，清风沐身，明月照途，闻月夜猿啼枭唳，竟也悚然动容，于是留下一声长长叹息，遽然转身而返。云露风霜，造化四时之变，正映照着人的本心：观春花则喜，沐长夏凉风而身轻，睹秋色而动容，踏冬雪而心如止水，就是得道的高僧也未能免。所谓叶叶心心，放得心下去，任风卷云舒，依然真如体态，不知需要何等境界才能做到。那些山崖畔边的人家，在这样的环境中住了几辈子，对身边的四季变化已经淡漠了。他们天天都是快乐的——他们三三两两坐于屋前场院中，悠然地吸着长烟，或围聚一起，啜着米酒，有一搭没一搭地扯着话绺子。三两只鸡觅食于旁，三两条狗嬉闹于侧，三两只鸭凫于清波之上。阳光洒落于老窝瓜棚间，熟透的老窝瓜闪烁着一种柔和的温馨的光晕。平实的、寻常的、宁静的生活是幸福的，看着他们脸上的笑意，我相信。随意的、自然的变化过程充满着大悲欣，有心者或触及了它的内心，于是也跟着悲欣了起来。万物有心皆可老，因为有了悲欣，这个世界才变得精彩，比如这样的树、这样的山林、溪水和荒草。树叶和草一年年地生长、衰老和死亡，然后又是重新生长，从嫩绿到浓绿到衰黄乃至凋零，禅云：一叶一菩提，一花一世界。

在一块石上小坐，石上布满干枯的青苔，有落叶，有积尘，有半枯的硨。有栲树板状根牢牢攫住岩石，将它慢慢勒紧，撑裂，与石融为一体。坚韧而持续的执著是可怕的力量，石也是有情的，因为石开了，石死了。在纷繁的森林底下探寻一切生命的发端是不可能的，这些互相关联的、活生生的植物为我展开了一幅自然的浮世绘。藤绞杀了另一棵藤，这棵藤正攀附在了一棵大树之躯上，这棵藤将被另一棵更加凶猛的藤杀手所替代。沉寂的死亡的阴影在幽暗的林间萦回，落叶的气息让树林深处的宁静变得沉重而忧伤。一只鸟在我们的听觉之野鸣叫着，孤单而忧郁。

一束花开在了无人的水渠边，粉红得仿佛让人想起春天的桃花，温暖而明亮了这样一条荒寂的深秋的路途。

（2004年11月19日首发中财论坛）

陈元武，男，1966年出生，散文作家，现居福州。在《天涯》、《山花》、《青年文学》、《作品》、《散文》、《百花洲》、《青春》、《雨花》、《中华散文》等刊物发表大量散文作品。

古木余香

薛林荣

我姓薛，名字中藏有五个“木”字，三明两暗。早在古家具收藏兴盛之前，我就喜欢各类硬木，莫名其妙老往旧货市场跑。去了也就是看看，认一认哪些是核桃木，哪些是梨木，哪些是洋槐木。人类的祖先构木为巢，我对木头如此抱有认同感，是不是一种返祖？我的五行属沙中之土，沙中栽培树木固然险象环生，但我可以靠后天的努力，通过亲近木头、收藏古木养心养眼，以此滋润我的生命。

天水城北有山曰天靖山，山脚有村曰瓦窑坡，顾名思义，原先是烧砖烧瓦之所，现在却成了古旧家具集散地——许多收购旧家具的贩子在此典屋而居，将从林区或远山深壑收来的硬木家具待价而沽，慢慢形成了这个带有浓厚文化色彩的买卖行当。正如吸毒的人知道从街心花园第三根柱子旁边卖饮料的大婶那儿可以拿到白粉，而嫖娼的人知道任何一家亮着粉红色灯光的洗头房里都有他期待的瞬间快感一样，我在瓦窑坡玩赏旧家具已有几个春秋了。我常常眼睁睁看着一卡车一卡车尚未修补的梨木或核桃木家具从瓦窑坡开出去，它们有书桌、八仙桌、翘头案、板柜、面柜、大书橱、药柜、大立柜、太师椅、小矮凳、禅墩、插屏、大平案、小炕桌、灯台、多宝格等。甚至有一次，我在瓦窑坡下一家工厂闲置的大院中见到了整整一院，有上百件之多的蝴蝶式橱柜，它们的雍容大度，足以匹配和盛装全套《四库全书》！

其时，操着陕西口音的司机如抢砸了圆明园的英法联军一样神气活现，我远远地朝扬尘而去的大卡车大吐唾沫，十分气急败坏。我现在没有钱收购这些老家具，而等我有钱了，它们却像黄河沿岸的水土一样流失殆尽，即便有，也只是家具贩子稍事修整和做旧后，反手销来的天价古家具。思之虑之，痛何如哉！

在瓦窑坡，我常常像一个即将亡国的人，不知该如何表达古家具从身边流失的仇恨。这里的一件独板平头案，数百元被人收购后，在北京一转手，动辄上万元。那么这件出自本土的平头案，为何不能被本土人视作镇宅之宝代代相传下去呢？当无数商人将他们掠夺的脏手伸向西北一隅宁静的小镇时，小镇无人抵挡得住一件破旧家具居然可卖几百块钱的诱惑，纷纷卖旧换新，而他们身旁生长的梨木、核桃木，每年只长数寸，待其成材，为期尚远。如此渺藐硬木生长规律，让人悲从中来。

人绝对是自私的。我在诅咒外地人趁火打劫地收购旧家具时，也着实期待自己赶快富起来，不遗余力留下那些古木和余香，作为自己的书斋清供。和我抱有相同想法的还有几位画画的朋友。他们先后买下了镶金半圆桌、炕桌、小圆凳、长条桌等，他们的妻子动辄就要将那些脏而黑的古董从楼上扔下去，这使得他们的家具收藏难以施展拳脚，于是其中有一位就受包二奶的启发，在外边租了一间房，专门陈列旧家具，隔三差五与旧家具耳鬓厮磨，大有文人性情。

几年下来，我也先后抢救性地将一些古木家具请进了书房，虽然我妻子也动不动就要砸烂那些据说有碍观瞻的物什，但我百般呵护，装疯卖傻，终于化险为夷。兹录藏品于下：

百宝箱。长仅一扎，宽约一拳，高可盈掌，箱身卯合严密，箱盖作桥拱形，且两头有翘檐之势，望之稳重而灵动。此箱质地温和细密，虽木质不辨，但精细如此，可以宝藏。遂将十二方古墨存于其中，每掀盖，墨香扑鼻。

核桃木茶叶筒。以一整块核桃木挖空而得，黑旧如紫檀，纹理花如鬼面，行如流水，依稀可辨。上亦削有木质盖，如农夫蓑笠，又如积麦之状。盖嘴滑如乳头，望之高古。天下茶盒，窑器为上，锡次之。核桃秀于深谷，百年后到人间脱成茶盒走一遭，茶之幸欤？人之幸也！

杂木烟叶盒。亦以整块杂木按木质天然形状挖空制得，如菠萝，如古泉，如砚台。其色甚黑，原器色泽仅内壁稍辨，可知经人经事既久，阅世间沧桑亦多矣！农村取干烟叶卷之以抽，此物为贮存烟叶之器。今见古物，犹忆儿时农村风物。

核桃木插屏。纹饰甚繁，底座为透雕缠枝植物图案，前后左右均对称有凤头雕刻，写意抽象，上方应有龙头雕刻，已佚。插屏是遮风挡光，修饰居所之物，乃自书宋蔡襄《题龙纪僧居室》，裱于其上，不觉大雅雅人。

核桃面大书桌。此桌两抽屉为梨木，桌面为核桃木。造型简单，比例匀称，清雅秀丽，有大明家具之风，吾置此案于书房，日夕伏案疾书，木助人势，人借木威，颇有心得。

梨木小书桌。仅一人可坐读，有二抽屉，线条雄浑憨厚，质朴大度，有汉魏六朝石刻气象。

梨木小炕桌。桌面光洁金黄如童子面，带有小抽屉。老人可在炕桌上熬罐罐茶，小儿可在其上书声朗朗。此炕桌与前述小书桌、大书桌恰似一家三口，仆见之，犹觉木之亲情，心疼不已，乃同时购藏。

核桃木高圆凳。四足，十字衬条相连，足下有马蹄。置花瓶或兰草于其上，别有韵致。

核桃木镇布。正方体，长宽各一扎有余，用以镇压裱糊的布匹。余以黄绸缎裹之置于书桌上，犹玉玺大印，威风陡增。

镶黄杨盖板。板已裂，中间以黄杨木镶成蝙蝠以及“福”字，色如蛋黄。黄杨木每年只长一寸，不溢分毫，遇闰年反而要缩一寸。因生长缓慢，木质坚致，没有大料，故多用于雕刻和镶嵌花纹之用。采伐黄杨木极讲究，必以阴晦夜无一星，伐之则不裂。余得此镶黄杨盖板，每日视之，似与性情古怪侠客面晤。

核桃木烛台。虽为祭祀用品，但肚鼓腹细，盈缩有期，纹理灿若星辰，一波涟漪如漩涡，是核桃木中的上品。此烛台现供于书柜之中，以此遥祀文曲星宿眷顾我为人为文。

吾生亦有涯，爱木则无涯。木实无华，人使之华也。集邀众硬木于书房，是我的心愿，又何尝不是润泽我生命的一种必然呢？

（2005年1月15日首发中财论坛）

薛林荣，男，甘肃秦安人，1977年出生，1997年毕业于天水师院中文系，甘肃省作协会员，市作协副主席。散文、小说、文学评论等作品散见于《散文》、《中华散文》、《北京文学》、《读者》原创版、《散文选刊》、《南方周末》等处。

每一个生命都会有感动

若荷

在我六七岁的时候，家里曾经养过一只猫，那是母亲为给奶奶做伴找人要来的。那天我放学回家，发现身边多了一个奇怪的声音，仔细一看，原来是它。身体弯曲着躺在奶奶的脚边，样子怯怯的。它长了一条长长的尾巴，浑身灰黄相间的斑纹，可爱极了。

可是，它只在我家里待了一天，第二天就让后院的一个婶婶引走了。这不是故意的。那个婶婶的脚步刚在我们家的窗下响起，这只美丽的小猫听到动静后，两耳立即竖起，我们还没有缓过神来，它已箭一般地跃将出去，一下蹿到婶婶怀里。任奶奶千呼万唤，再也不肯下来了。

那个婶婶长得很秀气，短发，记得头上还拢了一个圆形的发夹，发夹的中间有一个粉色的点，走起路来柔柔的，像春风里吹动的杨柳。那只猫就是从她家里带来的。婶婶的家在农村，因为她的丈夫，所以能每隔一段时间来这里住几天。她和我母亲很投缘，每次见了面，仿佛有说不完的知心话。提起她，母亲的眉心弯弯，眼睛里全是笑。她也是一脸快乐喜气的样子。她每次来，有时给我和妹妹捎来一对漂亮的小枕头，那可是乡下的稀罕物；有时是一些城里不多见的花生。她走时，母亲就让她带回一袋大米，母亲说这是礼尚往来。

那个婶婶姓什么已经忘记了，只记得她是当了人家的后娘，过得十分委曲。她的长子，比她小不了几岁，小儿子才比她小十五岁。她自己没有孩子，很年轻，她的丈夫，我们却要叫他伯伯，身材瘦高，看去没有多少力气，头发都有些花白了。他们两个从不一起来我们家，自然是因为年龄悬殊太大，怕人笑话吧。

婶婶手很巧，在村子里工作做的也好，因此上，被推选为了村里的妇女干部。乡里有会要开的时候，她必是匆匆赶到，先在我们家站上一站，给我一个拥抱，再去开那长长的会议。母亲说，她很喜欢我。究竟是因为什么喜欢，母亲和她在我面前兜了一个包袱。我闷极了时就追着问，未及母亲说，婶婶自己先将包袱抖开了，说我是她的亲生女儿，因为小时候怕家里穷养不起，才给了我母亲，我一下子就信了。从此我记住，我是她的女儿，我很爱她。学她走路，学她说话，学她温柔柔对人和气地笑着的样子。每当她来，我都想跟了她去，哪怕看看家里的小花猫也好。

那时的小花猫，已经习惯在我们家住了。奶奶拿它像宝贝一样地疼着，喜欢得不得了，给它起名叫花花。花花虽然和我是一家，可是不听我的话。我比它听话，可是母亲总说我调皮着呢！有一次，我挨了父亲的打，婶婶知道了就生母亲的气，我看到她，就想让她带我去她家里，我说不想待现在这个家里了，这里不是我的家。母亲哭了，问我哪里是我的家？我说我是婶婶的女儿啊，她家才是我的家。婶婶落泪了，一把抱起我来，紧紧地搂着。然而不久，婶婶又开始喜欢我妹妹了，这一次，妹妹比我还要坚决，五岁的她自己弄了一个小包裹，坚决要随婶婶回家而去，这下把母亲吓坏了，母亲从此再也不敢和我们开这样的玩笑。在我们的心目中，婶婶的确是比母亲的样子亲切得多。

婶婶也有苦恼的时候，我们不在的时候，她经常和母亲啦呱，说着说着就泪水涟涟的，劝都劝不住。她说她的儿子们，尽管不是亲生的。但是在三个儿子中，小儿子是由她看着长大的，也是她最疼的。那一年，她嫁给伯伯的时候，那个小儿子还小，才五岁的孩子，头发长得像女孩一样长，乱哄哄地纷披着，里面藏满了虱子，是她又是剪，又是找人对草药，一遍遍地擦洗，才没有再发展下去。她的神情很安详，说话时的语速很慢，声音很好听。

每当她诉说时，我们都是在一旁静静地听，母亲陪她欷歔着，回头抹一下眼泪。经常看到她用娴熟的动作替伯伯做饭，缝补衣裳。一双灵巧的手，到很远的一个缝纫店里找来布头布边，眨眼间就为她的小儿子做出一条很合适的裤子。

就这么一年一年过去了，婶婶从如花的年龄，不知不觉就老了，她的儿子们也都已经先后结婚、生子。在这期间，她经历了给儿子们娶妻、分家，持久的家庭大战，"儿媳妇最爱好的是这个"。为躲避清闲，伯伯有时也带她到城里来，静静地住上几天，和我母亲一起做做手边的家务活，缝缝补补，日子过得很平淡。十五岁的时候，我出外就读，后来结婚，更很少见她，这时候，她家里那个伯伯也已经退休，她随伯伯又一同回老家去了。回到老家的日子过得并不如意，儿子们经常因为家事和伯伯闹，婶婶明地里不敢多说什么，背后也劝不了，只好一个人凄凉地抹泪。有一次家里再次爆发了大战，她对儿子媳妇们一应百诺，渐渐地，伯伯开始不理解她，与她发生了激烈争吵，婶婶一时想不开选择了跳河自杀。她跳的那条河水很深，唯她跳下去的那个位置水浅些，在好多人的急救下，把已经浑身僵硬的她从水里捞了出来。她却没有死去，重又缓了过来。

90年代伯伯过世，家里已经是一贫如洗了。儿子们大概觉得这个家已经滑向没落，再没什么可得的，便由对她冷淡再视若陌生。最近的几年，她一直是一个人过日子，等她去世的时候，儿子们没有一个在哭，更看不出哪一个悲伤，只是把棺木做得很好。安葬她的时辰终于到了，灵柩上路的时候，按照当地的风俗，长子要摔老盆的，可是老大却没有动，次子见了，终于什么也不讲，上前去把老盆猛地端起，颤抖着摔在地下，随即捧脸呜咽大哭了起来。在场的许多人都哭了起来。

我记得婶婶曾经和我母亲说过，到她老的时候，大概都没有儿子摔老盆了。而那天，婶婶终于如愿下葬，永远安息了。

我去过婶婶的那个小村子，去过那片安葬婶婶的青草地，去那里本是为了踏青，却看到了伯伯和婶婶的坟。婶婶的坟与伯伯的坟相比较，很小很小。伯伯的坟前有一块碑，上面刻的除了他，还有另一个女人的名字，我后来才明白，那个女人就是婶婶经常提起的儿子们的亲生母亲。无数次地担心，原是她早就知道，那个位置，不是她的，所以还曾经面对母亲伤感过。

她就这样度过了一生，终年六十五岁。

很少有人在乎她是怎么样度过了这一生，然而对于那天婶婶下葬时她儿子的哭，全村人都觉得奇怪了，几乎全部的村里人心里都产生了一个问号，那么冷淡的儿子，为什么？

只有我母亲说得好，她说，世界上，没有一个人是不懂感情的，只要他不是铁打的，他的心里就一定有一个地方是柔软的，是知道疼的。虽然不是生他，但看到养育了他一生的母亲就这样去了，他一定是想起了许多，他的童年也是一步步过来的，有与养母一起的快乐，有欢笑，有别人眼睛里看不到的关怀与深情。她给予他的关怀与爱，只有他知道。所以，就在他摔老盆的那一刹那，那些所有的记忆，一下将他心底里最柔软的部分唤醒了，所以，他才悲伤地痛哭。母亲说，这是因为，每一个生命里都会有感动。

写到这里，终于记起了，婶婶姓张，确切地说，这并不是她自己的姓，而是伯伯的姓。她从来没有对我们说过她自己到底姓什么。母亲一定是知道的，因为她也是妇女干部，她们一同开过会。但是大家不问，她也就没有提起过。

还记得婶婶年轻的模样。她的姿态，她的容颜，以及她的声音都在我脑海里记忆犹新。在这温暖的春天的阳光午后，我经常回忆起岁月里的某些人与事物，哪怕是一件很小的事物，回忆这些，就像我们在冬天里怀想与春天有关的所有事物一样，默默地回想，每每备感温馨与忧愁。生活的磨砺，教会了我对生命的珍惜，我由此懂得了爱，爱一切生命，爱美好事物。我记住了母亲的话：每一个生命都是有感情的，只要他经历过，只要人间还有爱存在，他便会因生命里最初的那份美好记忆而感动。

爱，是不会被忘记的，不是心怀感恩，便是灵魂受到良心的鞭打！

（2005年4月16日首发中财论坛）

若荷，本名宋尚明，女，中国散文学会会员，山东省作家协会会员，省散文创作委员会委员。作品入选《高中语文阅读》、《21世纪年度散文年选》、《2008中国精短美文精选》、《2010中国散文经典》、《2011年中国精短美文精选》、《中国散文家作品集》等文集，并著有多部散文集。

母亲的守望总是与一柱炊烟有关

江湖一刀

写下这题目，仿佛又看到母亲从一柱炊烟中走出来，用树皮般粗糙的双手，拍打掉衣服上的灰尘，拂理净发丛里的草渣。然后静默在老屋的矮檐下，像一只窝旁守候的老鸟，若有所待地，张望着村前的小路。她的身影，矮小，滞钝，略有些苍迈颤巍。她满脸的皱痕间，濡着细细密密的汗珠和柴灰，微微地泛着黄。双眼却红红的，潮潮的，似乎还暗溢着斑斑点点的泪痕。我知道，那是长年累月，为柴草烟火熏燎的缘故。

这是童年和少年时，烙留在我生命中的一帧画幅。许多年过去了，它仍时时清晰地显印在我眼前，心底，缭绕在我的文字和梦里，像生了根一般，淡淡地，却执拗地，牵动我的乡愁——那背景，也始终是一柱袅袅依依，飘逸不断的青白色炊烟。

时间往往是黄昏，彩霞满天。或傍黑，薄暮冥冥。父亲还在田地里劳作。我和妹妹走在由学校回家的路上。正猛长身体的年龄，中午在学校里草草对付的那点儿“伙食”，显然供不应求。下午还没上课，肚里就响了空城计，叽叽咕咕的，闹得人心里烦躁燎乱，立坐不安。好不容易挨到放学铃响，便急煎煎，忙慌慌地往家里赶，像被鬼追撵着——的确有鬼，“饿痨鬼”。回到家，来不及放下书包，就径直奔向灶屋，找寻可填肚充饥的东西。“饿痨鬼变的？”母亲总是这样嗔骂着。那低沉的声调里，有笑，有爱，更有轻微的叹息。

嘴里包满了食物，又只顾着咀嚼吞咽，我们甚至来不及回答母亲的问寻。可真是饿啊！那年月，饥饿的感觉，就像一条疯狗，一只厉鬼，紧紧地纠缠着、追逼着我们。我们的全部心思，几乎都用在对付肚皮这事儿上了。母亲更是为此，耗尽了差不多全部的才智。尽管如此，家里那口补了三枚钉子的铁锅，似乎煮得再多，也填不饱我们无底洞般的肚子。每到该吃饭时，它就唱起歌来，比闹钟还准。而那时，最迫切的意愿，便是能望见自家屋顶上的炊烟。那混含着浓浓的柴草香、饭菜香的炊烟啊，就像抒情的花朵，在天空开放，并且歌唱。那甜暖的香，再远，也能灿亮了我们的眼睛和脸庞。后来，每听到“又见炊烟升起”之类歌声，我就仿佛又望见了它。望见了母亲，在灶前传柴递草，鼓腮吹火。心底里，也总有温馨滋润的感情，很明澈，也很幽远。

母亲饭熟了，就在夕光薄岚里，在几缕炊烟的余烬中，默默地守望着。偶或，也柔柔地喊一声：“吃饭了噢？”那极富母性的音韵，拖得是长长久久，悠悠扬扬的，浑若唱歌一般，格外地甜软，轻柔。传得很远很远，似乎仍满溢着饭菜的芳香。我们便暂时忘了饿一般，蹦跳着，雀跃着，应一声“吃饭喽，吃饭喽”，欢快地踏着暮色，一路狂奔回去。许多年后，读到余光中先生的诗《呼唤》，备觉亲切、动情，一下子就记住了。“就像小时候／在屋后那一片菜花田里／一直玩到天黑／太阳下山，汗已吹冷／总似乎听见，远远／母亲喊我／吃晚饭的声音。”

其实，母亲所能煮的，往往也就只是“饭”而已。川中丘陵，别无长物。少量的米外，多半就是红苕，麦子，苞谷。自每年春三月下秧，到秋八月，才有新谷入仓。在这段漫长的青黄不接的日子里，一天三顿，翻来覆去的，都只是红苕稀粥，或稀粥红苕（有时，连这也不丰足）。痨肠寡肚的，吃得让人烦厌了，诅咒了，却还是要吃，想吃。有时，就忍不住要冲母亲撒气（不是撒娇），皱了眉，苦了脸，说“又是红苕稀粥，又是红苕稀粥！”仿佛母亲真是要故意地克扣我们。母亲默然无语。每到这时，母亲总是默然无语。黯淡瘦削的脸上，隐显着一丝愁苦和讪然，仿佛她真是不该只煮出这样的饭食。只在偶尔的夜里，能听到母亲和父亲焦苦的叹息：“这日子，哎，真是亏了娃们。”声音很低，很低，却沉重如石地，砸在我的心坎儿上。那时，我才知道，母亲除了如我们一样饥饿外，还承忍了更难以言说的痛苦。

现在想来，也真是难为了母亲。那还是大集体时候。父亲体弱多病，不能重活。便习了理发、补鞋的手艺，常常要走村串户去挣钱。似乎是“承包”，有定额的。父亲挣了钱，就交给队里，再由队里核算工分、口粮、超支、现金，诸如此类，我闹不清楚。但我知道，父亲常常是挣不够工分的。母亲就只好更累了。除缝连补浆，灶火炊饭，洗锅刷碗外，还得风来雨往地忙活队里。母亲很能干，手脚利索。也颇有力气。肩挑背扛，耕犁打耙，样样都不让须眉。那时队里男工，一天十分。女工，不过七八分。唯独一个九分，就是母亲。

虽是如此，粮食却仍不够吃。巧妇还难为无米之炊呢。母亲再能，也无计可施。吃饭时，母亲总是先给我们盛上满满一大碗，再舀自己的。饭桌上，母亲也总是坐在靠近灶屋那“挂角”（方桌的四角）的位置上。捧了碗，慢腾腾地举箸援筷。似乎在品尝美味，又似乎难以下咽。那神情里，满是瑟缩，迟疑。每看到父亲或我们的碗空了，便抢着去给我们添饭。倘若锅里也没了，脸上就又是一丝愁苦和讪然，沉重得令人至今难忘。后来我才明白，母亲那殷勤得有些夸张的举动里，更多的，却是谦卑和愧疚。为她作为母亲，却不能煮出更多更好的饭食，喂饱她的孩子。现在，母亲偶尔到我这儿来，每顿饭时，仍瑟缩而谦卑地坐在“挂角”的位置。举箸援筷间，也满是小心翼翼。起初还以为是客气，或不习惯。多次让她坐在正位上，说，一家人，用不着那样的。但不一会儿，就又不自觉地，移到了“挂角”的地方。我才知道，这习惯，跟那时的生活有关，改不了了。便忍不住嘴里发苦，心里发灰。有一种懊然复怅然的感觉，拂之不去。

那时，母亲最大的快乐，或许也和我们一样，就是逢年过节。因为，她终于能给我们煮出一顿好吃的饭菜来。记得每次煮“年夜饭”，母亲都要忙得腰酸腿疼好几天，但她发自内心地高兴着。进进出出，风风火火，嘴里，却常是悠闲地哼着歌儿。我小时唱会的那有限的几支歌，都是煮饭时，跟着母亲学的。饭菜终于上桌了，母亲便会兴奋地宣布：“开饭喽，开饭喽！”那神情和声音，老让人联想到“中国人民从此站起来了”的宣告。至少，那骄傲自豪和喜悦幸福的感受，是相同的。现在想来，在我们敞开肚子，尽情吞嚼母亲做的丰盛饭菜时，连我家屋顶上，那缕缕飘散的炊烟，或许也该是香喷喷的，乐陶陶的。就像母亲那溢满快乐和幸福的脸。那时，母亲总是很少动筷，而是凝望着我们，嘴里喃喃着，说：“真想天天都能这样！”

终于能够天天都那样了。我和妹妹，却不能天天都吃到母亲做的饭菜了。我到外地求学了，然后工作了，成家了。妹妹也到异乡打工，然后出嫁了。母亲仍在老家，里里外外地忙碌着，一日三餐地灶火炊饭。我们偶尔回家，母亲总要亲自下厨忙乎。饭菜自然丰富多了，母亲脸上，却依旧常有黯淡和讪然。父亲来信讲，你妈每顿饭都要念叨，不知娃们吃饭了不。父亲又讲，家里杀了猪，心舌肚都留着。你妈说看啥时能回来，她给你们煮着吃。父亲在信里讲着，讲着，不知道我鼻子已是酸酸的，喉咙里，也又涩又堵。那时，我才明白了“儿行千里母担忧”这句话的深刻含义。我其实知道，自古以来的母亲，都是这样的良善，慈蔼，无私。只是，我不无遗憾地发现，这种传统的母亲，在我们的生活里，已是越来越少。一代慈蔼而伟大的母亲，或许就将从此，渐渐地消失了罢。意识到这一点，我不禁为我们的后人，感到深深的悲伤，和彻骨的绝望。

“又见炊烟升起……”每听到这歌声，都恍惚觉得，一缕缕绵缠的炊烟，在眼前袅袅地飘升起来，与夕阳、晚霞、风和过去的岁月，融溶在一起。那淡蓝淡蓝的烟里，满是最平常的人间气息，朴素，温暖而芳香，叫人莫名感动，惆怅。眼睛里，也禁不住一阵灼痛，潮润，仿佛正被那烟火熏燎着。依稀看见，我苍老而慈蔼的母亲，正站在老屋的矮檐下，站在一柱柱炊烟的背景前，远远地望我，暖暖地喊我。

那炊烟，我想，该就是母亲生命的光束了。而它，我知道，也正是我生命之流的初源。

（2005年4月28日首发中财论坛）

江湖一刀，本名谢云，男，1969年出生，四川三台人，四川省作家协会会员，四川省优秀教师。著有散文集《背在背上的井》、诗集《春天正被众手相传》等多种，长诗《老区》曾被《新华文摘》选载。

黑昼

杨志广

1943年6月6日，一个极其平常的夏日。

天刚亮。昨夜的一场滂沱大雨过后，天气依然没有放晴的迹象。空气湿漉漉的，厚厚的阴云笼罩着曹家务这个冀中平原上的小村庄。那低低的乌云，仿佛就悬浮在人们的头顶上，直压得人喘不过气来。每天这个时候，太阳已经升到半杆子高了，可今天这个早晨却显得暗无天日，四周灰蒙蒙一片。

姥姥起得很早。这些天，鬼子三天两头到村里扫荡，家里的粮食早被抢了个精光。好在精明的姥姥提前把一小袋玉米面藏在了房后隐蔽很好的菜窖里，一家人才能靠这少得可怜的玉米面和从地里挖来的野菜勉强度日。姥姥起床后，下到地窖取了少许玉米面，熬了稀粥，然后招呼姥爷和年幼的母亲与小姨起床。

几碗稀稀的玉米野菜粥端上桌子，饥肠辘辘的母亲和小姨便急不可待地吃起来。姥爷站在地上，也端起一碗慢慢地喝着。姥爷身材高大，眼窝深陷，目光炯然。由于个子高，姥爷吃饭的时候很少上炕盘腿端坐，大都站在地上，姥爷说这样吃饭会直接下肚，好消化。姥爷喝了一半，把剩下的一半菜粥倒在小姨碗里。

一家人正在吃饭，街上忽然传来一阵嘈杂的声音。接着，几声尖利的枪声打破了小村的沉寂。姥姥大惊失色，神色慌乱，话音有些异样："快！日本人来了，孩子，你们快跟妈躲起来吧。"母亲和小姨闻声忙扔掉碗筷，跟随姥姥穿过后门躲进了地窖。姥爷盖好地窖，刚刚返回屋里，两三名头戴钢盔、荷枪实弹的日本兵已踹开破旧的院门闯了进来。姥爷战战兢兢地走出屋门，刚要开口，已被一名络腮胡子的鬼子兵用重重的枪托击倒在地。几个日本兵冲到屋里，见空无一人，只有碗筷狼藉地放在炕上，于是重新回到院子里。一位矮胖的日本兵走到惊魂未定的姥爷跟前，操着生硬的中国话问道："这里，八路的有？"姥爷摆摆手："老总，我们这八路的没有。""八嘎！"另一个鬼子兵从一旁冲过来，对姥爷凶狠地打了一记耳光。姥爷只觉得眼前金星乱迸，面颊上立时出现了一片红红的血印。"老总，我们这里真的没有八……"姥爷还欲争辩，又一次被鬼子用枪托击倒在地，胯部一阵阵钻心的剧痛使姥爷禁不住呻吟起来。看到姥爷痛苦不堪的样子，几名日本兵得意地开怀大笑。这时，那个络腮胡子的日本兵将倒在地上的姥爷拽起，然后掏出绳子把姥爷五花大绑捆个结实。几个鬼子端着明晃晃刺刀的三八大盖枪，押着姥爷走出院子。姥爷回头望着自家的房子，想着躲在地窖里的妻女，心中暗自喟叹："唉，这下我怕是回不来了！"

鬼子兵把姥爷押到了村西口。姥爷举目观瞧，只见有百十来号人都被日本兵捆绑押解至此。他们都是村里的乡亲，成年男子居多，还有一些妇女和老人。这里不时有鬼子兵恶狠狠的喊叫与叱骂声传来，人们的目光中充满了迷茫、无助和惊恐。日本兵们押着村里的百姓陆续集中到这里。过了大约十几分钟后，人们被一队日本鬼子押解着继续向西行进。这些只知道种地的老百姓不知为何惹了日本人，更不知道这些凶神恶煞的日本兵要把他们带到哪去。

被缚的人们在乡间泥泞的路上行进着。忽然，雷声隆隆响起，头顶上乌云密布，天愈加黑了起来。随着几道闪电划破天际，倾盆大雨从天而降，空旷的大地和原野全部笼罩在灰蒙蒙的雨瀑中。雨声、人们的喘息呻吟声，夹杂着日本兵歇斯底里的叱骂声。

不知过了多长时间，也不知走了多少里路，滂沱大雨渐渐停了下来。在日本兵的号令下，行进的人们停住了脚步。姥爷甩了甩湿漉漉的头发，定睛一看，原来他们已走到距离曹家务15里远的王庄村村东的开阔地。随着几声听不懂的日语，一小队鬼子兵列队朝王庄村而去。不大工夫，鬼子兵们便押着十几个王庄村的老百姓抬来四、五个大号的水缸和一捆捆粗粗的木棍。接着，日本兵喝令被缚住的村民站成两排。一会儿，几个大号水缸被灌满了水，一捆捆棍棒被打开，日本兵们脱掉了上衣，用水蘸湿了皮鞭。在这一刹那，人们终于知道将要发生什么了。于是，人群中传来一阵惊恐的唏嘘声，很多人瑟缩着，尿顺着裤管失禁地流淌下来。

日本兵们狂叫着，首先把三名壮年男子和一位年近七旬的老汉从人群中拉出。几人惊恐地挣扎、呼号着。鬼子兵两人一组，将四人分别拖到水缸旁边，把他们的头狠狠地摁进水缸内。于是，气泡的咕噜声、痛苦的呼号声与日本兵的狂笑声交织在一起，恐怖的气氛攫住了每个人的心。鬼子兵将他们不停地沁入水中，一次、两次、三次…… 气泡的咕噜声依旧，而呻吟声却渐渐微弱。不知过了多久，四人被放倒在地上。他们已经不再喘息，被灌满水的腹部浑圆如鼓，泛着隐隐的光亮。一名日本兵持枪走近，用刺刀朝着其中一人滚圆的肚子猛地刺去，鲜血伴着腹水涌泉一样喷射而出。地上的人撕心裂肺般地惨叫一声，便不再动弹。人们被这血腥的场面惊骇了，一些人被吓得立时晕厥在地。

这时，一阵妇女的尖叫声传入姥爷的耳鼓。循声望去，几名日本兵正将两名年轻的女子从人群中拖往不远处的玉米地。女子挣扎着，哭喊着，不久，这声音就被日本兵淫荡的狂笑所淹没……日本兵轮番糟蹋了两名女子，事后还残忍地用刀割去了她们的一只乳房。

接着，人群中被缚的壮年男子被一个个地按倒在地上。鬼子们每人操起地上散落的手腕粗的木棒，轮番抽打地上的男子。立刻，棍棒的击打声和人们的惨叫声夹杂在一起。棍棒一下下落在他们的身上，薄薄的衣服破裂了，殷红的鲜血很快染红衣衫，沾满飞舞的棍棒。每个人都被打得皮开肉绽，年老体弱的当时就被打得一命归西。有些人向日本兵求饶，也同样没有摆脱厄运。

姥爷被鬼子兵按倒在地上的时候，就自知难逃一死。日本兵高高举起的木棒重重地落在他的后背、臀部和腿上，发出沉闷而响亮的“噗噗”声。一阵阵彻骨的疼痛传遍姥爷的全身，他下意识地发出了呻吟。不知过了多久，渐渐地，痛感变成了麻木，他感到知觉似乎正在一点点地消失。朦胧中，他仿佛看到了姥姥期待的眼神，看到了未成年女儿挥动的小手……他告诫自己：不能就这样死了，要活着！活着！他知道，如果鬼子发现他已经死了，就会停手的。于是姥爷屏住气息，如死人一般地不再动弹。日本兵看到姥爷一动不动了，停下棍棒，用手指凑近姥爷的鼻子，然后扔下木棒，大笑着扬长而去。这时，强烈的剧痛终于使姥爷昏厥过去……

姥爷再次醒过来的时候，这里已经空无一人，寂静如初。姥爷吃力地抬起头来，只见鬼子和被缚的乡亲都不见了踪影，开阔地上横七竖八地躺着十几具老百姓的尸体，其中包括那个被日本兵灌水剖腹的人，空气中充满了令人作呕的血腥味。姥爷感到浑身钻心般地疼痛，双腿仿佛灌满了铅一样沉重。此时已是午后时分，天依旧阴沉、灰暗。姥爷隐约记得家在东面，于是他支起近乎麻木的身子，拖动仿佛断了的双腿，吃力地朝家的方向缓缓地挪动、匍匐……

黄昏时分，急得如热锅上的蚂蚁一样的姥姥在家门口看到了正趴在地上呻吟、浑身是血的姥爷，夫妻俩抱头痛哭在一起……

大难不死的姥爷回到家后，在炕上一躺就是两个多月。虽然尽力调养，姥爷被棒打的一条腿却还是落下了残疾，不仅有些跛，而且每逢阴雨天就会痛得钻心。姥爷后来知道，那些一百多位同村的乡亲们被鬼子折磨够了，除惨死的之外，其余的都被送到外地做苦工了，直到两年后日本鬼子投降后，很少的幸存者才得以重返故里。

姥爷是于1982年74岁时辞世的。在我的记忆里，姥爷生前曾多次说过，人都说六六大顺，可1943年6月6日，自己却经历了一生中最黑最长的白天。

（2005年6月19日首发中财论坛）

杨志广，男，1963年4月出生，回族。系中国少数民族作家学会会员、辽宁省作家协会会员。迄今已有数千件作品散见于《民族文学》、《诗潮》、《星星》诗刊、《词刊》、《山东文学》等国内外百余家报刊，出版三部诗集、一部散文歌词集和一部影视文学作品集。

丽江的诱惑

马霁鸿

丽江，我禁不住你的诱惑!

纵然被人赞赏为还算有几分坚强意志，纵然自信在半生的历练中获得了几分定力，可我面对着你，却怎么也抵挡不住你强大磁场的吸引，丽江! 使尽浑身解数也抵御不了你极有魅力的诱惑，丽江!

我禁不住那片蓝天的诱惑。那片蓝天，我的朋友说它蓝得不像个天。像个什么呢? 来自江南的这位画家朋友说，它分明是铺在空中的偌大一方固体染料。凭着这份“染料”，画家朋友在这里一呆若干年，画出了多少幅对胸中天堂的眷恋。白云一朵一朵飘过来，飘远去，也完全没有个云的模样。它们就是一堆堆棉絮嘛，背后肯定有一个传说中的神奇的江浙弹花匠，隐着身儿弹啊弹啊，一天又一天，将这些云朵弹得疏松洁白，仪态万方。那么，这里的空气无疑也已被仙人处理过了，若有若无，若即若离，而又养鼻润喉，爽身快心，胜过街面上的矿泉水纯净水，滋养了多少行吟诗人的长歌短唱。

我也禁不住玉龙雪山的诱惑。个儿中等的如我一般短长的玉龙雪山啊，你怎么就舍得离开兄弟姐妹，在这雪山家族距离赤道最近的地方，在这人间烟火稠密旺盛的地方，稳稳当当地扎下了根呢?不由得让人猜想，你对人间寄予了很厚很厚的情感，极想听听父子们浸透天伦之乐的话语，极想听听婆媳们饱含情意的交谈。你也更想看一看人间沧桑的流转，社会变迁的雄浑气象。你也更想品一品宋祖英赞美丽江的清丽歌喉，陈思思称颂丽江的甜美金嗓，阎维文拥抱丽江的豪壮放歌，还有白雪怎样诠释幽谷上空高高的蓝月亮。玉龙雪山，你是端庄肃穆的，又是鲜活灵动的。你飞起连绵相依的十三道峰岭，让人形象地感知巨龙壮美的舞姿。玉龙雪山，你不满足于人们对你万古洁白的定位，在腰际围上五彩缤纷的花环，在山脚铺开葱翠挺拔的森林，以此展示你多彩多姿的神韵，并抒发对人间的无限热爱之情，以及生命的无限亮丽与蓬勃。

我更禁不住古城的诱惑。为了形容你的美，丽江，人们将你喻作高原姑苏。依我看，你比姑苏更有一番清爽韵致。同样是小桥流水，你的小桥更玲珑，你的流水更清亮，更不要说头顶上还有那片一尘不染的透明蓝天。就连屋檐下小河边的花花草草，也更见几分娇妍与妖娆。多少回梦里徜徉在玉河边，任柳枝儿轻柔地拂弄我粗糙的脸庞，听老水车吟哦、翠鸟掠影月光的旋律。多少回在遐想中流连于古色古香的街巷，掬一捧三眼井的泉水，漱去红尘中带来的焦渴；揉一揉僵硬的耳廓，灌进小巷中摇来的清脆铃铎声；用力眨一眨干涩的眼睛，看清了，看清了，泠泠泉水滚过四方街，滚过关门口，洗得每一块石板都光洁如镜。一块块五花石板，又如同一幅幅新墨洇出的画，宛若一朵朵鲜花欣然绽放。

作为一个文化人，我怎么禁得住你灿烂的民族文化的诱惑，怎么禁得住对你那一份奇异的民俗风情的憧憬，丽江! 这里的民族文化，奇迹般地保留着那么一种原生态，悠远，古朴，凝重，而又生机盎然。我不怎么懂音乐，可那典雅优美的古乐，却向我发射出天然而强烈的亲和力，多少次令我陶然而醉，不知今夕何夕。我未曾识得东巴文，可凝视着那一个个象形文字，我看出了字画一体的创造之美，看到了纳西族先民智慧的光芒。我不会讲纳西话，但这并不妨碍我与纳西弟兄的交流，一个微笑，一番点头，我便融进了这个群体之中。恍惚之间，我便与他们挨肩携手，走进了正月十五的棒棒会，走进了二月初八的三朵节，还参与了他们的化从会，挑锅背米笑语欢声去踏青。幽蓝的月光披上玉龙雪山之时，我又步入了曲曲折折的纳西故事，跟着主人公们迤逦而行，去探访神奇的玉龙第三国，去寻找至纯至醇的生活境界和人间真情……

禁不住诱惑，我一次又一次地造访丽江，亲近丽江，圆我一个又一个梦，又带走一个又一个梦，绿色的梦，蓝色的梦，温润的梦，清馨的梦，波光莹莹的梦与风影袅袅的梦。

禁不住诱惑，我索性变作玉河边的一株垂柳，在丽江扎下根来。而扎下根来，新的诱惑又光临我的面前。接踵而来的一个个新的诱惑，将引领着我不断接近丽江的一个个角落，去造访，去探究，去亲密接触。

（2005年6月24日首发中财论坛）

马霁鸿，男，1956年出生，云南永胜人，回族，云南省作协会员。作品散见于《人民日报》、《光明日报》、《南方周末》、《读者》等，著有《马霁鸿文集》五卷。

二泉映月

半树

是夜，清冷，夜黑。黑色衬在灰色的底子下面，密度均匀。是夜，无云，也无月。本应该月色惨白，泉水清凉；本应该水光相映，涟漪波动。我静坐窗前，内心深处开始裸露。一扇窗户打开，极慢的速度。窗户木制，陈旧样式，嵌在土墙之中。窗户粘贴泛黄油纸，纸上面有洞，在中央位置，这是必须的，我必须肆无忌惮窥视可以感知的世界，内心冥想建筑起来的。是夜，我静心。是夜，我跨越时空。是夜，我入定。我举起手，这手没有苍老，也并不年轻，这手没有粗糙，也并不细腻。手的速度也是缓慢，在空中，触摸窗棂的油纸，充满深情。是夜，我淡淡愁绪涌动。是夜，不是悲，有些微的苦，苦的味道也是极慢、极慢地散开。是夜，我将身心都沉浸在水中。可以是池塘的水，可以是井里的水，可以是山泉，或者雾水。雾水最最好。水，缓慢流动，在地上，天上都可以，淹没一切。它略冷，并不激烈、汹涌；它泛着微光，异常清晰。是夜，冷，天黑。

他一定两鬓苍白，满面憔悴。他穿长衫，淡了所有的本色，破旧不堪，甚至邋遢。他舒展眉头，嘴角也没有翘动。他淡定。他的眼是黑色，无神。他眼里的神都内敛，沉入皮肉、血脉、骨髓，连着他三十五年前已经看遍的世界，悲与苦，艰难与酸楚，所有的一切。他坐下，一块干燥的土地就可以，其他并不需要。他动动身子，调整姿势。马尾琴弓触动琴弦，声音水般倾泻而出。然后他摇头，沉思。声音由此断断续续。是的，绝对不是流畅。我听不来协奏曲，我总感觉那太精致了。根本就没有技巧，如果是技巧，那也仅仅可能是琵琶，他最擅长的乐器。他是一个怀抱琵琶，走街串巷、沿街卖唱的乞生者。二胡已经不需要技巧了，二胡的声音就是本真的，内心的，没有伪饰，没有矫情，没有功力，连乞讨的功力都没有的低吟。他的手污垢遍生，干瘦啊，嶙峋，苍老。他能感知风，不能感知月色。他也感知不了水。他在藏身的土屋，田埂上，旷野里，随处都可以有他的影子。旷野里有大树，孤独的大树，他也感知不了。

水继续流动。这水是声音；这水是思绪，无边无际；这水是深思，又是虚空，什么都可以不想。

他继续用琴弓触动琴弦。他浸入了声音里面，他激动起来，感慨起来，高昂起来。他是人，也是普普通通的人。他顽强过，他自傲过，他清高过，他本就是才华横溢啊，又有何人可以和他比肩。但只是简短停顿，他恢复原态，中间有过反复。然后，他有了苦。他有了苦，老泪并未纵横。淡淡的苦。不是悲，绝对不是悲，也不愁，早就没有愁了。我听不出惠山泉，但能听出有一点太湖水，荡漾或者澎湃。我见过太湖，惊讶于它的浩渺，似大海，昏黄，水面雾气升腾。主要还是南方的味道，不是北方。北方粗犷，他骨子里面有细腻，并不炫耀，自然流露。他什么也不表现，什么也不想说。越是顿悟的人，越是无语。说出来的全无味道，所有的妆饰都虚假，都是亵渎。我甚至爱极它破败的声音，用的是一把普通又普通的木制琴杆。哪里会有老红木，哪里会有老紫檀，哪里又会有银丝、金丝？他本是一个瞎眼的乞生者。

是夜，我深恨自己去追究。深恨文人的曲解，转而深恨惠山泉，深恨陆羽。陆羽定义惠山泉的水，惠山泉又因这个瞎眼的艺人扬名。惠山泉又如何？大江大河，哪里不是水？虽然在我，水是要干净的。水的干净藏了我内心中唯一还剩下的一点骄傲。我极爱干净，病态的干净。水，未必要甘甜。陆羽是伪清高，他连一个浪得虚名的士人都不是。他只是一个附庸风雅的伪食客。他说的品茶只是饱尝油腻的大肉大鱼，看春风秋月的闲适而已。茶只要苦。茶在心品，不是味蕾来品。茶不要香气，什么气味也不要。阿炳的茶微苦，一定粗劣的叶子，看不清楚淡雅的青绿，也看不清楚稚嫩的毛尖。他看透了，真的看透了，他什么味道又品不了？

当一个异邦的音乐家，日本的小泽征尔，他泪流满面，他说要跪着听阿炳。这同样大错特错，但我给他最高的尊敬。小泽征尔错的不是他的灵通，错的是他尊重的方式。那个瞎眼的阿炳，他并不要你跪。夜，你蜷缩双膝，静心，看着他，或者看着空气。这个时候，只有声音，唯一的是声音。这个时候，你可以握握阿炳的手，抚摸一下他肮脏的衣衫，或者就坐在他的面前，眼睛看着他或者看着虚无。这个时刻，是什么话也说不出，除了感动就是感动。

我也曾经哭泣，很久以前。我听阿炳，一个人，在静夜里。我躺在地板上，全身心地松弛，夜的黑、夜的静、夜的孤独淹没我。我的眼泪就下来。眼泪很多，很多，一直这样流啊流。我哭的是我自己，不是阿炳。后来，我不哭，我感觉自己错了。阿炳，《二泉映月》真的不是悲苦。它是宽容，是豁达，是看透了，是顿悟了，是再也没有什么可以左右你了。它是自言自语的低吟，不在乎有或没有听众。它低吟给自己听。它低吟看遍的人生和苦难，它低吟万物，天地，全天下的水，全天下的风、雨、树，全天下还不被人所知的应该来和没有来的一切。

是夜，实际的情况是，窗外万火通明，嘈杂的声音此起彼伏。我开了计算机，戴上耳机，间隔起另外的世界。声音断断续续涌动起来。我陷入另外的世界。我深信人精神世界的双面、三面、四面，而现在我在静的时空中呈现我的另外的一面，隐秘的，不为别人所知。我一边听着《二泉映月》，一边敲下我的文字，这些文字可以牵着阿炳的手，并且再也没有什么惧怕，再也没有张扬，没有自怨自艾……

（2005年10月23日首发中财论坛）

半树，原名袁著章，男，1967年出生，山东人，现以小说和散文创作为主。作品散见《散文》、《中华散文》、《福建文学》、《岁月》、《散文选刊》等报刊。

采薇苦歌

何也

登彼西山兮，采其薇矣；
以暴易暴兮，不知其非矣；
神农虞夏，忽焉没兮，
吾适安归矣。
吁嗟徂兮，命之衰矣。

——《古诗源：采薇歌》

和西北的蕨菜、灰灰菜、乌龙头一样，被叫做巢菜的薇菜，也是一种野菜。它开紫花，结荚果，叶子、嫩茎可以当做蔬菜食用。春秋的远古岁月里，生长在田间地头的它，遇上了中国的高古洁士叔齐伯夷，所以很早就出名了，并在以后的几千年里一直被传诵，以至于最后演绎为一种人文道德象征，脱离了野草的范畴和趣味。

一

史书记载，周武王平叛殷乱后，天下归周。叔齐伯夷耻之，义不食周粟。采薇于首阳山上，饿且死。临终作歌曰《采薇》。

“义不食周粟”，就这一句话，把两位逃离后的亡国之臣推上了中国传统道德规范的最高祭坛。清贫如西山薇草的伯夷叔齐，从此和首阳山一起，跨越千年烟尘，教化世尚风俗。

就诗而言，《采薇歌》是一册连环画，一首叙事诗，它描绘了无家可归的伯夷叔齐殉道首阳山时，悲愤、寂寥、绝望而又自甘清苦的人生境界。他们问天无语，哭地不应。夕阳西下，两位耄耋老人佝偻腰背，对风当歌，吟咏逝去的山河。但故园不再，物是人非，唯有满山野草无语相伴，流水潺潺，一去不返。高士临终的悲愤呼叫和呐喊，也渐弱渐淡，最后复归于无。值得庆幸的是，史官们记载了他们的振聋发聩之势和高比云天之义。

毋庸置疑，这是那个时代惨壮的苦歌，是一代亡臣刻骨铭心的悲鸣。今天读来，还是那么真切，令人敬仰。

二

周公吐哺，天下归心。但掘墓者的周王朝，在伯夷叔齐看来，就和首阳山下的河水一样，再也不能第二次踏入了。他俩的道德诉求，困惑和迷茫，或者赖以安身立命的道德标准，与周武王的“以暴易暴”发生了严重分歧和冲突。

面对生的忧患，他俩宁愿遁入首阳山采集野菜，咀嚼大自然的英华，充当历史王道中的英雄角色，也不愿随波逐流。百年以后的孔子在《论语·述而》中讲到，“德之不修，学之不讲，闻义不能徙，不善不能改”。如此大忧大患和伯夷叔齐“神农虞夏，忽焉没兮。吾适安归矣。吁嗟徂兮，命之衰矣。”的忧虑和不归相比，简直如出一辙。难怪同为儒家学范的他们，要被后世立为历史王道里的道德标向。

在哲学意义上讲，“无用性”标志着肉身与精神的彻底断裂。信念、理想抑或希望一旦陷入“无用”，那么，精神的生命又将何复以求呢？虚无的深渊，绝望的深渊是真正的归宿。《圣经》中有亚伯拉罕的绝望，约伯的绝望，耶稣的绝望，而伯夷叔齐的绝望就是宁可“饿且死”，亦不归。

信念欠缺乃至于对人世欠缺的认识，把伯夷叔齐逼上绝路。登上首阳山，也就意味着对自己精神的反叛和放逐。屈原有《天问》，高士有《采薇》。一个投江，一个饿死。尽管选择的方式不同，但求道无门时的解脱却极其相似。体面地与那个格格不入的世界告别，其实也是希冀在冥冥的逍遥之中得到拯救，一种内心信念的拯救。

“他愈嚼，就愈皱眉，直着脖子咽了几咽，倒哇地一声吐出来了，诉苦似的看着叔齐道：‘苦…粗…’。”

鲁迅在《故事新编·采薇》中，将这“苦涩”“粗粝”的人生感受赋予了隐居山中的伯夷叔齐，其实也是在另一层面上暗示，薇草之苦之粗，在于精神之苦之粗，坚守信念乃至重返信念或许是唯一的选择。

三

诗人帕斯捷尔纳克面对几位自杀的俄罗斯诗人说，“他们对自己表示绝望，抛弃了过去，宣告自己破产，认为自己的回忆已经无用。这些回忆已经不能接近这个人，不能拯救他，也不能支持他。内在的连续性遭到了破坏，个人结束了……。”

是的，精神的故土干裂了，信仰的空气窒息了，虚妄中无用的生活对高贵的心灵来说，已没有任何意义。于是，高洁如伯夷叔齐者，在一棵秋日的薇草前，像斯威夫特那样，盯着行将枯萎的叶片叹道："命之衰矣！"我就是这棵草！我也会从脑子开始死亡！

这种对命运无常感慨的差异，无论是陷入道德失意也好，或者是对社会认同荒谬感的拒绝、怀疑也罢，其实都表现为一种无所适从。"拣尽寒枝不肯栖，寂寞沙洲冷"。这也是相同心灵对人世苦楚无望和难以承受的凄美诠释。

隐居或遁入山中，是一种解脱，逃离，更是人性中泥土本性的寻求与归宿。面对周王朝，伯夷叔齐等待着返祖的重归，而这种等待就像永远等不来的戈多那样虚无，那样荒诞，那样没有意义。淳朴的野菜承载不了太多的道德诉求，它随时会在一阵风后枯萎或者凋零。它的支离破碎，它的断壁残垣，已经成为谬论或者是遗存，印证着生存的尴尬。在"普天之下，莫非王土"的时代，野菜如薇难道不是"周粟"吗？首阳山是周的首阳山，伯夷叔齐的悲鸣也只能是一种甘于清贫宁死不归的气节，是一种对"不适"的拒绝和坚守。

在歌声中，他们度过了适意的人生片刻，他们找到了摆脱虚无与荒诞的归路。其实，那是一条需要勇气、信心和觉悟的不归路。

四

几多风霜，几多枯荣。苦淡的薇菜自春秋后一直在时间的光影下，无援地蔓延着，繁衍着，其清洁之气渐散渐弱。今天，和大多数野菜一样，它们在被一棵一棵采集之后，已沦为闲散之人的口中美肴。谁还能记起它曾有的荣光呢?

一握之薇和一握之穗一样，但生长与采摘的艰辛今人好像淡漠了许多。首阳山上野薇稀疏，首阳山下周粟遍地。一上一下，也不再是蔬菜和粮食的囿围了。

伯夷叔齐所有的悲鸣都在这里，他们的命运属于自己，他们的野薇也归于自己。

（2005年11月6日首发中财论坛）

何也，真名何喜田，男，1966年出生，甘肃省秦安人，毕业于北京广播学院文艺编辑系。现供职于天水广播电视台，主任编辑，系中国散文学会会员，甘肃省电视艺术家学会会员。散文作品散见于《散文》、《散文世界》、《飞天》等刊物。

梧桐花开

修江

我说：那一片紫萼，是悬挂的风铃，不去拨弄，也仿佛有纯净似水的声音，响在春天的深处。总有一种声音让人感动，也总有一些色彩无须渲染，成串的花，细长的蕊，就这样静默着，站立成也许孤独，也许超然的姿态。这就是梧桐花，这树名叫梧桐树。梧桐开花，蝉鸣的季节，我们在树下读书。路过的行人说，看他们多么的浪漫，读书声震落了桐花，桐花散落在课桌上、文字间，他们在鲜花丛中圆着自己未来的梦。

这是曾经写过的一篇文章，是关于梧桐树的，很美，也很富有诗情，可是今天我才知道，那些所谓的抒情也是一种误读。

但今天，我却宁愿用一种白开水一般的语调去表达这一切：那时的我们一个个如同从土里爬出来的虫子一般，小男孩灰头土脸，小女孩永远带着不可抹去的红色——“农村红”，同样是茫然不知所措的眼睛，同样是张嘴就来的脏话，身上穿的是母亲亲手缝制的粗布单衣，透过衣服里散发的臭气，我们曾经倾听棉花生长的吱吱声，姥姥纺线的嗡嗡声，姐姐织布的咣咣声，母亲缝衣的嗤嗤声，袖口处已被鼻涕抹得油光泛亮，扣子也掉了几颗。有书，但也被折磨得不成样子，卷起的角乌黑柔软，我们喜欢蘸着唾沫翻书，因为我们的父母干活时就喜欢往手上吐一口唾沫，读书在我们眼里就是小孩子的劳动。头顶是梧桐树，梧桐花开了，一刮风就落在桌子上，不小心用胳膊碾碎了，沾在袖子上，抹也抹不掉，有时有虫子落下来，被男孩子捉在手里，任意地玩弄着，直到死去。那时我们的浪漫是远处传来的汽车喇叭声，是大人们口中城市的热闹与繁华，苦命的人才跟大树做伴，与土地游戏。

误读很多时候都会发生，有时是无意，对于文人，更多的则是有意。比如，在谈到梧桐树时，我总对别人说，梧桐树是中国传统文人的爱情树，高洁且孤傲。我会对人讲起凤凰“非梧桐不止，非练实不食，非醴泉不饮”的典故；给人背诵“梧桐半死清霜后，头白鸳鸯失伴飞”的词句；给人说那是一种何等的意境啊，李隆基失去杨玉环，背着手孤独地在宫廷散步，随意排遣着自己“春风桃李花开日，秋雨梧桐叶落时”的思念与记挂；我甚至可以融“梧桐更兼细雨，到黄昏，点点滴滴”于我的文章中，说梧桐树是感情树，春悲秋愁，梧桐最能解人意。最后，作为一种荣耀的展示，我说我的家乡就有很多梧桐树，我们小时候在树下游玩，看书，做游戏，那里有多少的乐趣。

可是，当有人说起羡慕我的童年生活时，我却只有苦笑，因为他们没有转到我的身后，或者来到我的家乡，那里没有真正的梧桐树，只有一些散发着怪异味道的泡桐，秋天上面吊满了垂着长丝的布袋虫。在梧桐树下读书是真事，可是那毕竟是出于无奈。

我们不敢到教室里去，因为那些地震的消息。我们都曾经历过地震，那场地震在地震记录上是不可忽视的一笔，毕竟倒了房，死了人，引发了一些混乱。前一年秋天的一个早上，我还在沉睡中，却忽然被一阵轰隆隆的声音惊醒，后来读欧阳修的《秋声赋》里面的句子，写秋声，“初淅沥以萧飒，忽奔腾而澎湃。如波涛夜惊，风雨骤至。”我就会自然而然地想到那一次的声音，那声音自西北方向传过来，鸡飞狗跳后便是一阵猛烈地摇晃，母亲大喊着让我们往外跑，可还没等我下床，震动停止了。

太阳升起的时候，该上学上学，该干活干活，一切都还是平常的样子，只不过话题多了一些，都是关于地震的。年过了，什么事情也没有，春天快要结束了，地里的棉花已经长出了嫩嫩的苗，梧桐树也要开花了，上面突然传来要地震的消息，而且是大地震，家家户户搭棚子，我们要防震。老师说，那我们就到外面上课，校园里面有五棵梧桐树，粗粗的枝干，大大的叶子，天热了，一个树荫就是一间教室，五个年级，各得其处，互不相扰。防震时期的学业，就是在梧桐树下开始的，虽然蝉会嘶鸣，花会凋落，但这与浪漫没有任何的关系，那只是一些所谓诗人的想象。我们读书，因为我们害怕老师检查，有一次因为我们记住“小金花，不要哭了，快给我们唱个捣米谣吧”类似的文章，老师让我们撅着屁股面墙思过，眼看着太阳落下不能回家，那是很痛苦的，因为回家后准会有一顿猛揍，回家晚，不是贪玩，就是挨老师批了，之所以挨老师批，肯定是没好好学习，这是不可饶恕的。

没有人喜欢读书，上学只是一种习惯，因为别人都在上，自己不去就好像是个多余人，为了不到地里干活而赖在学校“享受”，有的孩子甚至能够上五个一年级，没办法，就是考不上，你有什么办法，总不能不上二年级就毕业吧。所以，梧桐树下的读书生活，我们更多地留给了天空上飞过的小鸟，留给老师的棉田，留给春天帮老师张网逮鹌鹑的原野。我的误读源于我的离开，我知道，当我挥汗如雨拼命劳作时，我痛恨大地，痛在心底。当我离开大地，安享生活时，我赞美大地，赞在嘴上。诗意，只存在于久远的回忆中，回忆是一种隔膜，隔膜越深，诗情越浓，诗写得也就最感人。农民不会写诗，即使会写，也写不出手，他心中只有收成，只有风雨阴晴。写诗的人站在路边，在微微细雨中慈祥地看着插秧的农夫，心里构思着又一首贴近大地的诗歌。但他永远不会接近大地，他本来就不喜欢大地，他只是喜欢做诗。

（2005年12月24日首发中财论坛）

修江，本名胡修江，男，1974年出生，山东菏泽人，现在青岛市教育局工作。近年来在各级各类报刊杂志发表小说、散文、随笔等300余篇，出版有散文随笔《灰烬继续燃烧》、《帆船的故事》等。

步行街

阿贝尔

我在本雅明的《发达资本主义时代的抒情诗人》一书里发现了步行街的始祖拱廊街。在1852年的巴黎，作为豪华工业的新发明：玻璃做顶，大理石铺地，大理石过道通往建筑群。街道两旁是豪华的商店，灯光从上面照下来，简直就是一个城市一个世界的缩写。步行街是今天的城市人最钟情的去处，购物、就餐、约会、散步、打望，独自或成群结队在人群里闪烁，迷失又不迷失，斜阳从尖顶大厦的峡谷照下来，像流荡的碎金洒在脸上也不知觉——他们沿着镶嵌在自己身体里的步行街，走进了物欲深处，只有大滴大滴包裹着尘埃的雨滴砸下来，他们才沿用他们的祖先在森林里惯用的技能（奔跑）躲进房子，而且这样的技能也只是对忘记带伞的人生效。本雅明说，拱廊街是个介于室内与街道之间的东西，休闲逛街者靠在房屋之间的外墙上，就像在家中的四壁里一样安然自得。今天走在步行街的城里人已不再有这种感觉，他们有更为安全、隐秘的家，他们出来，大都没有一个明确的目标，他们混迹人群，在大众生活中获取满足。唯有对于外省民工和流浪者，步行街才显示出居室的某些特性。相对封闭，安全，有长椅可以依躺。闲散但饱满的声色可以缓和胃的饥饿，卑微的性可以在年轻女子身体的线条上短途滑行，产生火花。

城里人当然不接受民工和流浪者，但他们也只能做出捂住鼻子回避的动作，只有在偶尔的身体碰撞中才恶声呵斥。当代让民工和流浪者受到越来越多的保护，人权从一个民工和流浪者在步行街长椅上的安睡得到体现。在这些外省人眼里，商店的广告牌就是居室墙上的装饰，不亚于一般居民客厅墙壁上的油画。他们从长椅上醒来，也要看身旁招牌上的裸女，他们的想象可能下流，但绝对隐秘。书报亭、酒吧、咖啡馆就在离他们只有几步远的地方，但却与他们无关。看上去城里人没有在意步行街两边的商店招牌，其实那些招牌对于他们也有和民工与流浪者同样的效果，它们的声色是以潜在的方式进入他们的体验的。

步行街往往有代表这个城市历史的所谓雕塑，就像苏州观前街的织女、王府井的拉车人，它们很重要，却又总是被忽视。对于任何一个走在步行街的人，人是最重要的，其次才是商品。只有旅行者、艺术家才在意步行街的雕塑、天空、仿古建筑的阴影、缥缈的钟声、从各式衣裙里遗出的灵魂，和对从这条街道消失的人事与时间的想象。希望某一刻停留：雨后夹着残阳残雨的风、想象力涂抹在崭新电车上的锈迹、另一时代划过的枪声和另一时代的明星遗落的口红。这样，步行街便涉及另类休闲逛街者——离家出走者、诗人、街头画家、街头歌手、游手好闲者、窥视者。离家出走者对人群的态度是藐视的，他逃离不了层出不穷的家的错觉。只有喝醉了酒，忘乎所以了，他才回到人群，以飘忽的姿态与人群发生并不真实的关系。那时候，步行街对于他，便是一个痰盂，一间厕所。在呕吐的背后，依旧是自我迷失。诗人、画家和歌手永远都只是步行街的过客，他们在声色和商品的丛林里晃荡，无外乎是为了体验孤独——波德莱尔酷爱的那种在人群中的孤独。也有精明的诗人，在骗得fans的赠品之后，不忘骗得几个后现代意象。街头画家和街头歌手也不忘赚两杯酒钱。绘画在步行街是和谐的，能够给予已有的声色以启示，甚至给予看惯了明晰线条和色彩的眼睛以暧昧。但完成这个审美教化的却不是街头画家，而是凡·高、毕加索之流。街头歌手的演唱是真情而凄清的，这样的真情和凄清要是与金钱无关，那一定就是生命地表达了。当有些脏乱的长发随着吉他的颤音飘扬的时候，眼泪已经溶解了很多人的疑虑。艺术家终有自己的去处，就像普通市民终究要回家，但艺术家的去处不在享受天伦之乐的私有的建筑物里，而在广场、酒吧或者咖啡馆，甚至在歌厅小姐简朴的小房间。游手好闲者是步行街唯一真正的休闲者，哪怕偶尔挑起争端，引发骚乱，他们比走一趟仅仅买一盒卫生巾的少女还耗得起时间。他们歪戴帽子斜穿衣，染红的头发齐刷刷立正，前卫得像明星。他们还带小姑娘，哥们儿姐们儿的，抽烟的样子略显生涩。窥视者隐藏在人群里，不断与穿戴很少的美女缩小距离，若无其事的样子不会引起他人的注意。他的目光生了倒须，在你低领的衬衣里偷走了整个影像的乳房。窥视者大都斯斯文文，肌肤往往有女人的白净，目光也柔得可以拧出花蜜。

在步行街，一眼就能被看出的不是艺术家而是美女。美女的独特首先是外在：身材，脸庞，衣饰，行走携带的风。气质闪现的光亮，身体的每一线条辐射的性离子。不是我们的目光捕捉了她，是她捕捉了我们——这是夸张的说法，当然离不开我们的目光预期的守候。美女的五官有科学的构思和布局，质地明显地呈现出神性。额头泛出的光雌性柔美，眼睛昭示着心灵——而心灵绝对与每一器官通联。美女的鼻子往往有异族的特性，高挺，巍峨，颤动的鼻翼暗示着审美的节拍。大嘴巴，厚嘴唇，皓齿，性感开放，预示着内在的最大可能的积蓄和表达。挺拔丰厚的乳房通过衬衣勾出的轮廓是毁灭性的大美，能穿透情欲抵达肥沃的母性。这样的大美甚至可以抗拒我们身体里潜伏已久的死亡意识。

现代艺术家越来越不容易被辨认，要是我们还只从穿戴和发型去判别，肯定会闹出若干笑话。毕竟不同于巴尔扎克时代了，巴尔扎克时代人群中的天才很容易被看出，即使一个受教育不多的人在巴黎街头闲逛时碰见一位艺术家，也可以立即辨认出来。波德莱尔的一个叫德尔沃的朋友声称，他能够像地质学家区分岩层一样轻而易举将巴黎人按阶层区分出来。今天，在人群中比美女更容易辨认的是小姐，她们也美，却是轻浮的虚饰的美，即便是裸露的身体也不够真实。她们三五成群，像吃饱了饲料的圈养宠物，穿金戴银，彰显出的全是失缺了心灵的弱小。物质遮蔽了生命原本的光芒，机巧腐蚀了自然属性。她们是性的符号，却没有性的魔力。

从步行街出发，小姐去了歌厅、洗浴中心和酒店坐台，艺术家则去了酒吧、咖啡馆和书吧。小姐靠金钱和身体与社会对话，艺术家始终与社会格格不入，他们只入他们自己的圈子，喝水喝酒，说话骂娘。艺术家的存在是城市的风景，也是城市的火把，他们在创造与审美的过程中，也确立和毁灭。他们用泼洒灵感的文字、图画、音符和哲思将立法的警戒线后移，为从步行街出来的人拓展出更多的空间。夕阳从酒吧洞开的大门照进来，与酒精合谋唤起艺术家一拨拨的想象，就像春风唤起樱桃花、桃花、李花和梨花。夕阳可能是真实的太阳能，也可能是能量稀薄的幻觉，但功效都是启动创造。在雨季，透过咖啡馆的后窗，艺术家可能看见一个撑天堂伞的女子的侧影，它的线条碰上潮湿的空气让艺术家的皮肤迅速长出青苔。侧影消失过后，艺术家承受的是一波波的审美的伤感。夜深了，步行街已经倒掉了黄昏密集的脚步和身影，连复杂的气味也随夜风消散，空阔寂寥的街廊被移植到了艺术家的内心，重新燃起了一盏盏街灯。四下漆黑，包括咖啡馆和酒吧外面不规则的转角，只有艺术家血管里的灯还亮着，只是灯焰已开始摇曳。这样的时刻，小姐往往充当了艺术家灯盏里的油。从酒吧或咖啡馆摇摇晃晃出来的艺术家一扇扇地敲着歌厅的门。独来独往的艺术家撩开发廊门帘的瞬间，大头皮鞋的声音还在身后回响。午夜的交易，眼神，暗语，沉着与镇定，多么像老电影里的地下工作者。生命戴着套子进入，隐喻在白天日报上的短诗里。与小姐交易的当然不止艺术家，白天出现在步行街的每个人都有可能。局长，董事长，总经理，警察，公务员，教师更习惯逢场作戏，只是他们高明得令人作呕，交易的时候总有一大堆身份和姓名。谁能在步行街辨认出嫖客？

步行街以呈现的方式存在，且具逗号的气质。美女、艺术家、小姐是稀有动物，更多的人不是回到了家里就是去了露天茶座。露天茶座在江边和公园的树丛，冬日的阳光从江面或树梢照过来，有体贴的温暖。但对于从步行街来的人，阳光至多只是个背景，好比屋子里的空调。从人群来到人群，他们要的还是迷失，还是一种没有时间没有存在的无意识状态——聊天和赌博帮了他们的大忙。露天茶座看似被分隔的人和人，其实是一整块粘连的丧失了时间与存在的“草皮”——除非有孤独的艺术家在座，落在他腿上的阳光或者几声鸟鸣便能形成自我意识的漩涡，甚至让他的存在定格在宇宙时间的某一瞬间。说白了，人群中的孤独就是自我觉醒，绝大多数时候是绝望的，因为自我意识的向度是渺小与短暂的。绝望引发的惊颤并不是神经本身的反应，而是一种对惊颤的意识，随着惊颤的加剧，一种急切的接近死亡的欲望便直接征服了孤独者。

步行街，或者步行街代表的城市是否有原爱，这是一个令人困惑的问题。注意，我说的是原爱，肯定有别于现代城市人的爱情。原爱发生的场景是山坡、丛林、庄稼地、干草堆、河岸。也有倾诉、沉默和喘息，也有雾化的欲望的感应和凝固的欲望的获取，但它要么是原欲的喷涌，要么是柔情的挥发。步行街只有景观树，只有广告牌和小型喷泉，虽然广告牌上的裸体要比麦地的七星瓢虫更具挑逗性，但你也只能躺在景观树下的长椅上隔着裤布抚摸。在步行街，接吻越来越脱离原爱，只相当于几行反叛宣言或者一种时尚的礼仪。来步行街的恋人、情人多数是为爱欲做饰物的，甚至是为完成一种本质上类似于要小姐的交易。衣裙是女子的首选，未必高档，但一定要称心。女子从恋人或情人处得到了物品，也就得到了爱的证据，回到房间交换身体的时候便不再有保留。也有得到珠宝的，昂贵了交易的绝对值，原欲的强度却不会增强。步行街的爱情涉及婚姻中的男女的时候，便是对恩格斯那个著名的嫖妓婚姻论的注释。城市是否在玷污爱情，这又是一个困惑。城市是人类文明的焦点，也是人类自我异化的肿瘤，城市附加给了人水泥钢筋的冷漠和工业品的虚伪，而附加给原爱的更是外科手术的解剖刀。城市的大气和食品让人的原欲退化。

（2006年4月29日首发中财论坛）

阿贝尔，1965年生，1984年毕业于江油师范学校。作品刊发于《天涯》、《大家》、《上海文学》、《散文》等几十种纯文学期刊，出版有散文集《隐秘的乡村》、长篇小说《老屋》。

万平的婚事

海凹

“万平结婚了”，这令我很惊讶。

每次回到崖边，耳中总会有一些鸡零狗碎的事情传入，比如王三和老婆吵架上吊死了；狗蛋半夜偷情被暴露；村主任丢了官弃了女人另找邻村少妇出走之类。于我而言，最触动我的莫过于和我年龄相仿的人成家生子。这次还乡，万平结婚便在我脑中上了头条。

万平在崖边村从我懂事以来便被人称为光棍，崖村五十余户人家，将近十个光棍，万平是这其中的领军级人物。主要原因是万平的棍龄最长。导致万平棍龄最长的原因，便是万平丑陋的长相。一张大方脸，镶嵌着小眼睛，大宽扁的歪鼻子，厚嘴皮构成的大嘴巴，整日龇着似地笑，再配上O型腿支撑的一截不高的个子，走起路来老是前颠后倾。万平的如此长相在乡民眼里成了谈论人样的一个标本，但我从不觉得万平丑陋。他太需要女人了，但他的条件在大家看来太没有得到女人的希望了。在他真有了女人时，我的第一反应便是庆幸之余还产生了惊讶。

“万平结婚的事”是顺来告诉我的，他是坐在军学家的炕上一边吸着报纸卷的莫合烟，一边漫不经心告诉我的。顺来是和万平的长相相差无几的人。他的个子要比万平高大魁梧，眼睛、鼻子、嘴巴都不是很难看或者很特别，但是这些东西在他的脸上没有和常人一样分布，还有他的门牙暴露在嘴唇外面，所以崖边的人都说顺来和万平一样都是丑陋的人。

顺来也是一条光棍。但对于没有女人的事情，顺来想得很开，很无所谓，他对自己的事情无所谓，对别人的事情更是无所谓。比如军学娶了一位丑老婆，全家为之雀跃欢呼。但顺来的评价是："就那样的女人，我在外面嫖过的妓女都要比那强。"

万平、顺来都是崖边村有代表性的光棍，崖边村的光棍很多，50户人有20多个，比重远不像崖村的经济那么低。

上午在军学家听见了关于万平结婚的事情，下午就和万平在十字路口（崖边村的人闲来无事聚众聊天、议事的地方）会面了，他一见我，就说："工人回来了（崖边村人管外面打工、干公事、做生意的人都称工人）。"我哈哈一笑，算是对他回应。他紧接着就说："给家里汇钱，咋就不能凑够10元，非要汇个9元。"他的这话把我说的很难堪，我仔细想来，原来他说的是关于我初到天水时在天水晚报投了稿寄回家里的稿费。我知道我给他的解释纯属多余，便也没有做任何解释。我问他怎么知道的，他说汇款单是他带给我父亲的。说了不多一阵子话，他就邀请我到他家去喝罐罐茶，我打趣说有没有冰糖，他说你去当然就有，不但有冰糖，还有红枣。

一走进万平家附近，他家的狗就开始狂吠。万平家在崖边村具有悠久的养狗历史，20世纪90年代开始，出现了鼠药，崖边的狗、猫等多种牲畜大量死亡，就连喜鹊也给灭绝了，但是老鼠反而越来越多。崖边在经历这个痛苦过程时，唯有万平家的狗没有出现意外，因为他家的狗拴着，况且他家像一个城堡一样，有内外两层院墙，只有一根窄窄的巷道可以进到他家。可能是有了森严的深宅老院的庇护，他家的狗没能吃到任何带有毒药的食物，因而保全了性命。不论任何人一走到这个窄窄的巷道口，他家的狗就会大叫，我一走进窄窄的巷道，万平家的狗照例一阵乱吠，万平走上前把狗赶进了狗棚看着我走到了狗缰绳够不到的地方，才赶上了我，把我往屋里带。

进到院子，万平就喊菊香端油饼上来，我和万平在堂屋刚坐定，菊香就端着满满一碟子油饼进来了。菊香很娇小，圆脸，小眼睛，比万平要好看，一层薄薄的脂粉没能遮住脸上的紫皮，一张典型的陇中女子脸，刻满了这里的气候。菊香和我年龄相差无几，小时候经常在一起玩耍，过了十几岁便男女有别话都不敢多说了。这几年菊香据说在兰州的什么饭店当服务员，可能见的世面多了，对我的来访很不当一回事，好像在刻意装出一副桀骜的神情。万平在一旁，我也没和她多说话。只顾就着油饼喝万平在炉子上熬就的红艳如猪血的罐罐茶，一只小小的茶盅似酒盅，每一罐茶水只有一小口，品起来像酒一样珍贵，尽管万平放了好多的冰糖，但还是苦涩得只能皱着眉头喝，我尽量把自己装得像一位饱经沧桑的陇中农夫一样喝万平的罐罐茶，生怕万平批评我不专业。因为我从小接受父亲严格地管教，像喝罐罐茶这种只有大人才能干的事情我从来没敢试验过，直到长大成人了，当着父亲的面我还是没有习惯去喝。

我斜躺在万平堂屋靠窗户的墙根，这个位置以前是万平爷爷躺过的。那是一个深夜，我和万平在40公里以外的村庄看完社戏回来后，跟着万平来到这个堂屋看见的，万平爷爷像一架骨骼，躺得特别难受，不时要水喝，是一只白色的瓷器茶壶，长长的壶嘴不时接近老人的嘴唇，但每次都是像婴儿一样吮吸一小口。那一夜，我担惊受怕地隔着万平睡了一觉，我生怕万平爷爷就在那一夜死掉，因为他卧床不起已有多半年时间了。就在那一年过完春节不久，万平爷爷死了，我是在第二年春节才知道的。我靠着一沓厚厚的被子不停地把自己躺得更舒服，万平爷爷从脑中渐远了，就问起了万平的婚事。刚一说，菊香就出去了。万平说，那女的不合适，我说怎么不合适，他说没有那东西。我听得差点把口中的食物吐了出来。就睡了一个晚上，第二天早上，人就走了。说完这些，万平很释然。我说你是不是硬要和她那个，搞生气了，他说，忍了半辈子能不试吗？我说那你到底搞了没有，他说我给你说了，她没有那东西，咋能搞。——这就是万平的婚事。

万平的堂屋被烟熏得一片漆黑，从房顶到墙壁到处都是油亮油亮的黑色。

我很怀疑，万平居然能娶到一个世界上很稀有的女人，但我知道，再进行关于结婚的话题就成了哪壶不开提哪壶，便识趣地岔到了其他的话题。

我们把罐罐茶喝完时，茶罐罐里面的大红枣已经煮得稀巴烂了，茶水也早就没有了味道。

闲谝了大半天，我离开了，出门时，万平送了我。我看见了万平家院墙上的那棵硕大的枸杞树，它比记忆中还大了好多倍。我第一次到万平家，这个在历史上称为富农家庭的人家给我留下的影像唯有这颗院墙上的枸杞树最深刻，他家的院墙就比别人家的要高出一半，同时又是在高墙上居然能长树，让我幼小懵懂的心灵很难想得通。但是这个冬天，我不知道它是否还活着。院墙上还有好几处墙壁坍塌了。听到我走了，菊香和她的妈妈都出来了，菊香的妈妈守了半辈子寡。本来瘦小的身子被农活压得更弱小了，她把两只手互相插在袖筒里，寒战着说着挽留我的话。在狗叫声中，渐离渐远了万平的宅院。想象这老宅的过去，真有“朱雀桥边野草花，乌衣巷口夕阳斜”的韵味袭上心头，这深宅大院都是万平的那位曾经是富农的爷爷修建的。似乎那个拄着拐棍的老人又蹒跚着，用小步走动着。这个影像又是在我奶奶去世后，他拄着拐棍前来帮忙入棺留给我的。

走出了他家的小巷口，万平还在笑哈哈地招手相送。

万平的父亲在万平五六岁的时候就死了，万平的父亲死去的那一年，出了两次意外，第二次就彻底死了。第一次是坐着拖拉机去陇西拉木料翻了车，同车三人就他活着，从那以后的半年时间，他拖着一根残废腿子挖土时，被捂到了悬崖下面。崖边人都说万平一家人在万平父亲死去后，只有万平像傻瓜一样，一直没有任何忧愁，那时候听了大人的这个评价以后，我也认为万平有一些傻气。但后来，我不觉得他傻，只觉得他很可爱，他比任何人更能接受命运的考验。

在崖边居住了几天，不时有关于万平婚事的议论，后来才得知，万平的婚事尽管以失败告终了，但有一点是很值得庆幸的，那就是菊香没有被对方接回去当媳妇。万平的这桩婚事本来是以菊香给对方做媳妇进行兑换为前提的，但由于万平接过来的媳妇只住了一个晚上就走了，菊香便保住了，没有再送走。

菊香是菊香妈妈的宝贝，她还要给万平换媳妇。

万平有没有媳妇，崖边永远是属于万平的。我永远羡慕万平的乐观、豁达。

（2006年5月26日首发中财论坛）

海凹，本名闫海军，男，1982年出生于甘肃通渭，毕业于兰州大学新闻学专业。已发表散文、杂文十余万字，结集《倒影》一册。

补上一份悲悯

黑龙江小龙女

每每想起她的经历或者遭遇，我时不时发几声感叹，感觉像流连多日的雨天，盼漫天乌云能够裂开一条缝，在电闪雷鸣的霹雳后，送给世界一个清新爽人的丽日。

几年前，我担任民政工作，业务之一是负责办理全乡的协议离婚登记。平日面对夫妇二人因家庭琐事闹矛盾，丧失共同生活信心所致的家庭纠纷。为孩子、房子、债权、债务的再分配而斤斤计较。我总劝他们稍安勿躁，就事论事，并让他们回家考虑半个月，冷静协调好家庭财产分配，再来办理离婚登记手续。根据经验，争吵的夫妇过半个月回来离婚的很少。吵过、闹过、消气了，依然重振旗鼓、心平气和迎着太阳的东升西落，生活步入正轨，平静、平淡是日子的真谛。

对来登记离婚的人，二人相敬如宾倒不是什么好兆头，他们多数经过深思熟虑，恢复一些理性，不能因为旁人不痛不痒甚至礼貌应酬的劝诫而改变主意。作为具体的办事人员，我只能怀有回天乏力的遗憾，祝福他们走向新生活。

我像卖零食的小贩，糊口之余，捎带品味不少人间悲欢离合的剧目，这是意外收获。演员们全是本色表演、全身心入戏，没有编剧、导演在幕后操纵，毫无做作成分，特别关注之下，觉得剧情倒显得拖沓冗长，每出戏都有些虎头蛇尾。可我不能忘记的是她。

那是一个多风的春天，沙尘染黄天空，世界倒在春寒里挣扎。透过玻璃的阳光似乎有气无力。我和一位书记员正在屋里百无聊赖。听见走廊里响起脚步声，门被推开，进来一对青年男女，从外貌看很是般配，男子黄白颈子，倒有几分书生气，女子容貌俏丽，脸上深深酒窝完美得有些刻意，只是皮肤略黑些，长发随意披在肩上。

他们进屋后，气氛不自然地有些扭捏。我和书记员准备好纸笔，然后开始验明正身似地发问，无非是姓名、籍贯、住址一类例行公事的问题，等问到离婚原因的时候，男子呆滞木然抬眼瞟了我们一眼，用下巴指指女子。

女子小声说："不为啥，我和他就是过不下去了。"书记员为男性，此时哈哈一笑，有些不怀好意地说："是不是跟李某能过下去啊！"我瞟了他一眼，不满他的刻薄，提醒他这是工作时间。我此时还算是他的上级，他"卖"给我一个面子之后，我们依次登记二人的财产分割、债权、债务的归属……看着男子一脸不甘的表情，我推测他处于被动，还在留恋这段婚姻，而女子则满含热泪。据此，我意识到此段姻缘也许有挽救的可能性。正如窗外的春天虽然艰难地步履蹒跚，但依然走在靠近绿色的路上，我们所要冲破的也许只是一段强弩之末的藩篱。

于是，书记员用公文语调做着结论："我们这里已经备案成卷，你们二人再考虑半个月，无疑义可以来办理离婚证。”男子无表情地垂下眼帘，神情好像认了命。女子则马上扭过身背对窗子站着，呼吸粗重起来，从随身的挎包里拿出纸巾抹鼻子，两行夺眶而出的热泪划过脸庞挂在腮边。

等他们离开后，我责怪书记员的不厚道，打人不打脸，说人不揭短，你怎能如此说话？他则用谴责不屑的口气告诉我他们离婚的来龙去脉。

原来，二人是四屯一对结婚不久的夫妻。从恋爱缠绵的花前月下，到婚后实在的朝朝暮暮，犹如河上漂流的橡皮船经过一段险滩后的一泻千里，惊险刺激的乘客，兴奋大叫迎接挑战的同时，身体不可避免地被船帮碰红磕青。他们也并无例外，经历多数人走进婚姻的磨合阶段，再疏于彼此理解沟通，造成很深的积怨，家庭矛盾呈现扩大化。

此时的女人是脆弱的，像失去攀附物的菟丝，疯长的迷茫、困惑无处可逃，无路可退。本村外出做买卖的李某趁机而入，女子感情的杠杆令人惋惜地倾斜，坠进李某用柔情蜜意、花言巧语编织的情网，跟他出去游逛几天，回来就闹起离婚，想与李某“光明磊落”地投身外面的新世界。

女子是无可争议的过错方，但为争取所谓幸福，她还是承受世俗的指责，提出协议离婚。虽说恋爱婚姻自主、自由，但是既然已经结发，做出相守一生的承诺，再在男女关系上出岔子，仿佛犯下九重大罪，人人可用语言的软刀子得而诛之。

婚姻是需要经营的，过日子是一潭安静的湖水，娴静温柔下的波澜不惊，才能永远而持久。婚外激情是暴风骤雨，收容残局需要胸怀、时间来涂抹伤痕，并不是谁都能潇洒面对这份昂贵的账单。向往美好无需指责，但用一个更大的错误来纠正代替，则是不智。她的破茧成蝶有种穷途末路的无奈，想到半个月后，跟男子再无瓜葛，她像平日盼毕业的学生，真正面临分别，往日的细枝末节一股脑儿拥在面前，倒有些依依不舍。在我们面前她不能自已地开成一朵带雨的梨花。

生活的忙碌庸常，让我暂时忘记这个春天的上午，半个月后，他们是否来领离婚证，我仿佛也没有特别印象。她的人生悲喜成为我记忆中的碎屑。

如是过了3年，上级残联捐献一批轮椅。特别指定捐给年轻的受助者，要求照相片存档，证明轮椅发挥了作用，顺便突出工作成绩。四屯的村干部，报上一个合适人选：女性，不到30岁，瘫痪。听见名字，我心一动，用力眨眨眼睛去脑海里翻检存储的似曾相识。

我需要对救助对象进行目测。于是，5月份的一天，她在家属的陪伴下，雇辆面包车来到单位。一男子把她从车上抱下，安置到准备好的轮椅上，她的母亲拎个鼓鼓囊囊的手提袋跟在后面。我与她对视，几乎要喊出声来，分明是几年前找我办理协议离婚的女子，我对她黝黑的脸庞、完美的酒窝留下深刻的印象。如今，她的眼睛仿佛蒙上一层雾气，头发修剪成利落的短发，脸清瘦成漂亮的鸡心形，小家碧玉的那种，肤色苍白，长久足不出户的蔽日环境造成独有的细腻，腮边年轻的红润仿佛薄施粉黛。我们目光纠缠在一起，她睫毛下的眸子一轮，随即又像一块汪着水的玻璃，我认出了她，相信她也认出了我。

抱她下车的男子是粗糙的，把她随意放到轮椅上就躲开了，母亲光顾和我说着感谢政府的话，她身不由已保持着两腿叉开的

“箕坐”姿势，纤细的脚背伸的很直，在风中晃了几晃，像吊在空中的丝瓜，红色紧身的裤子，裤裆湿了一片……

我下意识想象她不能自理的日常生活，种种不便言说的私密与痛苦，恍然大悟母亲手提袋里的内容——原来是尿布片。便扭头不忍再看，提醒母亲帮她摆一个“优雅”姿势，然后指挥摄影师按下快门，她露出矜持的笑容，微微偏着头，神情悠远而高贵。

她们带着轮椅欢天喜地的离开了，整个过程，她没有说一句话，她小心翼翼地笑，她蒙上雾气的眼睛，像一只温顺的兔子……我把她的美丽存档。

后来辗转通过村干部了解到有关她的情况。原来，当年男子是坚持不离婚的，协议离婚是他维持婚姻的权宜之计，这是一个让她改过自新的机会，但它来的懵懂而鲁莽。她醉在李某的怀里，意识不到男子别样的良苦用心，再次用出走表现她的选择与叛逆。

投入沸腾的生活，首先要解决衣食住行。她和李某开始艰苦谋生，净身出户、赤手空拳是一种勇气或者悲壮，生活琐碎而举步维艰。二人蜜月般的新鲜感已过，她被李某半骗半卖到洗头坊打工，洗头坊只是对外“美其名曰”的招牌，她成了地道的“暗娼”，被限制着人身自由，忍受非人折磨。终于在一次“工作”中，她纵身从四楼窗户跳下呼救，害人者被一网打尽，而她也摔成瘫痪，挥霍掉自己的婚姻和健康的青春。

前尘如梦，我目睹她曾经的徘徊与挣扎，往往邪恶披着迷人的外衣，如艳丽的罂粟花，她用巨大的代价为一时婚外激情买单，悔恨怎样啃噬她余下的生命！我没有提起往事，故意戳穿她。她的矜持是掩耳盗铃，是维持尊严的最后防线。如果可能，让我们挽救地献出一份爱，或者补上一份悲悯，唯有祝福她好！

（2006年6月18日首发中财论坛）

黑龙江小龙女，原名韩慧，女，黑龙江省双城市人。有作品散见于《北方文学》、《辽河文学》、《九月诗刊》及《中国诗歌》、《中国网络诗歌精选》（2010－2011）等刊物及选集。

被雨水打湿的痕迹

马碧静

实际上我不是不知道自己想写什么，而是突然觉得无法把一些单个的字像排队一样排列好并使你、你们，或者他、他们读出我想要表达的涵义来。

就是说，我很急……对，这种感觉很像难产！他们在腹中酝酿成形、浮躁难耐，在正常的通道内撞击、冲跑，却无法打开宫口。

我是说，我不能难产而死，为我自己，也为我的腹中。所以，我选择了其他方式……尽管很难。也许在过程中语句颠倒、语焉不详，宛若疯痴病人陶醉排他梦境，然却是诚实的、纯净的，如新生婴儿的眼睛。就让他（她）们渗破皮肤，在空气中一点点重组。

那一年夏季，无风。阳光下的人更像贴在热锅边的煎饼。走在那样的日光下接受烘焙，似乎需要些勇气。除非有事非得出门，不然人是不会去轻易挑战勇气的。很多时候，人类比自责中的懒惰更甚！安于现状永远是人类最突出的特点之一。

这样的午后，我举着一张惊骇忧伤到麻木的枯槁形象出现在返乡的客运站。

处理完男友丧事，我已透支了最后一点精力。人流如织的客运站，无数五颜六色的个体此时正在奔忙，买零食、买水、买票、四顾找车、闲谈嗑瓜子，再被一辆辆长着四只跑腿的箱子运送到一个个起点或终点，更多的是站点。

拿到票，茫然到无助，不知道返乡于我意味着什么？是抛却过往开始新的生活？还是背负重重的壳，像掷铅球一样地把生命沉重地投入另一个未知？我不知道，我等着有人来告诉我。

离发车时间尚早，早忘记肚里还没填进任何东西，也不想买个瓶子捏在手中。对于我，那更像装装样子，配合着大包小包，告诉别人我是个疲倦而快乐的旅行者。然我快乐吗？尽管瓶子中的东西实在可以浇灭我嗓口的干燥。

选择一个靠窗的好位置极其重要，它可以使我的目光极尽所能。来来往往，往往来来，一出出剧情正在上演，它们可以是毫无关联的，从青春言情片断到父慈子孝，也可以是泼妇骂街抑或鸡鸣狗盗。不管是什么，都是活生生的存在。它们可以提醒我生活正在一成不变地延续下去，并不会因某个个体的悲剧中止演出。

现在回想起来，她当初吸引我的应该是那双秋水如瞳的双眼及抿得如一片白纸的薄嘴唇，她身上斜挎个大书包鼓鼓囊囊，双手拎一个捆扎得严实实的纸盒子。很沉的样子，猜想应该是书。

毫无疑问，她是个外出求学的学生，假期返家。

我的目光只在刚上车的她脸上有短暂停留，便又空无缥缈地投向窗外。似乎是结论，阅历世事我终于理解人性的冷漠与麻木——因为有限的精力，当完全陷入自我的悲忧中，是无暇顾及不相干的喜或悲的。

所以说，尽管从一开始我就觉察到了那双秋水里掩饰不住的不安与苦恼，以及迅速搜寻想要尽快找个落座点的迫切。

车上空位子多得是，实在想不到她竟局促地坐到我旁边。

这是我第二次回眼望她，一分质问两分责怪，更多的是自我空间被打扰的茫然。

纸盒子已放在她脚旁，仿佛犹豫片刻她才轻轻试着坐到位子上，好像怕被针扎一样。才落座，她便急速地跳将起来，仿佛她坐的确实就是一包针毡子。

我的眼光已转换为惊疑，她垂着眼帘轻轻回看我一眼，看我的同时顺便扫视一眼车内有无人在注意她。瞬时她已羞得满面绯红，下嘴唇抿得更紧了，不知是要阻挡即将决堤的泪水还是坚守最后一份尊严。

这种眼神似曾相识，我的心紧紧一颤。这不就是学生时代十四五岁的我么？我马上意识到她遇上了困难。一侧脸，果然，那条薄薄的布裤子后面已是一片斑驳。

她解下大大的书包垫在座位上，我看出她的用意，知道不能再沉默了。她每一步的举动像极了那时可怜的我，买完票恰好来事了，才发现所剩毛票不够买一包最廉价的卫生巾，遮遮掩掩上了车，又怕弄脏人家车垫子，万般无奈把塞满洗漱工具的书包垫屁股底下，半坐半蹲回到家，一条裤子浸成血红。幸好到家有夜色掩护，却是又急又累，害得大病一场。

在她犹疑着即将落座之际，我果断地抓住她的手。没有言语，我只是和她对视一眼。很显然，这种同性间的默契她马上便懂得了。她感激的眼睛让我知道她读懂了那是一种发自心底的怜惜与关心。

从公厕出来，瘦弱的她细仃的腿骨包裹着我那条于她略显宽显长的牛仔裤。一条随便从行李包翻出的裤子。他在世时，一向说这条牛仔裤把我青春跳跃激扬的热情都包裹出来了。那是我最钟爱的一条牛仔裤。

我终于看到了那双迷人大眼溢出的春光无限。她确实长得很漂亮，两只甜甜的酒窝一荡一漾。那双溢满笑意的大眼对我眨了眨居然就被打湿了。

我仰头望天，尽管天蓝得刺眼，热得灼人，我却生怕一低头泪水难抑流满面。为何流泪？我想已经不重要了！

这可能便是冥冥之中所谓的缘分吧？一种很奇妙的感觉。它并不只存在于异性之间、同辈之间。它可能是同性间的感同身受、同病相怜，也可能是忘年交间的友好投缘、依恋、崇拜及包容。

人一辈子都在行程中，某一个特定时刻，或是一个很平常的地点，总会有一些人、一些事和你碰撞，最终激起一浪浪温暖的感动，那种激荡心怀的感受总是忧喜参半，时时伴随涨潮般的流泪冲动。

几年后小女孩考上大学，我与她一直保有联系。一次她给我打电话，突然说：静姐，初次见面我就知道你会帮我，所以才坐你旁边！

我笑问：为何？实际上不用问我也知道为何，我不是个唯心主义者，但却相信世间层层叠叠网状般交织着很多空间，空间与空间之间总是相辅相成、相依生存。所以，我坚信，我们的情谊原本便包含在繁杂的某个空间里。只要时机成熟，总会发生碰撞！这便是生命的玄妙及人类所得的恩惠。也相信世间无论是谁，或多或少都领受过这样的恩惠。只不过，有的人在意了，把它当回事，加倍珍惜。即便只是微不足道的举手之劳，实可救人出窘迫之境。于心，何尝不是一份自豪的交待？

有的人刚好背道而驰，怕多事，抑或世界精彩得瞬息万变，已麻木得不把事当事了！结果当然无风无浪，事不关己，却遗失了可能是美好而宝贵的东西。

我时时渴望这样的碰撞，这也是考验我心尚未僵化、尚有人情味之法。害怕冷漠，害怕无动于衷，害怕有一天世界不再有感叹号。每个人都铸造成为铜墙铁壁，害怕再难有一滴真情流露的眼泪。

回想紧迫的十几分钟，翻裤子，买卫生巾，拉小女孩上公厕……

有的只是赶时间的紧张与帮助别人解除困境的快慰。我甚至暂时忘记自我锥心的痛苦。

发车时，竟然洒起霏霏细雨，六七月的天空，多变。

燥热终于被雨水搅和得温凉下来。车轮疾驶溅起的泥水砸落车窗上，蜿蜒盘缠，弄花了不断向后倒退的景物，深舒口气，我在想：是不是人只有往前看才可能走得更笔直呢？

这一切发生在刚刚逝去的前天。我之所以要用文字记录下她，是这位八旬老人饱受苦难依然执著、自力生活下去的精神感动着我。这应该有一种信念在支撑，而要坚守这种信念绝非一朝一暮的磨炼。

我与她的碰撞仍发生在返乡客车上。不幸头天烫伤双脚，虽事发后采取补救方法及时得当，但也并非一两天便可恢复。然，我说过人一生都在行程中，不但人在行，事也在走。我却无法吆喝事等等我。

办完事疲倦地倒在座位上甩开鞋，脚已迅速肿起来。阵阵疼痛钻心而至，我在想人为何总需忍耐？总在忍耐？这难道就是人来世界走一遭的目的？只有忍耐才有所得，只有忍耐才能办成事……

我细心观察过婴儿的手，无论是醒时、熟睡都是拳头紧握，那是因为潜意识里充满憧憬，拥有创造全世界的雄心，也是时时处于防备、紧张的状态。而人在死时都是撒了手的，所以人西归就有“撒手”一说。

撒手，说的是放弃了所有财富，还是无需再防备再忍耐呢？我想都有吧？而更多的应该是后者！或者说先有忍耐与防备才能创造财富。当生命到头，这场战争才算结束。消除警戒，未尝不是种幸福。

当我正消极地拿这些理论制造悲伤，一句似叹息似自语地“心里不好受啊”传入耳膜。那是一个苍老的声音，我惊愕地转过头去，不知何时身边座位已坐了一位慈眉善目的老奶奶。她柔和的眼神像一块清火的茯苓膏，只和我目光相撞便自然地把我烦躁自怜的情绪压了下去。

我从来未曾遇见过像她这样精神、健谈的高龄老人。她和我聊起遥远的那个年代：五八、九年饿肚子，嚼草根啃树皮，六六年冤案惨案比比皆是。厚脸皮的、硬骨头的活了下来，自尊的、软弱的轻轻容易就去了。那个时候，人命不值钱啊！和一只鸡一只鸭的价值也差不多！我们那年代的人啊是苦得累得饿得忍得……过够了啊！

我自然想起我奶奶也说过这样的话：那年代的人都有“五够”：苦够饿够累够忍够疼够！多么沉重的生活心得！二十几岁的我当然不能深入其间去用灵和肉接受特殊年代的刻骨磨砺，赶不上那样的时代于我是该庆幸抑或遗憾？想必是有得有失，无法简单地用好、不好来归纳。

老奶奶语气平缓、静谧，一只枯瘦的包皮手温暖地按在我的膝间。隔着裤子，熟悉亲切的亲情味道滋滋不断地传递过来。离得很近，我嗅到了一股朴实清新的皂香。破旧的衣服已泛白，那显然是穿得太久洗得太勤的缘故，里面的白汗衫领口磨得脱了须，是应该淘汰的那种。

突然嗓口很干，一阵涌动到嗓口的情绪便滞留在那里，很快郁结成个硬块。这样的硬块是催泪弹，花费了很大力气才勉强忍住，眼眶却难抑地发红。我不知道老奶奶现在过得怎么样，也无法开口去问她。可从她的衣着，我猜测大致没人关心她，不然就不会让她把该扔的衣服穿身上。我只知道每季度外嫁的女儿回家帮她撒种，五谷成长的过程她得自已下田打理直到收获。我只看到八十岁高龄的她孤身乘车一百多公里来找女儿。是为日子淘不下去的生活费？还是儿孙不孝的诉苦？

我明白了，其实每个人都有一卷各不相同都很难念的“经书”。很难念，可能因为它是“天书”吧？没人念过，也就无法效仿。没人会预知它会写些什么内容，事先准备好答案。只有亲自去念，一字不跳地念，好念难念都得亲自念下去。前辈们的“经卷”，不亚于古代时候的八股文。相比之下，我们的今天，除开不可避免的小磨小难，至少不再压制人性，至少有说理的地方。

老奶奶那句“心里不好受”，是双关。既是倾诉她的苦难，亦是对我的劝慰。心里不好受？为何不好受？没有什么大不了的！是啊，真没什么大不了的！

临别，老奶奶紧握我的手，认真地说：姑娘，下次遇到你一定要和我说话，我怕记不得你了，老了。

我深深点头。下一次，谁也不知道下一次相遇会在什么时候！八旬高龄的老人，她又能在艰辛的世事里熬过几度春秋？然而她积极的生活态度、如年轻人一样的热情却是让我没齿难忘的！老奶奶说，谁都要受苦，谁都是这么过来的！她这样把所有人都放在同一水平位的超然态度让我敬佩。不夸大自我苦难，坦然处之。她教会了我用另一种眼光看待磨难！

（2006年6月19日首发中财论坛）

马碧静，女，回族，1979年10月出生，云南省大理州人。自幼热爱文学艺术，12岁发表处女作，云南省作家协会会员。已出版长篇小说《守住这一片阳光》，短篇小说集《手魇》。

在江南水乡行走

君山听雨

一

江南一直是中华民族的富庶之地，也是历史文化积淀最为深厚的名城古都，自古就为人所向往，历代文人名士歌咏吟诵者更是比比皆是。“上有天堂，下有苏杭”，这流传了不知多少朝代的名谚，至今也没有过时。多年来，我就有要到江南水乡走走的心愿，可一直未能成行。新世纪的狗年之夏，我庆幸自己的这一夙愿得以实现。虽然这次江南水乡之行是那么短暂，似乎是跑马观花般地穿梭行走，但所见所闻给我的心灵冲击还是那样强烈，让我如沐春风。

在我的心目中，江南既是美丽灵秀的代名词，也是历代文人雅士频繁聚会光顾之处。我曾揣想：历朝历代，那么多帝君轻车简从下江南巡游，是什么东西吸引着他们高贵的步履呢？是为江南的美丽富足而往，抑或是仰慕江南的人才美女和丰厚的文化底蕴？我真是不得而知。历代君王贤臣留下的墨迹，名士文豪的不朽篇章，让后人慨然浩叹。王羲之曲水流觞的雅致，陆游唐琬的沈园悲情，杭州名妓苏小小的由情至美，苏州四大才子的浪漫史话…… 让我们无不触景生情，心中生出几许沧桑的感怀。

我甚感惭愧的是，江南于我是那样久远而又亲近，我对江南却是那样知之甚少。这次江南之行，短短的一个星期，实在让我无法去阅尽她美丽动人的风韵和雅致，可我从她深邃的瞳仁中读到了一种极致的迷人风采。

二

水是城市的血液。江南水乡的最大特点就是城市四通八达的水道和护城河。一个城市有了水，总是变得那样婀娜多姿，绚丽丰盈。就像一个女人，丰润的肤色是需要水分滋养保护的。江南水乡的魅力之所在，也就是丰盈而密布于城市之间的水道，让城市焕发出了青春的气息和勃勃生机。

古语云：一方水土养一方人。杭州西湖的美丽诱人，苏州园林的灵巧俊秀，绍兴古城的水道阡陌…… 你不仅能从中领略到流光溢彩般的美轮美奂，更让你明白了江南富庶美艳的一些理由。那就是水不仅把江南水乡装扮得秀丽可人，而且城镇的富庶和人才辈出与水也是密不可分。有着两千五百多年历史的古城苏州和绍兴，最早是吴国和越国的国都，虽然经年历代，几多兴废，但这两座城市的经纬坐标一直都没有改变。可想而知，这里的许多河道已经有了千百年的历史，它们是城市兴替繁华的见证者。

我的江南水乡之行的第一站是苏州城外的吴江县同里镇，原打算在这里逛上一两个小时就到苏州去看园林的，但这个全国十大魅力名镇的特有魅力，把我深深地吸引，如果我只是蜻蜓点水般地观赏，那就太没有意思了。于是，我在一座座别具一格的建筑前流连忘返，我在找寻着魅力古镇繁华兴盛的秘密。我发现，水乡许多富商的宅院就建在一条条狭窄的小河之上，有的几乎出门就见水。我想，便捷的交通优势，也许是江南水乡人打开通商求学方便之门的一把金钥匙。

在最具水乡特征的绍兴，一位朋友告诉我，城里过去的交通主要是水路，面积仅为八点三平方公里的绍兴古城，共有纵横河道33条，加上环城四周的护城河，总长度达到60公里。密布的河网，给古城的人们提供了诸多的交通方便。在绍兴城内，我看到河道中，一条条黑色的乌篷船穿梭而过，一缕缕白色的炊烟从船头飘然升起，于是我情不自禁地哼唱起了陈少华那首脍炙人口的歌曲《九九女儿红》。我猛然发现，原来绍兴的乌篷船和酒有着这样的渊源。现代化交通发达的今天，乌篷船虽然不再是人们的主要交通工具，但在水乡绍兴那一条条狭长的河道中，乌篷船仍然是到处可见。

我终于明白了，苏州的历史上能够涌现出五十多名状元和无数的名士富商，一个绍兴能造就鲁迅、秋瑾等一大批志士文豪，实在是不足为怪。

三

“小桥流水人家”，是江南水乡恬静怡然的写照。江南水乡纵横交错的水道，虽然成为人们四通八达的运输通道，但也或多或少地阻隔了水乡人家的密切来往，于是就需要造桥。小桥连接着两岸人家，连接着千万水乡人的心，也连接着水乡的历史和未来。

一个小小的同里古镇就有十几座桥，什么思本桥、富观桥、普安桥等，而尤以紧聚在一条线上的“三桥”更闻名遐迩。导游对我们说，走过这三桥，就会走通人生的每一个关口，一生就会过得平安健康和快乐。苏州城里的桥也有不少，著名的桥就有宝带桥，还有唐代诗人张继《枫桥夜泊》中提到的枫桥，也是闻名于世。那天去寒山寺，我踏上了慕名已久的枫桥，伫立桥中，我似乎看到运河中的点点帆影渔火，耳边仿佛响起了《涛声依旧》那缱绻悠扬的旋律……

说到江南水乡的桥，我还是觉得浙江绍兴是最好的例证。绍兴的一位文友告诉我，绍兴古城桥梁的密度十分惊人，原来城里有桥180多座，每平方公里达到21座，我想绍兴的桥梁之多，能达到这等密度，恐怕全国也没有第二个城市。在绍兴，我在城里逛了好几回，也参观游览了鲁迅故居、沈园和兰亭等风景名胜，各种不同样式的桥四处可见，真是千姿百态，风格各异，成为绍兴古城一道亮丽的风景线。难怪古建筑专家陈从周称誉绍兴为“东方桥乡，追非虚誉”。

说起造桥，绍兴可谓历史悠久。据历史记载：绍兴最早建成的桥，应首推2500多年前越王勾践时期造的灵汜桥。此后有秦代的都灵桥，汉代斗门闸桥，晋代光相桥，唐代纤道桥，宋代八字桥。现在所看到的诸多小桥是何时建造，我无须去加以追溯和寻根问底，我在一座座小桥上流连，我为水乡独具想象力和创造性的桥梁构图所钦佩，我为那一处处风格迥然的神来之笔而击掌。

“春风小市画桥横”、“系马朱桥上酒楼”、“最好长桥明月夜”，多少赞美江南水乡桥的诗句，给江南水乡平添了浓墨重彩。可是你只有身临其境，才能真正感受到那一座座小桥承载着多么厚重的历史文化……

四

山明水秀的江南水乡，拥有众多美丽如画的古典园林，其精湛的造园艺术享誉天下，不少园林先后被列为世界文化遗产，这是江南水乡人引以为自豪的一件事情。

"江南园林甲天下，苏州园林甲江南"。苏州园林是江南园林的杰出代表，"大小园林之多，艺术造诣之精，乃今天世界上任何地区所少见"。苏州著名的园林太多，即使在那里住上十天半月，也难以赏够园林之美。我的苏州之行才一天多时间，因此实在无法去一一阅尽那些古典园林的美轮美奂，只能有选择地游览有代表性的几个园林了。

从上海到苏州，导游领着我们去参观苏州吴江县的同里镇。一个同里镇，简直让我目不暇接，眼花缭乱。当然最让同里人值得骄傲的，还是被列为世界文化遗产的经典园林退思园。退思园精巧雅致的园林艺术，真让人赞叹不已，拍案叫绝。我真是惊叹那些造园艺术家的鬼斧神工，把一个小小的园林建造得如此漂亮雅致，如此让人无懈可击。清代光绪年间安徽凤颖六泗兵备道任兰生遭到弹劾，后隐退回乡建了这座私家园林，取名为退思园。退思园是典型的江南小型园林的代表。它因水制宜，轩、亭、廊、榭贴水而建，可谓匠心独运。但它又独辟蹊径，"宅取楼式，园求其景"，以其精巧的布局和建筑，让人为之叹服。退思园虽然占地不到10亩，但园内松柏苍劲，亭台楼阁、水榭曲廊应有尽有，可谓几步一景，美不胜收。任兰生成就了一个园子，而退思园也让这位落魄官员名声远播。我想，如果不是这座玲珑剔透的园林，任兰生的名字，也许没几个人知道。"清风明月不须买"，"两面镜子一座园"，我不仅为退思园折服，也让我记住了任兰生这个名字。

拙政园我也是一定要去的。这座占地78亩，建于明代、被称之为中华四大园林之一和中国园林之母的古典园林，集文学、书画、建筑、雕刻、园艺多种艺术形式于一体，在有限的空间范围内，用其独特的造园艺术，把山光、水声、月色融入，创造出了丰富多彩的景观，将生机盎然的自然美和艺术美融为一体，将人类向往美好生活的追求表现得淋漓尽致。我到过不少地方，也见到过不少的园林，可我从来没看到过如此让人赏心悦目、心灵得到慰藉和休憩的好地方。我想，无论有什么不顺心的事儿，只要在这样美丽的地方散散步，也许这等宁静雅致和美艳，会将你心灵上的每一处皱褶抚熨得平平展展。我漫步在园林中，欣赏着每一处繁华美景和楼台水榭，浏览着一幅幅楹联诗画，我在心灵上发出深深的感叹：做一个江南人真好，做一个江南苏州人更好！

（2006年7月16日首发中财论坛）

君山听雨，原名刘祖保，男，1955年出生，中国作协会员，现任湖南省岳阳市政协文史和学习委员会主任、市作协副主席兼秘书长。出版长篇小说《将军泪》、《女人秀》，小说集《鸟儿为什么歌唱》、《农历七月》，散文集《一条河流的经典》、《归来吧，飘去的云》等8部。

灰云杉

野猪皮

丢鞋之前，我在沙堆玩沙。一长溜石头，梁柁、檩条、柴垛、还有粪堆，挤得道路十分逼仄。如果不注意，一截铁丝或硬物会绊倒人。举目望天，在震动的光线中，白云朵缓缓飘移，整片天空湖水一样莹蓝清澄。麻雀、蜻蜓、蝴蝶和蚊虫飞来飞去。

环顾四周，后山额头般突出，乌鸦与喜鹊嘎嘎叫，栖居在柞树林里。狭长的地紧挨山根，长着两棵高耸挺拔的云杉，俯瞰着大队部、供销社。几十座茅草房，在微波闪烁的岸边平缓地带，参差排列。

前面数尺远，是徐老大家菜园子，夏日的风中，大团芍药花在明亮的阳光下盛开。木杖子歪倒，坍塌，树皮腐烂。有两处豁口，足以钻进一个挺像样子的躯体 —— 这是动物，也许是小孩子干的，想偷吃园中蔬菜和黄杏。

村里人消闲时，总要去石头那儿坐坐，大人抽旱烟，唠农事家事。小孩子追逐着，滚铁圈，或满身泥巴趴地上弹玻璃球。

玩急了也打架，你一脚他一拳，打得口鼻流血，嗷嗷痛哭。

那天人很少，我记得，我脱掉塑料凉鞋，与五彩胶条编织的手拎筐一起放在土墩上。脱掉塑料凉鞋并非天热，是我担心石头硌进鞋底，磕坏了鲜艳的红鞋。我舍不得。

牛群回村了，落日从西岗那儿开始，移至苍茫山峰藏身遁形。黄昏来临，一顶草帽从西岗后边升起来，然后我看到祖父，他忙完地里的活计，召唤我跟他回家。这时候我想起鞋子，我去找，但土墩空了，什么也没有。我以为记错地方，就在附近乱翻。仍然一无所获。

在牛群带动的尘土中，在牛群发出的低哞中，我开始哭泣。我颤着声音说，爷，爷，我凉鞋丢啦。祖父说，再找找，丢不了。找啦。我指着土墩，就搁在这。叫人拿走了？祖父说，跟哪个玩的？我说没，就我一个人。好好想想，没人来溜达？我脑子一塌糊涂，使劲儿摇头说没有。

啊，慢着。我忽然想起，确实有人来过。我因害怕他，当时躲避开。是了，准是他干的！可要真是他的话，凉鞋休想讨回来。我又开始哭，我说，爷，我知道谁拿的鞋。他来了。妈个巴子的，谁？找他去！祖父生气了，就骂妈个巴子。

“爷，他不能给。”我说。“敢不给！”祖父说。在村里，祖父广受敬重，他说话没人不听。“爷，是李嘎子。”我指着紧挨徐老大家的那座房子说。我看到房顶长满青草，一尺多高，在次第清凉的黄昏中，草尖直立，叶片如刀。房脊像龙脊一样起伏弯曲。

祖父愕然，他奈何不得李嘎子。村里人谁也拿李嘎子没办法，他爹妈，哥哥也不行。李嘎子看好的东西，问也不问，想吃就吃，想拎就拎。他经常哼哼呀呀，倒背着手，穿过供销社木头门楼，院子，进屋。在光线不充足，潮湿的地当间转悠。营业员老鞠在木隔栏的收款台后头盯着他，目不转睛。

营业员老鞠个子矮，皮肤很白，眼睛小。眼大漏神眼小聚光，凭老鞠眼若探照灯，李嘎子也如入空城，公然劫掠。糖块、香烟、指甲刀、小圆镜子、钥匙链，揣进衣兜扬长而去。少了货物月底报不上账，老鞠得受罚。他撵出去喊李嘎子，李嘎子扭过头，斜着眼，亮出一把小匕首，妈个 ×，喊我干什么？老鞠立即唯唯诺诺，再不敢言声。

亏多了，老鞠垫不起。给头头打报告，要求调走。不回镇里到别村，离家再远点也认可。可是没人接替他，镇供销社想个两全其美的法子 —— 让他全家搬来。果然李嘎子收敛许多。老鞠有三个儿子，老虎一般雄健，李嘎子颇为胆怯。但小偷小摸还是有，趁人不备，偷几块饼干之类充饥。老鞠念着乡亲份上，睁只眼闭只眼也就过去了。

冬天，寒风凛冽，李嘎子裹一件破棉袄，缩着肩膀，两手拢在袖子里，跑到供销社取暖。老鞠在地当间砌了火炉，黄泥羊草抹面，铁皮炉筒向上拐个直角，伸到窗外。柴火样子在炉膛里燃烧，哔哔剥剥响，屋里热烘烘。李嘎子围着火炉，抬起一只脚，在炉膛边烤火。他趿拉的薄胶鞋，脚趾在冰雪中冻肿，脚背发紫，脓血已经凝固。脚后跟结一层黑痂。他的裤腿吊在脚踝骨之上，膝盖和屁股补着补丁，由于衣服单薄，他双腿微微颤抖。

一整天或一上午，他都待在那里。站累了，就在长椅坐下，望着柜台愣神儿。有时候他嘟嘟哝哝，自说自话。一声不吭时，他眼神变得凶恶，一副要吃人的架势。众人都远离他，不理睬他，与他保持距离。

村里孩子惧怕他，他在街上转悠，搭着他的影，就钻进另一条胡同。倘若躲不及，迎面碰上，立即心悬起来，扑通扑通狂跳。唯恐被他堵住，踹一脚，扇嘴巴无处申述。特别女孩子，胆小，一见他仿佛兔子见鹰，浑身瘫软。

李嘎子揍外人，也揍家里人。他在家什么活都不干，心里不高兴，看谁不顺眼，一把薅过来摁倒，乒乒乓乓。鼻青脸肿。他姐，他弟，他妈，他嫂子，全家人都挨他揍。他揍姐弟和妈，他二哥知道了，就揍他。拿棍子抽，往死里抽，问他还敢不敢。李嘎子趴在地上，疼得鬼哭狼嚎。

每逢这时，我们就在他家房后，踩着杖子瞧热闹。看他家锅碗瓢盆乱响，鸡飞狗跳墙。大人们悄悄说，活该，这疯子欠揍，打死也不多。他妈头发都快叫他拽秃啦，不长人肠子的东西！有人幸灾乐祸，说，轮到他妈尝尝滋味。这疯子揍他嫂子最狠，他妈明明看见，管都不管。揍他姐弟他妈倒是拼命拉扯，良心不济。

李嘎子的嫂子是哑巴。李家因为穷，老二三十多了才娶媳妇。哑巴嫁过来，全家人对她苛毒，骂她，不给饭吃。喂猪、洗衣服、种地、砍柴，什么重活都压给哑巴。轻雾弥漫的早晨，我经常看见哑巴，臂弯里挎着筐，肩膀扛根锄头到地里去。中午，别人睡午觉，哑巴已经浑身汗水，在田里劳动。孤单的身子被太阳斜印在庄稼上面。

她家最近的一块地，就是云杉树下那块，通过大队部和供销社之间的一条狭窄小道即是。地里种着玉米，土豆，芸豆。哑巴出现在那里最多，那块地不长一棵草。

哑巴嘴角总挂着黏涎，头发扎两把刷子，一上一下，白绳系住。刘海挡在前额，使她的脸更显瘦削。我原先也怕哑巴，后来不怕了。不怕的原因是，哑巴见人就扒开胸前衣服，呜哩哇啦让人看她的疤痕。一道道血痕，让我觉得，哑巴是个可怜人，她没有能力伤害谁，连自己也保护不了。

有时候，她坐在大门口哭，呜呜咽咽十分凄惨。女人们听见，聚在大街议论，说，那丧门星，又造孽了。年轻女人便叹息哑巴命苦，这份罪啥时遭到头呢。泼辣些的娘们咬牙骂道，天咋不下瘟灾，瘟死那个丧门。

作为旁观者，我不懂得大人说的造孽什么意思，但我知道丧门星是谁。后来在一次无意当中，我发现李嘎子揍哑巴的歹毒。我自此思忖，李嘎子是个不折不扣的魔鬼。他那副模样，在流逝的岁月中，怎么也无法融解，消弭。有很多次，他在我梦中肆意妄为，叫我醒来时，手心冰凉。

刺儿菜顶着蓝色花朵的春天，我想做一个踢毽。那时候的踢毽，用铜钱做——康熙、乾隆、道光和嘉庆年间的流通货币。当外圆内方的金属造型，终止它在经济领域的独特作用，被乡下孩子稍做加工，做成一种娱乐玩具。

我没有铜钱，但我知道哪里有。我曾与其他孩子在那里找过。于是我独个去，到云杉树下的地里碰运气。我知道云杉树底下，早年有两座坟茔，两座无主坟茔夷为平地后，下雨就冲刷出铜钱。有时候翻地，也会猛不丁蹦出一枚。我觉得，那种生着绿锈的奇迹，还应当发生。

玉米苗子已达腿弯高，地周围的青草长势茂盛，封锁了石格子。稠李树和带刺的灌木开着白花，根须扎在岩石缝隙。踩踏着青草，避开荆棘，顺着东西延伸的田垄，我慢慢逡巡。在一切欣欣向荣的季节中，我并没找到预想的铜钱，我看到令人惊奇的情景是：李嘎子骑在他哑巴嫂子身上，撕开她的衣服。哑巴呜呜地反抗，筐扔在一边，白菜撒了，玉米苗歪倒一片……

我惊慌失措地跑开，玉米和青草在脚下刷刷响，风在耳边疾驰。我害怕得要命，怕李嘎子像对老鞠那样，冲我亮出一把匕首。那时我还不太确切，李嘎子对哑巴究竟干了什么。直至后来，女人们在石头堆那儿闲聊，我听她们私下里说，李嘎子奸他姐和他妈，屡教不改。所以他二哥往死里打他。我心下凛然，联想起歪倒的玉米苗，陷入一种庞大的黑暗中。

女人们还说，李嘎子从不欺负哑巴的大女儿，因为那孩子是他下的种。他再疯癫，也知道疼自个儿的崽。我觉得，女人们太夸张，是长嘴娘们儿在虚构故事。一个疯子，思维混乱，行为无忌，他怎么知道孩子是他的？他能掐会算吗？不过，我细想一下，李嘎子真是不打骂叫李杰的女孩。甚至有时他疯狂，看见李杰就不那么嚣张了。

尽管如此，我也不愿轻信女人们的话，怀疑一个疯子在心灵深处，还存在人性中的本质和原始情感。我也不敢泄漏那件事情，一旦传扬出去，李嘎子将会报复我，视我为仇敌。小时候是担忧，成年后觉得，对于那种精神复苏，应当保持对生命的敬畏与理智的沉默。

但我始终怀念那双红塑料凉鞋。它崭新的搁在土墩，美丽如公主的金舞鞋。其中蕴藏流着鲜血和泪水的故事。现在，我已不似当年伤心，我站在夏天的一片橙黄色落日中，看着它撒开万千斑点，在云杉树上像鸟儿一样休憩，遁迹。高大而孤独的云杉树，慢慢变灰，变灰，一片死灰。

（2006年8月1日首发中财论坛）

野猪皮，原名王开，女，1968年出生，辽宁抚顺人，多年致力清前史文化研究。著有历史散文集《去者》、《马背上的江山》、《清帝国的星辰》等。

哑巴老太

风中的芦苇

哑巴老太走了，奶奶从乡下到城里告诉我这些的时候，我只轻轻地“哦！”了一声，没有流泪，尽管我也常常想她，却又觉得她似乎很早就该走的。

不是我恶意诅咒她，我真的是从未像现在这样想过她，爱过她，可我还是觉得她应该早一点走。

哑巴老太是我远房曾祖母，虽不是亲当家，但因为多年守寡，日子过得很艰难，奶奶可怜她，走动极勤，便从心理上觉得她很亲近。况且哑巴老太对别人的事也很热心，左邻右舍、亲戚当家淘粮食，拣种子什么的，不用去请，她总会上门做些力所能及的事。我们家也少不了她帮忙。哑巴老太不仅哑，而且腿有残疾，常常在她拄着拐杖，艰难地挪动步子时，后面就有孩子学她走路，发出一阵阵地怪叫，“哑巴老奶奶来了！”听见他们这样的叫声，我们这些跟她沾亲带故的孩子就义愤填膺地跑过去赶走那些捣蛋鬼。这时候，哑巴老太就会回过头，望着我们笑。

我喜欢看她笑，闲暇时，她手中握着拐杖坐在路边那块大石头上，面前是穿村而过的公路，她脸上挂着柔和的微笑，望着路上来来往往的村里人，间或也“哪吧哪吧”地比划着跟熟人打招呼。更多的时候，她的手边总有一沓一沓需要缝补的东西，她针线做得好，针脚又小又匀，打的补丁平平整整，村里人央她补东西，既可解她闲得无聊之闷，又能让村里有的人腾出时间去做别的，一举两得，她也乐此不疲。

可我也怕她，怕她流泪，怕她在凄冷的风中去求亲戚劝劝她的大儿子，大儿子又骂她了，不养她了，她就得去二儿子那儿住，二儿子没有养羊，就没有热腾腾的大炕睡，她怕冷，这罪她受不起。一番比划诉苦之后，她便孩子似的委屈地噘着嘴，流着泪，她的皱纹在一天天加深，她的双眼在一天天浑浊。我怕她流泪，就小声问奶奶："要不，让她住我们家吧？"奶奶的口气很坚决："她有儿子呢！"

也许哑巴老太只能这样一天天变老，而我们也在一天天长大，功课加重了，要分担的家务也相应增加了，我们不能再呼朋引伴去她家的院子里玩，我们甚至不再常去她那儿说我们的悄悄话，尽管她依然像以前那样见了我们就温和地笑笑，尽管她依然是个哑巴无法泄露我们的秘密，但我们去她那儿的次数却明显地少了。终于有那么一天，哑巴老太在路边拉住我，让我去她家，我不知道出了什么事，但我觉得那似乎很重要。

哑巴老太爬上土炕，揭开那个放了许多年的没有颜色的小木箱，取出一个布包，一层一层剥开那些褪了颜色的布，取出两挂鲜红的珠子来，那是一种扁豆大小的珠子，现在想来似乎很普通，但那时，对于没有什么首饰去夸耀的乡下女孩子来说，它们是至宝。

哑巴老太拉起我的手，将那珠子一圈一圈绕在我的腕上，“啧啧！”她眯起眼，仔细看着，赞叹着，然后，她的神情告诉我，这是我的了。我有点受宠若惊，困惑地抬头看看，我不知道她为什么要送这样的礼物给我，这也许是她最得意的嫁妆，曾一度美丽了她少女时的梦，也许在她无助的日子里曾一度唤起她对美好往事的回忆，这是她的宝贝，我想拒绝，但我挡不住那个美丽的诱惑。

在我迟疑着要出院门时，她又一次拉住了我，比划着，叫嚷着，我仔细分辨，终于明白她的意思，眼泪涌出来了，我没有擦……也许她早就看出我在伙伴们中间的号召力，在她的院子里没有孩子们的笑声时，坐在夕阳中的她就曾无数次地盘算过，她要留住孩子们的笑声、歌声，她因此而想到了我，她拿出自己最珍贵的宝贝来讨好我，她想请我们来她家玩。

我突然懂了我们在她家院里大闹天宫时，坐在一边缝衣服的她脸上那种安详而柔和的笑，懂了我们在“各回各家，牡丹开花”的叫声中跑出她家院门时，她站在院中那一脸的失落与无奈……

以后的日子，学校成立了学雷锋小组，我们更是她家的常客，帮她挑水，扫地，喂猪，赶鸡，日子在她柔和的笑脸中水一般地流过去了。至于那串珠子，在她坐在院中补衣裳时，我悄悄地将它放回了原处。

那一年因为家中的变故，我们迁到了县城，为了考学，我在书山题海中挥汗如雨，闲下来时，也会想她。

终于回故乡了。路还是那条路，石头也还是那块石头，只是石头上坐着的哑巴老太再也看不见我了。奶奶说，一场大病之后，她的双眼失明了，但她仍然每天摸索着走出家门，坐在路边，听村里人吆喝牲口，听过路的车呜呜地歌唱，听见她熟悉的声音，她就快活地高声打招呼。

我从包中取出一块糖放到她的唇边，她却慌乱地闭上嘴使劲摇头。怎么回事，以前我们偶尔给她一块水果糖她总是高兴地接过的呀？我困惑地望望奶奶，奶奶说，有的孩子看她眼睛瞎了，就拿块小石头骗她吃糖，她吃亏不少，就小心多了。

“老太！”我在她耳边轻轻地呼唤着。

她脸上恐惧的神情渐渐变了，皱纹柔和而慈祥，也许，在那一刻她从记忆中打捞出了我的声音，她启开了干巴巴的双唇将糖衔在嘴里，慢慢地，一滴泪珠从她干枯的眼中滑落，突然她仿佛记起了什么，拉着我的胳膊，摸索着站起来，一步步往家里挪去。

仍是几年前的那个箱子，几年前的那个布包，几年前的那挂珠子，只是她做这些的时候，动作已由原本的敏捷变得迟钝，不是碰翻这个便是弄乱那个。那挂珠子，终于又绕到了我的腕上，光彩夺目……

（2007年8月28日首发中财论坛）

风中的芦苇，原名芦卫华，女，1975年出生，喜爱文学，有作品在《青春与健康》、《散文百家》、《新一代》、《西凉文学》等报刊杂志发表。

旗袍：遗世独立的温柔风情

简 然

友人因我爱穿旗袍，而花笔墨写了我，我自感谢与欣喜。然说起旗袍，我确有千千结，结结爱旗袍。

旗袍的一切都让我深深着迷。它幽静雅致，玲珑而又精巧，古朴中蕴涵着性感;幽雅中透着俏皮。一直认为要穿出旗袍的美，不仅要有高挑窈窕的身段，更要有由内向外散发出的那股子书香气质，旗袍不仅是服饰也是一种文化。一直认为旗袍虽美，若没有外美兼内涵的人是穿不出它的精髓的，所以一直到2004年之前，我都是望而却步。

没有哪种服装能像旗袍那样既能体现女人的妩媚典雅、又能展示女性的雍容华贵。那些穿旗袍的女子，其颈、肩、胸、腰、臀等曲线均在旗袍之内尽显风姿，女性温柔典雅的性情与气质，也在那流动的诗情与浓郁的画意间体味。“S”身型尽显无遗，腿边的开衩更是一道风景线，隐隐掩掩，勾起无限遐想。这衩开不仅凭增想象，更是方便行走的实用性设计。无论是青春少女的窈窕，还是中年女人的风韵，旗袍总能穿出百样风情。旗袍的环境内敛也张扬，内敛的是遮蔽，从领口一直遮蔽到踝骨；张扬的不是暴露是泄露，那下摆开衩处隐含着春光微泄的沉沦之美。因为遮蔽而隐秘，因为泄露而增添遐想。被裹住的是女人的丰臀细腰，令女人大大方方示人的是美目巧盼。

《花样年华》里的张曼玉，剧中换了二十多件旗袍，那清冷的暗夜，长街的背影给中外无数观众留下了难忘的印象。兰心慧质的张爱玲，我见犹怜的阮玲玉，金嗓子周璇都是旗袍的热爱者。张爱玲说："衣服是一种言语，随身带着一种袖珍戏剧……贴身的环境——那就是衣服，我们各人住在各人的衣服里。"张爱玲非常喜爱旗袍，她有各式各样的旗袍照片，有轻盈而妩媚；有华丽而高雅，有凄美哀愁而不失神秘；她的旗袍形象，似一股岁月的味道，流年的暗香和生动的苦涩淡淡飘来，深印在她的读者及倾慕者的记忆里。旗袍除集聚了女子淑秀沉稳的情韵外，还有青丝云鬓之下，高高的立领遮住了纤细的玉颈，高贵、矜持，而行走之中裙衩处隐隐可见的双腿在空气中飘浮着暧昧的意味，就算是再古板无生气的女人也会在这暧昧之中显得妩媚娇婉，更无须说那些天生就把握着风情脉搏的优雅女子了。张爱玲曾这样说过张恨水："他喜欢一个女人清清爽爽穿件蓝布罩衫，于罩衫下微微露出红绸旗袍，天真老实之中带点诱惑性……"，说这话的张并不会想到现在中国女子，衣着已经变成诱惑性之中带点天真老实了。

现在随着工作的忙碌，生活节奏的加快，穿旗袍的日子越来越少。可是这样的日子我还是有着旗袍梦，每次去商场，看到衣架上一件件旗袍，总是禁不住驻足流连。深圳市面上的旗袍，改良得有些过分，受香港服装的影响，往舒适与艳丽上靠，现代机器的流水线操作，远不如上海旗袍的精致。即使是一件棉麻面料的旗袍，也会在面料上，让热闹的花朵无穷无尽放肆地开着，艳丽得让人顿时视觉颓废。剪了下摆拉长开衩，三下五除二，没有曲线，看上去就是一件褂子，早没了旗袍的影子，更不用说韵味。一直到2004年，在南山天虹商厦里我看见了一家旗袍专卖店，里面全是各色面料和价位不等的旗袍，其绣工和缝制的态度，比超市里的旗袍要精致了许多。“喜欢吗？喜欢就试试吧？一个女人年轻时不曾拥有一件旗袍，那是一件遗憾的事。”女老板身着粉色牡丹花旗袍，轻柔的声音让人心生愉悦。我笑笑，拿着一件旗袍进了更衣室．当我出现在镜前的时候，女老板夸张的声音立刻响起来了：“噢，好美哟！”随即，她围着我上下打量着“小姐的身材不穿旗袍实在太可惜了”。虽然我被她欣喜的神态感染了，但是最终还是觉得自己身材不够高挑，认为她的夸赞是商业习惯而放弃购买。幸好没过几天，姐来深圳看我，我拉着她再去专卖店。姐一路上说：“先说好，你只是试试，可别听老板的夸奖去买。旗袍适合高挑丰满的人，你怎么能穿？”难以抑制旗袍的诱惑和那女老板的神态感染，我胁迫着姐姐走进了旗袍店。当我穿着一件棉质蓝底碎花旗袍从更衣室出来时，姐悄声说：“真是的啊，你这么个发育不良的人穿旗袍也会好看，怎么我年轻时竟然没有想过穿旗袍？”我打趣姐：“你就是穿也未必好看，妹子我穿旗袍那就是传说中的腹藏诗书气自华。”我从姐的惊讶眼神中，确定了我一发不可收拾的旗袍生涯。

说自己腹藏诗书气自华，自然是与姐逗乐的。然，多数女子都和我与姐一样，认为穿旗袍身高体形都要达到一定的标准才可以的，其实这是一个误区，只要穿出自己的风采穿出自己的味道就可以。在环境上应该有点限制的。如果穿着旗袍去田里锄地或者放羊的话，我想就会在一定程度上破坏了旗袍的美，从视觉上来讲也失去了一种和谐的美。如同梦露是世界美人，阮玲玉是中国美人，她们都有自己的经典着装。但如果你看见穿旗袍的梦露和身着性感短裙的阮玲玉，都同样会觉得不可思议 。一直以为水润敏秀的江南女子，穿着旗袍会为旗袍增加风韵；有着窈窕身材凸凹均匀的女子，穿上旗袍会为旗袍增添造型的美丽。我这不够娉婷的江南女子，爱上了这带着古韵的服饰，不知道是我爱上了旗袍，还是她爱上了我？

旗袍让女人知性地看淡世间所有的纷争，用轻巧的碎步释放命运赋予的才华与端庄、轻远与淡定。三十以后的女人，长长短短的故事，零零星星的心绪，岁月的沧桑蜕变成经典的美丽。女人的含蓄隐忍，忧伤与茫然在岁月中层层堆积，最是那一低头时的温柔，像一朵水莲花不胜凉风的娇羞。旗袍娇宠着三十岁以后的我，都市依然喧嚣，走在其中，而立之年的我开始走向自信，也是这样的自信，使旗袍穿在并无高挑身材的我身上也美丽。因自信而沉静，因沉静而温婉，又因温婉而显犹胜花期。除去比基尼，还有什么比旗袍更考究女人的身段呢？

每次说起旗袍，我就要舌灿莲花，一如邻家躺椅里的老祖母。最后附上日记本里写女友穿旗袍的诗，赞一赞旗袍与旗袍人的美：胸藏春山横双峰，腰含池波绕月亭。旗袍着身心存美，玲珑典雅显风情。

（2007年9月21日首发中财论坛）

简然，本名许诺，女，1970年出生，安徽芜湖人。

清幽圣天寺

寂寞沙洲

如果说巍巍的祁连山是一座绿色的屏障，那么安详地卧在山脚的那个小县城便是一位大手笔很洒脱地站在山巅之上随意泼洒的一幅风景画；如果说小县城是一幅很优美的风景画，那么坐落在县城西北角的清幽圣天寺就是那幅画上最灵动的一个点。

——题记

圣天寺是故乡的一处胜迹，绿树掩映之中，殿宇重重。在袅袅的炊烟里看上去安静而温暖。殿宇之中如来佛祖、观音菩萨、十八罗汉、四大天王等塑像神态各异栩栩如生。她是陇上的第一大尼姑庵，始建于明永乐四年。

她叫寺，其实一直没有住过僧人。

她是庵，却一直是用寺来称呼。

寺院不大，可是香火很旺。

庵也不小，里面尼姑数人。

每次回老家，那里似乎是我必去的一个地方。我喜欢那个地方，就喜欢那份清静。

前段时间我到故乡，在一个暖暖的夏日午后，我坐在民乐公园，在绿树掩映之中就看到圣天寺的容颜，我忽然心里就涌起了暖暖的牵挂。我说，我想去看看，妹妹说她也想去看个师傅，我们沿着河顺着地埂就去了。

每年到了农历的四月初八，人们络绎不绝，那一天，寺院里青烟袅袅，从远处看是风鬟雾鬓，别有一番风味。她总给人一种亲切的温暖。平素的日子她总是安静而又恬淡地目送着一批又一批的香客。

周围是碧绿的麦田，麦田正是介于黄绿之间，麦田的旁边是大豆，下面的已经接上了果实，上面的还正在开花。我喜欢大豆的叶子，她的形状圆润，绿色中泛着柔和的乳白色，看上去温顺自然。地埂上的野花和野草坦坦荡荡、随心所欲地生长着开放着。土豆正是开花的季节，白的淡雅，紫的高雅。地埂上偶尔一头牛一只羊从麦田里冒出来，成了八月乡村色彩缤纷生动鲜活的画面上最灵动的一个点。圣天寺就静卧在绿油油的麦田之中，在绿色中酣畅地做着深呼吸，像一个淡雅文静的村姑打量着周围属于自己的田园，又像是一个历经沧桑的老人守望着生命的麦田。

她的面前是一条河缓缓流过。故乡是个缺水的地方，可是只要有水，她面前的那条河就湿润着丰腴着周围的每一寸土地。寺不大，可是香客很多，到那里你没有别处寺院的敬畏与神圣，倒真有几分回家的心安与踏实。

尼姑们一脸的祥和，院落里干干净净，各种花开得姹紫嫣红：黄色的菊花娇艳而紧凑；红色的大丽花坦荡而肆意；家乡最常见的八角莲，各色的都有，在阳光下轻盈而灵动；灯盏花，她几乎就是那片土地上生命力最旺盛的花，只要有一粒种子，她就会葱茏一片土地；茉莉花低着娇羞的头似乎在沉思什么。那烟火的味道夹杂着茉莉花淡淡的清香在空气里流散。要不是面前那殿宇重重，要不是看到那尼姑来来去去的身影，你就感觉好像是进入了一个农家小院。

那里的尼姑没有拒人千里之外的那份高深莫测，她们就以一颗平常心在那里劳作。无论是你走到哪个房子，里面都是一尘不染，茶几炕头上整整齐齐放着佛家的书籍，每一道门都开着，游人没有什么拘束，你可以随意进出。

我们刚步入大门，其中的一个尼姑认出我的妹妹，她亲切地拍着妹妹的肩膀说："你这孩子，我差点没有认出来，你们只要穿上白大褂我就认不出，看起来都一样像。"看着她的举动，似乎是老朋友重逢。妹妹在医院，她们经常去看病，时间长了，她们彼此都熟悉了。她说："你们任意去烧香磕头吧，佛祖会保佑你们平平安安的。"

妹妹打听她要找的冷清师傅，尼姑说："她走了。"妹妹说："她到哪里去了？还回来吗？"尼姑说："天下哪个庵都是她的家，有缘分她会来的，没有缘分她是不来了。"说完一脸的平静与释然。

其实妹妹找的师傅，是和妹妹小时候一起玩的一个伙伴。农村的女孩到了十七八岁就有媒人纷纷上门提亲。那个女孩在十八岁那年，家里自作主张给她定下了一门亲事，她坚决不同意。在一个秋天的下午，当父母还在麦田里挥汗如雨的时候，她留下了一封信悄然离去了。她告诉父母，其他女孩子过的生活不是她想过的生活，她要寻找属于自己的地方，她应该是个出家人，感谢父母养育了她，也许她不是出家，她感觉自己是要踏上回家的路了，是另外一种出嫁，希望父母不要伤心，过上几年她会来看望她们的。

当时在我们那个小村子，也许人们听过也见过出家人，可是至少在身边没有出现过。父亲看到家里被女儿收拾得一尘不染，他们哭了好多天想不通，她的举动在村子里引起了轩然大波。后来，父母真真切切再也看不到女儿的身影了，再也听不到女儿的任何消息了，他们才知道他们真正失去了他们的女儿。

过了三年，在母亲惊愕的目光里她一身尼姑的服饰出现在自家门前，那宽大的素雅的尼姑服裹住了她所有的青春，她消失了的一头秀发也许就把过去的生活彻底打了个死结。那一刻，我相信她的身影在点亮她父母目光的那一刹那也永远暗淡了。她一脸的恬淡一脸的平静，脸上没有一点世俗的喜怒哀乐了。全村人听到这个消息，几乎全都去看那个从那片土地上走出来的尼姑。她干净的脑袋、明净的额头、素净的眼神、恬淡的表情、随意而自然的语言，她微微颔首跟邻里打招呼。好多人本来准备了好多语言准备调侃，可是面对她，他们一句话也不敢多说，看上一眼，悄悄离去，总之，村里人说，她太像出家人了。

可是令父母没有想到的是，她走的时候，比她小两岁的妹妹忽然跪在父母的面前，痛哭流涕磕了三个头，说："爹，娘，原谅我的不孝吧，我其实早就想过姐姐的生活了，如果你们不答应，我今天就不起来，我也要走。"父母歇斯底里的哭声里全是对女儿的不舍，母亲撕扯着自己花白的头发说："老天爷啊，我到底造了什么孽啊？"冷清师傅已经一脸的释然，轻轻吐出了几个字："阿弥陀佛。"

最终，她带走了她的妹妹，没有人知道她们走到哪里。有人说是在四川，有人说在辽宁，可是我感觉她们在哪里都不重要了，至少她们在她们感觉心安的地方吧。两个孩子走了，她的父母习惯了那分清净以后，再也不抱怨了，两人开始信佛，据村子里的人说，他们过得从容淡定。

匆忙十年过去了，村上的人几乎都淡忘了从那个农家小院里走出来两个穿尼姑服的女孩。

去年的时候，她忽然出现在故乡的圣天寺里。任何人去看她，她依然是一脸的平静与释然。她的父母也去了，亲近而遥远，不再敢叫女儿的乳名了，她已经是很有名气的“冷清”师傅了。她的母亲试探着问：“你的妹妹呢？”她看了一眼白发苍苍的父母很平静地说：“阿弥陀佛，我没有什么妹妹，你是问冰清师傅吧。”说完之后就很平静地摇摇头。她的父母那一刻才明白，走出家门的那一刻，她们不再是姐妹了。后来，她的父母也不多去看了，她们的女儿已经从她们的精神上剥离了。

此刻，听着尼姑的话，我想到了“此心安处是吾乡”，我也忽然感觉到自己的庸俗。尼姑浅灰色的尼姑服在夕阳下显得朴实而温暖，她们在阳光温暖的地方晾晒着一些茄子，萝卜片和一些小油菜，我知道她们在夏天让阳光抽走那些水分，到了冬天再点缀她们清淡的光阴。

我们的脚步踏遍了那里每一寸温暖的土地。当我们走出寺院的时候，我回眸凝望，温暖的阳光笼罩着整个寺院，那些金光闪闪的字迹泛着陈旧而柔和的光，我的心里涌动着一种安静的满足，所有世俗的快乐与烦恼都离我很遥远。

那时候，我看到了寺院里飘出的袅袅炊烟，似乎像是一只手掌对行人无声地召唤，我嗅到了馒头的清香，阳光下那些青草的味道、麦田的味道，我听到了那些花木拔节的声音。

我忽然感觉那个寺院就是小城的心脏，她一直在安静地跳动，如果你不仔细聆听，你是听不到她跳动的声音的。

（2007年9月23日首发中财论坛）

寂寞沙洲，本名吴晓明，女，1972年出生，甘肃省作家协会会员，中学高级教师。在《中华散文》、《飞天》、《视野》、《北方作家》、《文苑·美文经典》、《五月花》、《甘肃日报》等刊物上发表散文、小说百余篇。

有一个谎言，终被母爱识破

meng20042004200

去年冬天，我在出差途中，出了车祸，造成第三和第四脊椎骨之间断裂并错位，须接受牵引治疗。王医生劝我要有足够的耐心待在这个离单位和老家都很远的地方，至少要一个月，或者更长。

王医生告诉我必须尽快找个陪护人，吃喝拉撒，买药喊人，要有陪护人为我跑前跑后。至少一个月的住院期，只有亲人才能经得住这漫长的时间，他让我说出家里的号码，要替我给家里打电话。

父母刚刚退休，赋闲在家，身体也硬朗，是陪护我的最好人选。可是，这次车祸，我无论如何不能让他们知道，一个月过后，我可能会重新站起来，可他们如果知道了，经受的心中疼痛，将是永恒的。

妹妹在山东老家的工厂做工，不如让她请假。我跟王医生说："你先给我妹妹发条短信，让她不要在父母跟前接我的电话。"

王医生明白我的意思，短信发出十分钟后，他才拨通了妹妹的电话。

我的手脚和头部都被沉重的铅锤牢牢束缚着，全身只有一张嘴能动弹。妹妹的声音响起时，王医生把手机放到了我的耳边。

妹妹立刻在电话里哭了起来。她一遍遍地念叨：“怎么会这样呢？什么倒霉事都让你碰到了！”我叮嘱她：“你来时，千万要给父母编一个可信的理由，不要让他们怀疑什么。”不知不觉，泪水溢出了我的眼眶，声音也哽咽起来，王医生急忙把手机移开。

王医生帮我买了饭菜，一勺一勺地喂我。吃完后，他感慨地说：“从刚才打电话看得出，你感情非常细腻，是个极孝顺的人。”一切做法都是有理由的，我跟他讲起了那次事故。

“去年，我和新婚妻子还没度完蜜月就出了车祸，父母知道后，千里迢迢赶到珠海。当时父亲刚刚做了阑尾炎手术，伤口还没愈合，挂着吊瓶就上了火车。到珠海后，伤口感染了，他不去医院治疗，捂着伤口，整天整夜守护在我的床前，生怕我出什么意外。他平时少言寡语，可宽慰我的话一句接一句，他给我擦泪，给我扇蒲扇，细心极了。母亲在家乡能说会道、机智聪敏是出了名的，可那些日子，她一直神情呆滞，神思恍惚，说话总是前言不搭后语，有一次给我做饭时，手指竟被菜刀切掉了一截。那段日子，我的痛苦把他们折磨得失魂落魄。我为失去妻子痛苦，他们的痛苦却是双重的。小时候，我患了婴儿瘫，父母带我到处求医问药，白天奔波一天，晚上母亲就一把鼻涕一把泪地祷告：老天爷，求求你，什么病灾你都让我受着，别让我的孩子受罪！对于父母来说，他们的生命中有一种无法承受的痛苦，就是眼睁睁看着自己的孩子受苦却无法替孩子承受。如果有什么方法能把我的痛苦转移到他们身上，他们会毫不犹豫地那样做的。现在，躺在这前不靠村后不靠店的地方，我想让他们陪在我身边，可我实在不忍心再让他们为我受折磨了，看着他们为我受苦，我的心会更痛苦。

王医生摘下眼镜，揉了揉眼睛："如果用得着我，我会帮你遮掩的。可是我从医多年，还很少发现有把对父母的谎言撒到底的，父母凭他们的直觉，会从某一个你意想不到的破绽入手，最终洞穿谎言的。但愿咱们想得周全一些。"

妹妹来了，眼泪汪汪地左右端详了我好久。为了牵引需要，王医生把我头顶的头发刮掉了，只剩下两边的鬓角，妹妹被我的"奇异"发型吓了一跳，忙问王医生我的头部有没有被撞伤。王医生如实地解释着我的病情，他说会尽最大努力，用最好的药物，争取不留任何后遗症，她才渐渐安下心来。

我最关心的是妹妹给父母撒了一个什么样的谎言。妹妹对父母说厂里要上一套新型生产设备，车间主任委派她去广州培训，回来后再把学到的新技术传授给其他员工。车间主任是我家邻居，妹妹还特地叮嘱主任，如果父母问起来，要和她保持一致的口径。妹妹说父母听到她外出培训的消息很开心，要她一定找个时间到珠海看我，去给我送一袋花生米。

这已是延续多年的习惯了。为了给我的残腿补充营养，母亲每天要我吃一把花生米。小时候花生奇缺，父亲到处求人为我购买。后来能从市场上买到了，母亲就去市场上挑个大饱满的，回家后一粒一粒地剥。上大学时，父亲隔一段时间就用包裹寄一次。毕业几年来，父母每次打电话，都要叮嘱我不要忘记买花生米和核桃仁，更要多喝牛奶，凡是对腿有利的，都要买来吃。父母不放过任何一个让我多吃花生米的机会，听说妹妹"出差"南方，赶紧买了，为我捎来。

妹妹从旅行包里拿出一大袋花生米，足足有二十斤重。她抓了一把，一粒一粒地往我嘴里塞，我慢慢咀嚼着，感觉香甜无比。

妹妹来到医院是星期三晚上。星期四上午，她给父母打了电话，说已经到广州了，在一个很大的企业培训。星期六休班时，就去珠海看我。电话那端的母亲声音很清晰："告诉你哥，冬天要穿厚些，别忘了戴护膝。"妹妹笑起来："人家南方现在还穿单衣呢！"

星期六晚上，妹用我的手机拨通了家里的电话，放在我的耳边，我们要共同制造一个她已去珠海的谎言。电话那端一会儿母亲接，一会儿父亲又夺过话筒，我说了很多话，我忽然有很多话要说，我说花生米那么多，一路把妹累坏了。

十几天后的一个深夜，父亲忽然打响了我的手机，他以前从来不打我的手机的，他嫌手机号码太长，记不住。父亲显得焦急："我从八点就拨你家里的电话，老是没人接，好几天都是这样。你是加班还是在外有应酬？这么晚了，赶紧回家吧。我想告诉你一件事，那天你妹说那边还穿着单衣，一定很热，花生米要经常拿出来晒，要不会生虫子的。"我赶紧说正在同事家里下棋，明天一定拿到阳台上去晒。正巧王医生也在旁边，他夺过手机，帮我对父亲撒谎："伯父，下完这盘，我就送他回家。"

王医生一直为我用最好的药物。一个月过后，我恢复得非常理想，又能重新走路了，只是右腿有些麻木，王医生说要完全恢复正常还需要很长时间，回去后要注意加强锻炼。公司的车来接我时，王医生前来送别，他说："有两件事值得庆贺，一是你顺利康复了，二是我们的谎言没有被父母识破。"他的话让我震颤，我涉险渡过了父母用爱和牵挂砌成的关口。

妹把我送到珠海，帮我把一切收拾妥当，要返回了。她提议我俩照一张合影，作为她来看过我的证据，以加深父母对她来过珠海的信任。同事小张给我们照好后很快到照相馆里洗了出来，照片拍得很好，我和妹妹都笑得很灿烂，我的腿很麻木，倚在花园的栏杆上，妹妹在旁边扶着我，一副手足情深的模样。我对照片很满意，想这瞬间的定格，可以温暖父母的心了。

两周后的一个下午，妹妹忽然打来电话，说父母知道了事情的真相，父亲已经订好车票，母亲买了一大包花生米和核桃仁，他们明天就要来看我了。

我焦急地责备妹妹:“你怎么不守口如瓶呢?”

她委屈地解释:“是那张照片泄露了秘密，你的头发当时被刮掉了一部分，出院时又长出来了，但没有周围鬓角的那么长。母亲天天琢磨那张照片，在阳光下看，在灯光下看，半夜里披着衣服也看。昨天她问我，前些日子你是不是有什么不测，我死活不承认，她就把她的疑问说了，一边说一边哭，说你头部肯定被撞了。她又要去问车间主任我是不是真的去广州学习了，我不说实情不行啊。”

我心里咯噔一下，我怎么也没有想到，一张小小的照片，照片上几根头发的长短，竟成了父母洞察真相的突破口。父母凭他们的爱的直觉，从这个我意想不到的破绽入手，最终识破了谎言。

第二天，我早早地等在车站，我尽力让自己站得笔直，不让父母看出车祸给我留下过什么痕迹，我不能说我的腿还在麻木，否则，他们会哭的。

（2007年11月9日首发中财论坛）

Meng20042004200，本名孟迎新，1970年7月出生，山东单县师范学校语文教师，高级职称。在《辽宁青年》、《时代青年》、《齐鲁晚报》等报刊杂志发表作品若干篇。

雪歌

关瑞

一

下雪了。

尽管隔着浅浅垂下的蓝色窗帘，我还是看到了窗外雪的白。那纯粹而安静的白，仿佛从祁连雪山顶上滑落下来的冰河，渐渐涌过来，渐渐漫上窗台，渐渐充盈了整个房间。顿时清醒过来，倦怠和慵懒被冰雪融化，脑海里隐隐升起一些喜悦。这喜悦也是安静的，甚至带着重量，带着不易觉察的沉稳。

我悄悄下床，站在阳台上，看雪。窗户玻璃上蒙了一层薄薄的雾。我用指头一道一道挨着划过去，冰凉的水顺着指头流下来。在这块手掌大小的划痕里，我看见窗外细碎的雪往下落。雪往下落的过程，仿佛记忆呈现的一个片断，清晰，透亮，湿润。我总是以为，记忆是一条河。偶尔被记忆沾湿，就停住脚步，站在岸上，或者伫立水中央，看这一河的水。即便尽情之所至，极目之所及，它依然只呈现给我一个片断。眼前这雪，因了玻璃窗上更多雾气的遮挡，我只看见它下落中途的一个片断。剩下的雪，正安静地落在我的记忆和想象当中。在那里，它们纷纷扬扬，它们清清纯纯，它们用无数的片断构成一场雪的整个过程。就像更多的往事，在记忆之外的河流中，朝着天际奔流不息。

二

萌萌赖在床上不想起，假装闭着眼睛，假装均匀呼吸，假装在梦里翻转身子。当我返回卧室，伏在她耳朵上悄悄说，外面下雪了。她就再也不想装下去了，一骨碌坐起来，拍着小手，连连说要看雪。

萌萌已经五岁了，可是还没有见过几场真正的雪。

从现在这场雪开始往回走，不用太费事，就能看见那不多的几场落在萌萌黑亮眸子里的雪了。

最近的一次，是去年秋天，准确地说，是立冬前一个星期。那段时间，萌萌正在住院，我日夜陪着她。那天早晨醒来，她先发现外面正下着雪，大叫着差点跳起来。大片的雪，像白色的花朵，在空中朵朵绽放，朵朵飞舞。萌萌坐在病床上，胳膊上还扎着吊针，不能自由地走到窗前看雪。我懂她的神情，有些落寞，有些失望。下午，雪停了，天空碧蓝。我带她下楼到住院部前的空地上。她像一只快乐的麻雀，在雪地里起起落落。尚未枯萎的草叶上，沾着厚厚的雪，我捧一把，放在她的手心，她高兴地跳起来。该回病房了，她舍不得走，眼巴巴看着身后的雪。我干脆团起一大把雪，捏个圆圆的雪球，她捧在手里，小心翼翼，生怕化掉，或者滚落下去摔碎。她说她想把这个雪球保存起来，能在夏天的时候看到它。我暗暗惊异于她的想象力，就重新捏了一个更大的雪球，让母亲带回家放在冰箱冻起来。后来，萌萌出院了，经常从冰箱里取出雪球（实际上已经成了坚硬的冰球），放在灯光底下看，仿佛看到了世上最美丽的雪花。直到雪球开始滴水，她才满足地放回原处。

从那个时候开始，我才第一次清晰地意识到，真正美丽的雪，都下在了童年里。

可惜得很，为了这美丽的雪花，继续往回走，一下子就得走过三年。2004年冬天，萌萌刚满两岁。大概是生日过后没几天，下了那个冬天唯一一场雪。到傍晚的时候，雪才停下来。萌萌嚷嚷着要出去看雪，就给她裹了厚厚的棉衣棉裤棉鞋，抱下楼。积雪差不多没过了脚面，灰色的光线穿过楼间的缝隙，断断续续投射过来。萌萌站在雪地里，不敢动，嘴里哇哇哇，表达着害怕和兴奋。我离开她几步远，不停地鼓励她。她终于迈开步子，红色的棉皮鞋在雪地上如点点跳跃的火焰。她向我走来，我向后退，始终和她保持几步远的距离。她急了，想快走，结果滑倒。扶起来，她满头满脸满身的雪，像个长着白胡子的圣诞老人。她看来是吓坏了，也许是委屈坏了，大哭起来。我问她疼么？她摇摇头。我又问冷么？她还是摇摇头。我说，干脆咱们堆个雪娃娃。她不哭了，眼泪汪汪地望着我，很快点点头。天色完全暗下来的时候，终于堆好一个雪娃娃。雪娃娃比萌萌高，戴着一顶红色的帽子，一双大而黑的眼睛，一张小小的嘴看似微微笑着。她叫它姐姐，还踮着脚尖要亲它，又弄了个满脸白。风吹过来，带着尖利的刀刃，我抱她上楼。那个晚上，她一遍一遍念叨楼下的雪娃娃，问我姐姐站在外面冷不冷。第二天，她早早醒来。起床后趴在窗台上，看见雪娃娃还在，高兴得不得了，在床上摆出许多玩具，说是要给雪娃娃做饭做衣服。后来，气温开始回升，雪娃娃在阳光底下渐渐变小，渐渐变成一堆发黑的雪，最后变没了。萌萌问我雪娃娃去哪里了？我说，她长了翅膀飞到了天上，你看到的白云，就是雪娃娃变的。几年过去了，萌萌总是说起那个雪娃娃，也总是梦想着自己也能飞起来。

三

再往回走，一定会遇到一场大雪。它的美丽属于萌萌，但不属于萌萌的记忆。那场雪下在了2002年的初冬，下在了萌萌出生的那个下午。

妻子已经到了预产期，但是没有动静。在医院住了三天，用了各种催产的药物和土办法，肚子疼几下，就没事似的。只好出院，在家里等。11月26日早晨，妻子肚子突然疼起来，赶紧送到医院里。妇产科主任曾经和我姑妈是同事，亲自给妻子做检查。

中午，我没有吃饭，在走廊里走来走去。妇产科主任从检查室出来，喊住我，说，没有羊水了，孩子已经严重缺氧，得做剖宫产，你们赶紧商量一下，要不就来不及了。

跟前再没有人。我的脑袋猛然变大，里面装满了空白。妇产科主任说，还愣着干什么，赶紧找家人商量啊，还要签字呢。我哆哆嗦嗦掏出手机，给我妈她妈打去电话，重复了妇产科主任的话，最后加重语气重复说“要不就来不及了”。她们像是安了翅膀或者轮子，很快相继出现在我面前。

其实也不需要商量什么。在这种情况下，医生的话决定着我们的思路。

下午三点四十五。妻子身上盖着淡蓝色的手术单，被推出病房。两个年轻的女医生把我叫到办公室，对我说着手术过程中可能出现的各种风险，我的脑袋再次被抽空。她们递给我一支笔，要我在手术单上签字。我突然不知道怎么握笔，不知道自己的名字，不知道怎么写字，几乎什么都不知道了。其中一个医生催我，我的手突然发起抖来，抖得没办法准确地在纸上写下自己的名字。她笑了，看把你紧张的——其实也不会有什么事的，这只不过是个程序罢了。

最后这话起作用了。它让我顺利地在手术单上落笔写下自己的名字。

四点整，妻子被推进手术室。手术室门关上的那个瞬间，我看见她对我微微一笑。我赶紧抬起手向她挥挥，可惜门很快关上了，她一定没有看见。

所有的亲人都等在手术室门外，空气里满是兴奋、焦急和担心的味道。

我站在窗口，向外看。楼前是一个十字路口，红绿灯有条不紊地变幻着颜色，黑色的电线和黑色的枝条遮住了路边的建筑，呈现出单调的混乱来。天空被铅灰色的云覆盖，如一张厚重的幕布，再大的风也吹不起一丝褶皱。有光漫过，也是铅灰色的，厚重，阴郁，从窗缝里挤进来一些，比整个冬天更加冰冷。

突然，看到一些细碎的东西在窗外落下来。起先，我以为是尘埃。后来发现不是。而是雪，细碎的雪，被来历不明、漫无目的的暗光和寒风卷着，越落越大，很快遮盖住天空，也铺满地面。我看看表，四点十五分。

我目睹了一场雪的开始，这在我的生命历程中还是头一回。那些雪，像一个人积蓄已久的心事，洋洋洒洒，一吐为快。电线和枝条愈发显得黝黑，凌乱。规规矩矩排列在路口的斑马线已经看不见了，车影人影在飞雪里只剩下了苍茫的轮廓。

下雪了。我对身边的人说。他们走过来，探着脑袋看窗外的雪。

手术室安静极了。我把耳朵贴在门缝上，什么都听不见。我点上一棵烟，斜靠在涂了绿漆的墙上，猛吸着。我停不住地反复想象即将出生的孩子，包括我第一眼看到的他或者她会是什么样，也包括他或者她的哭声、他或者她的眼神、他或者她的蠕动。

一根烟几口就吸完了。我有点发晕，再次走到窗前。雪下得更大了，除了灰白的急速落下的雪粒，几乎什么都看不见。有歌声传过来，一首老歌，大概是十年前流行过的。那时候，我正处于青春的迷茫和狂躁期，为赋新词强说愁，也为虚幻的爱情哀伤不已。这首歌，在那时候恰到好处地表达了我想要表达的情绪。十年过去了，在这个风雪漫天的下午，在手术室门前，再次听到它，倒也有着别样的滋味涌上来。

四点四十五分。手术室门开了，出来一个中年护士，怀里抱着包得严严实实的孩子，只露一张小脸。我几乎是一个蹦子跳过去，凑上去看。她没有想象中那样哭着，而是安静地睁大眼睛看我，那眼神是陌生的，也是熟悉的。护士说："母子都平安。"抱着她向病房走去，我一路跟着，看她。她也看我。我突然觉得眼睛模糊了，抹一把，满手的泪。

我妈我丈母娘跟在我后面一路小跑，最后挤进病房，手忙脚乱地开始了做奶奶姥姥最初的事情。我没有进去，在病房门口朝她笑笑，又返回手术室门口，等着妻子平安出来。

四

等母子在病房里安顿好以后，天已经黑了。我走出医院大门，站在马路上给正在家里等候消息的我爸打电话，给长沙的弟弟打电话，给领导朋友同事打电话。

雪还下着。不再是细碎的雪粒，而是大朵的雪花，在夜色里盛开，在灯光下舞蹈。

一通电话打完，我的手和耳朵和鼻子已经冻得生疼。我用嘴深深吸一口气，雪花在舌尖上点点清凉。干脆仰起脖子，张着嘴巴，让更多的雪花落进嘴里，让更多的清凉从舌尖上出发，直抵焦灼许久的内心。

我爸如约赶过来。我们先去附近一家小饭馆吃饭。我特意点了几个菜，一瓶二锅头。我们碰杯，我说："祝你当了爷爷。"一仰而尽。倒满，我们再碰杯，我说："祝我当了爸爸。"瓶子很快空了，菜没怎么动，要的两碗面一口都没有吃。我们红着脸，在沉沉的醉里抢着说话，说他的孙女说我的女儿。

那场雪，断断续续下了一个多星期。气温持续下降，前面的雪结成冰，后面下下来的雪再覆盖上去。我爸说，几十年都没有下这么大这么长时间的雪了。我搜遍了我的所有记忆，也没有找到任何一次例外。

妻子和孩子出院回家了。一切都没有了头绪，一切又都拥有了明确的主题，生活从此忙碌而且紊乱。

该给孩子起个名字了。灯光下，我爸满嘴酒气，从口袋里掏出一张纸，上面写满了名字，我一个都没有看上。妻子说，孩子的出生真是一件奇妙的事情，就叫妙妙罢。也不好。七嘴八舌地起名，又七嘴八舌地否定。而她，安静地躺在小被窝里，亮闪闪的目光四处张望着。

我忽然想起"雪歌"这个词来。她在2002年冬天的第一场雪里出生，就像飞雪里飘扬的歌。

雪歌。

——精灵一样的雪，精灵一样的歌。她在这雪的世间，该是怎样一首美丽动听的歌。

天亮了。雪停了。一个晴朗的早晨，天空蓝得纯粹，蓝的叫人忍不住想流泪。把洗净的尿布晾在阳台上，我默默地看着窗外蓝的天白的地，和天地间清亮的光芒，仿佛世界正在眼前重新开始，就像我目睹过的那场雪的开始。

五

现在，另一场雪正在窗外下着，纷纷扬扬，落在地上，挂在枝头，松软，轻盈，似有淡淡的芳香。

萌萌很配合地穿好衣服，我们出门。她在无人走过的一块空地上，踩出一串脚印来，回头看看，像一串晶莹的歌声。我们在雪地上滚雪球，打雪仗。她的小手冻得通红，伸进我的衣服里面，贴着我的肌肤焐。那双小手，雪花一样，把清凉传遍我的全身。像她出生那天的晚上，雪花的清凉最终抵达我的内心。

这场雪下得不大，不足以堆起一个雪娃娃。萌萌有些遗憾，又想起几年前那只长了翅膀飞到天空中变成云的雪娃娃来。她问："姐姐现在在天上做什么呢？"我说："她正在唱歌——下雪的时候，她就会在天上唱歌。"

唱什么歌呢？

唱一首世上最最好听的歌。

……

上楼的时候，她对着我的耳朵，悄悄说："爸爸，我有个最大的愿望，就是下回下了大大的雪的时候，我们再堆一个雪娃娃，我要和它一起唱歌。"

（2008年1月14日首发中财论坛）

关瑞，男，1970年代生于祁连山下，长于河西走廊。现为中国散文学会会员。

大理的阳光

张乃光

大理的阳光是最灿烂的。

早晨，太阳初露。窗前的楼群、楼尖被抹上了朝阳的颜色，像露出水面的岛屿。薄而透明的阳光，是熹微的大海。

头顶天空蓝成一片，昨晚一夜风，刮走了所有的乌云。刮剩下的，是满地的阳光。没有乌云的阳光，透亮；没有乌云的心情，澄澈。石板铺砌的小路，在阳光中铮铮发亮，干净得像精心打磨的一句长而有韵致的诗。沿着诗句行走的感觉，就是走入大理的感觉。走到深处，就走入了古老的城郭，那是一本装订得整整齐齐的诗集。

诗集的封面，自然就是古老的城门。城门上嵌着诗集的名字：大理。

城墙上的酸浆草，是封面上最醒目的装饰。这是一种历经千年而不衰的植物。它们在阳光下生长着，即使道旁的梧桐树因冬季的来临而脱光了树叶，即使所有的花木都在风中瑟缩发抖，它们却不衰、不萎，不慌、不乱，从容而自信，这种叫不出学名的酸浆草，不计较身处的地位，不计较个人的得失，在阳光中欣欣然有生意，紫红的颜色中透出一种高贵的气质。这是阳光下的植物，这样的植物只属于阳光充沛的大理。它们的存在，让我想到了周围千千万万衣着朴素但神情满足的大理人。

大理有句民歌："海东姑娘进城来，领褂红了一条街。"海东姑娘指的是洱海东岸的白族姑娘。过去，她们到大理古城，都要坐船来，夜里上船清晨到。一到下船，阳光正好，一群群海东姑娘在大街小巷行走，那是非常壮观的景象。她们的红领褂，在大理的阳光下红得像火。她们脸上的笑容，开朗得就像大理的阳光——大理的阳光，决定了白族姑娘的气质，她们的性格像阳光一样的明朗。她们就像城墙上、石壁垣上的酸浆草，身份卑微但却高贵。所有的目光都因为她们的出现而亮了起来，很多相机对准了她们。看一看这样的白族姑娘，心里的阴影就会消失，汩汩流淌的血液里残留的宿夜的阴暗思想和冰冷忧虑，都会像残雪一样融化。

即使在冬季，只要在避风的地方，大理的阳光是温暖的，墙角里蹲满晒太阳的老人。在大理，说起这种寒冷状态下的晒太阳，不叫晒，而叫烤——烤太阳。当熟人从老人的身边经过，他们总会招呼："来，来，来，烤太阳来。"好像围着的是一塘火；而到了夏天，在有风的旷野里，阳光则是凉凉的，无数的裙子和T恤，在阳光中裸露出诱人的肌肤，在这样的旷野里行走，是一次灵与肉的阳光之旅。

在大理，冰冷的石头也因了阳光而发出温暖的微笑。石筑的城，石砌的墙，石铺的路，石垒的塔，组合成一座阳光四射的古城。用大理石制作的工艺品，摆断一条街，各种各样的色彩和画图，反射着太阳的光辉。街道两旁的小店里，有各种各样大理出产的扎染布，蓝色的扎染布，蓝得眩目，像头顶的天空。我经常在阳光铺满大理的时候，到大理一条知名度很高的小街随意走走。在那里，经常看到在街边眯着双眼微笑着晒太阳的人，他们大多是到大理的游客，有金发碧眼的外国游人，有厌倦了都市生活的国内隐居者。他们坐在古城的茶店或食摊前，摊开双腿，摆出了最适宜晒太阳的姿势。

这条街的名字叫“洋人街”，它聚集了全世界的人在这里晒太阳。

这就是大理的阳光，它不仅照一个地方，还照全世界。来自北京的朋友S，感动于大理人的微笑，对我说：大理是富足的，正如它的阳光。金钱，只能藏在保险柜里，讳莫如深，微笑，却可以随身带着，表示心灵的富足。在大理的阳光下，脸上露着微笑的人，都是自己的国王。

每从外地归来，大理给我最深刻的印象，始终是它的蓝天，和蓝天下灿烂的阳光。在大理，一路上都少不了阳光的伴随。沿着小巷顺着阳光径直走下去，就会走出城门，走进田野。田野里，有无数阳光在流动，它们来自浸透着阳光的苍山，从身边流过，潺潺流向洱海，洱海也汇聚了阳光。如果是在阳春三月，刺花白了的时候，阳光中会飞舞起千千万万的金龟子（一种本地人叫的“丁丁虫”），它们的翅膀上闪着金色的阳光。凝然不动的阳光因此而变得生动。苍山有雪，阳光一片白；油菜花开，阳光一片黄。大理的阳光，也会在五彩的石头下变成蓝色、灰色、青色……

我常常痴迷于这样的阳光。整天整天在田野间漫步，在苍山上独行，在洱海里击水。有时，干脆就在软软的茅草坡上躺一个下午，在浸透茅草香味的阳光里，什么也不想，呆到太阳落山；

或者，爽性就在洱海边的滩涂地呆一个白天，在被习习海风吹得发凉的阳光中任思绪纷飞，任身上的皮肤在阳光中变得发红。

在苍山，我曾遇到一位来自广州的叫穆紫的小女子，身着一袭彩衣，在阳光中行走，脸上是阳光般的微笑。她说，看好大理，就是看好这里的阳光。

在大理的阳光下，有很多让人眼花缭乱的节日。如果不期而遇一年一度的“绕三灵”，那就遇上一个比阳光还炽热的节日。农历四月二十三日至二十五日，是大理的阳光最明媚最温暖的日子，洱海周围上百个村寨的男女老少，各村为一队，由两位共挟一枝杨柳、戴墨镜的年长男子领头，从各自的村落出发，先逛佛都崇圣寺，再到神都圣源寺，止于仙都金奎寺，一路载歌载舞，历时三天，行程三十多公里，行进的过程，就是在大理的阳光下沿着田野、溪流漫步行走的过程。

如果问那些欢笑着的人“每年都来吗？”他们的回答都是：“每年都来。”再问“为什么？”他们的回答也一样：“出来走走，晒晒太阳嘛！”

（2008年1月14日首发中财论坛）

张乃光，男，白族，云南大理人，中国作协会员、云南省作协常务理事，曾任大理州文联副主席、大理州作协主席、《大理文化》主编等职。出版散文集《秋天的湖》、《走进视野》等。《秋天的湖》荣获『云南省第三届优秀文学艺术创作奖』。

西塘寻梦

芳菲

西塘让我想起一朵花，淡淡的花香驱散了我在尘世的忧伤。花的芬芳温暖着我冰凉的额头，温暖着那么多蛰伏了一个冬天的近乎僵硬的躯体。流水里的众生，熙来攘往。这是三月的雨天。西塘，仿佛一朵盛开的花，把我从梦中浮上来。

我在西塘流连忘返。细雨濛濛，送来清凉的潮湿气息。春意初萌的垂柳发丝在微风中轻轻拂动，于河道边缘形成一层淡绿色的薄雾。一串串红灯笼在河边的屋檐下轻轻飘动，给西塘笼罩上一片恰到好处的诗意。所以，我在西塘寻梦。一路上的春色从水路开始，在池塘边蹀躞，让我所有的寻找充满了泪意。

西塘桥多、弄多、廊棚多。我在最狭窄的，号称"江南第一弄"的石皮弄寻寻觅觅。我不知道我的脸上有没有丁香一样的忧郁。没有月光，没有阳光，一路上的希望与失望，被沧桑埋没。我明白，我要寻找的，既不是爱，又不是恨。只是西塘总是让我六神无主，总是让我停不下脚步。我一直走下去，我看到不止一处的墙壁上有烟熏火燎的痕迹。那是谁的愤怒？那是谁的烟火？却还在西塘。却还在人间。出弄的时候遭遇其他游客，我侧身而立。他们都是我的过客。就让我一个人在这江南的雨巷千载独步，屏息静气直到夜晚如期而至。

走累了，坐在转角的亭子内暂歇。孤独的渔翁驾舟缓缓驶来，三五只鱼鹰泊在舷边翘首待命。几位老者悠闲地品茶、下棋。时间在这里几乎静止了。树影婆娑，春虫唧唧，不知不觉中，一肩的露水让目光扑朔迷离，望穿"春"水。在西塘，有人捕捉春天的风声，有人捕捉去年的落叶。却没有人在高宅深院找到一个飘荡着爱怜与关怀的角落，让温暖的泪水融化自己，然后再生成另外一个无欲无望的自己。从此明白了江南的真正意义，明白了生命的真正意义。开始想你。想你牵着我的手，在西塘的河畔悠闲自在地散步。却有无尽的回首，把一个人无数次牵引着，回望，回望……

西塘有很多景点，宋朝王渊的子孙仍然居住在这里。但是，我没有找到我所需要的。深宅高院，古色古香的家具。堂屋高而阔的多扇开的木门，雕梁画栋，异常寂静。可是，那炉边似月的人儿哪里去了？那如同霜雪凝聚那样洁白的皓腕哪里去了？"纽扣馆"内收藏了世界上最大的纽扣，陈列着旧时人们手工制作纽扣的设备，展示了中国唐装上用的盘扣。那是画船听雨眠的书生的纽扣？是还乡须断肠的游子的纽扣？

我知道，不是。都不是。那么多的人早已离我而去。那么多的光荣与梦想早已离我而去。只剩下张正的那些根雕。我再度出发，寻找。我看到了"根魂"，上面有百兽图，还有罗汉图。那是谁的意绪在飞扬？那是谁的情思在遄飞？我看到了"东方雄狮"，狮子的头部是一个巨型的根榴，狮子的脸部、爪子以及尾巴部分勾画细腻，狮身及鬃毛部分则是自然的树根。整个作品生机勃勃，震天撼地。我看到了精巧的“梅屏”，枝条上梅花怒放，花间一对鸟儿窃窃私语。两个树根天然地交缠在一起，形成一个圆洞门，作者巧妙地点缀了两只喜鹊，形成一幅“双喜临门”图。

现在，我所有的思想都被西塘感动着，那些从来没有出现过的意象正纷至沓来。那些我久违了的古道，西风，瘦马，小桥，流水以及曾经前往山寺月中寻桂子的人家，都在我的眼前平平仄仄地排列成一阙宋词，既不需要朗读，也不需要默写，只是把沦陷于思想无力自拔的我，引领到一个阒无人烟的所在，没有双舞的吴娃，没有窥江的胡马。只有一间画室悄然出现在小镇的尽头。它占据着大约三四十平方米的面积，各种色彩宜庄宜淡的水墨画从宣纸上扑面而来。那个叫王也的画家手捧茶杯，在这个春雨绵绵的黄昏，坐在暮色的翅膀上进入一个又一个生机盎然的春天。

寻找是一个动词，是一个春意盎然的动词。一串串灯笼点起来。闪红的灯笼、隐隐的街市，行走的人影，使得长长的廊棚，好像布置好的电影拍摄现场。西塘合上白日，桃花依旧含笑，溪柳依旧自摇。到处都有翅膀飞翔的痕迹。一滴雨水不经意间刚滴落在我的眉头，转眼间就落入我的心头。洗涤着我以及和我一样沉醉于西塘的人。张开的怀抱朝向西塘，敞开的思想朝向西塘。一座接一座小巧的拱形石桥、古老的红木屋、清清的河水、青石板的小街。西塘，似一场柔软的梦，穿过千年岁月，与我邂逅在这江南的雨季。我终于错过了又一场俗世。

从此，我会坚信，西塘不经意的寻找，必然给我的血液注入更多的钙质和呼吸，使得我的心情生长出前所未有的花朵。因为西塘，我和我的身体，和我的灵魂进入了一个鲜为人知的世界。当然，随着时间的推移，我还会不断地发现，因为西塘的杨柳和桃花，我的生命也会在所有的日子里闪耀着日益灼目的光芒，比我想起的任何一朵花都更具魅力。

（2008年3月28日首发中财论坛）

芳菲，原名李敏，女，祖籍江苏泰州，生于黑龙江。先后供职于瑞士、德国公司，现栖居在瑞士苏黎世。

乡村，关于火塘的记忆

杨春山

乡村隔着一条忧伤的河流，沉默而深情地把我凝视着。眼眸中流露出的温柔爱意，在春日里润泽着我心中的那份孤独。田野在微风中舞蹈。石子的嬉戏溅起了水花。一条鱼正在浅水里呼吸，挣扎。来自内心深处的呐喊，被一股涌动的暗流撕扯着，牵引着，最终悄无声息。一块红布有如神灵的谕示，被系在了树的胸脯之上，挡住邪恶之后成为鸟儿的旗帜。曾经的快乐、忧伤，龟缩于记忆的某个角落。如同一条隐居在土地深处冬眠的蛇。乡村悠远的意蕴，在我的眼中逐渐幻化为一口古井。一个草堆。一座老屋。一个火塘。

从一阵鸟鸣开始，让回忆充满歌声。从一条田埂开始，让脚步变得轻盈。从一片白云开始，让心灵充满憧憬。从一个梦境开始，让情感变得纯净。从一个火塘开始，让生活充满温馨。

火塘静静地躺在一个僻静的角落，睁大了眼睛把乡村守望。

因为虔诚的守望，火塘黝黑的面容，成为了千百年来不曾被乡村遗忘的图腾。

火苗在无规则地蹿动，飞舞。红红的火苗在飞舞和蹿动之中拥有了思想。火塘沉默无语，把一个家紧紧地拥抱在怀里。这样的火塘是具有悲悯气息和充满灵性的火塘。它把一个个平静的日子点燃，让一个个平静的日子被粗茶淡饭滋润着。如同在久旱的大地上洒落了一场春雨。

乡村是一种淡然的酸楚，在孤寂的夜晚把没有结局的话题浸泡在绵长的酒碗里。这样的夜，注定有如水的月光被清风拂乱，那些思绪，也舞动成了草丛里闪烁的流萤。那些流萤发出的点点光亮，正如逐渐黯淡下去的火塘。

母亲坐在火塘边，用勤劳的双手抚摸着火塘，疲倦的面容被火塘写上了太多的风霜。火塘熏黑了母亲的双眼，却熏不黑母亲慈爱的目光。母亲的腰身，就这样年复一年，在火塘的注视中逐渐弯曲成了一张硬弓。这张硬弓已经被火塘锻造得异常坚强。孩子，被母亲当作了弓上即将离弦的箭镞，这支离弦的箭啊，将承载起乡村和家庭的全部希望。

烟雾每天从火塘中冉冉升起，腾升的烟雾，让一个个平淡的日子充满了生活的清香。

陶罐里的油茶，被母亲用一腔温暖燎烤得香酽滚荡。浓郁的乡情，在小小的陶罐里翻腾跌宕，孩子的欢笑，让岁月的风霜洗去了母亲的疲惫和满脸沧桑。

青苞谷毕剥着缠绵的心事。烤土豆浸润着乡村的醇香。几只粗瓷的酒碗，在火塘边奔突着，被一只只粗壮有力的大手传递着，上面写满了乡村汉子的荣光。

我总是一如既往地依恋着乡村的火塘。火塘里腾起的光焰，炙烤着庄稼或果实。让它们在烈火中接受一场燃烧的洗礼。乡村，总是被火塘和火塘边的故事温暖着，而把一些沉重的记忆掩埋在了火堆里。

我平静地注视着乡村的火塘。火塘如同一位沉默的智者，用灰烬掩盖了燃烧的本质和思想和华光。在那些逐渐冷却的火灰里，掩埋了许多曾经热烈的期盼。火塘边闪现过的人影，如飞鸟一般掠过浩渺的天空。火塘因其沉默而凸显高贵，被人们膜拜，礼遇，尊崇，最终成了乡村挥之不去的一道硬伤。

在历史的长河里，人们的生命靠一个个火塘维系着。马帮在启程的同时，便把火塘装进了行囊，因此，无论走多远，他们都能找到回家的路；大山皱褶里的每一户人家，把火塘用心祭奠，因此，每一户山里人家，都被火塘把贫困的日子烧得闪亮；乡村的每一座房屋，都睁大了眼睛把火塘黝黑的面容凝望，因此，乡村便拥有了一个个火红的希望。

火塘，曾经失落的记忆。它默默地见证着岁月的变迁，把一支古老的歌谣吟唱着，吟唱着，成了回荡在乡村上空的天籁之声。

一幕幕关于爱情的悲喜剧，无数次在火塘边上演；一个个关于生命的细节，无数次被火塘珍藏。那些被打上了乡村烙印的情节，是需要重新拾回的记忆。平淡的日子，正如乡村的火塘，淡定，从容，仿佛数百年来始终不曾改变的印象。

生命也就是这样么？如火一般的燃烧，如铁一般的守望，如风一般的飘逝，如水一般的忧伤？

只有母亲记得。只有火塘记得。在一个个稻花飘香的日子里，乡村，用尽一生的力量，痴痴地把火塘烙在了千疮百孔的心上。

（2008年4月18日首发中财论坛）

杨春山，男，1975年出生，1993年开始文学创作，在各级刊物发表文章三百余篇。现供职于云南省丽江市永胜县文化体育广电新闻出版旅游局。

桃花之语

房子

惊心的痕迹布满地面了，桃花到处散落，大风侵袭它们，碎裂了一地。脆嫩的花片，不能轻易碰触似的，一片片带着易碎的伤。那大概像一个人脸上的表情，有着梦中隔世的荒凉。在那儿，都是一场风雨的劫难。

奔跑着从花的身体上过去，空气中的石头和树木都是湿漉漉的。太阳在没有出来的地方，它们粉碎而消失。那样的情景无数次地演绎。

那一天，少年的我趴在木格窗棂上，等待远方的消息。父亲说，异省有一个城市，城市有一群人。他设想我可以到那儿去求学。在院子里的桃花树下，听着父亲从屋子里传来的声音，觉得桃花开得鲜艳。后来，我果真在那个城市里生活下来，恍然觉得记忆中的桃花开得触目惊心了。

一个少年的桃花梦，就像一片流水，从身体里流过。我到外地之后，关于桃花的记忆已深埋在某个地方。读书的过程中，曾找到一片桃花的叶子夹到书里。春天，这个下意识的动作，在以后的很长时间里，渐渐地忘记了。

那所学校里，没有远方的亲人来看过我，也没有人看到过书本里的桃花标本。在一次课堂上，我读课外书时，戴眼镜的老师把那个课本撕成碎片之后，我忘了标本的事，也很少想起老家院子里的桃花树。

从学校返回老家，坐在母亲的身边，给她讲学校里的事。那天，从外边进来的少女招呼母亲和我，她站在我家园子里，那棵开着的桃花树前，和我说话：看你家的桃花长得多好看啊，一天一个样子，一天比一天开得大。她掐了一朵，兀自在手里轻轻摆弄。

傍晚，我在一间小屋里和一个伙伴吃饭，并给父亲要了半瓶白酒。吃酒时女孩拿着那枝桃花进来，微笑着坐在我让出的一个木凳上。我说起学校的一些事，他们新鲜好奇。说笑的声音大起来，母亲从家里赶过来，她站在我的身边，说：你们少喝酒。随后，母亲和女孩说了一些话，带着她一起走了。

回去之后，母亲在我身边低语：你大了，人家也大了。不能和过去一样，整天疯在一起。望着母亲，我有些发愣，却没有说话。走之前的那几天，没见到女孩子来。我问母亲：你不是说让她帮我做了一双棉鞋么，做好了没有？母亲说：明天就能做好。次日，女孩的母亲带着女孩来送棉鞋，母亲笑容满面地说了一大堆话。

再一年春天，我回来，院子里的桃树不见了。母亲说：桃树越长越大，在院子里挡风，你父亲给砍了。两三天之后，也不见常来我家的少女来，我自语：桃花树没了，她就不来看桃花了。和母亲说这事，母亲说：那女孩子嫁人了。看我惊诧的表情，母亲又说：你要不是考学出去，也会有人给你提亲的。我说才多大啊。

母亲说：十八了啊，女孩也十八了，都大人了。人长得有模有样，很多人给说媒啊。

次年，我从学校毕业，那天，站在学校二楼宿舍的走道上，听到隔壁一个房间传出哭声。那是一个瘦弱的穿着灰色短袖的男生。到夜里两点钟，发生了他自杀身亡的事。有人说他是因为想回家，而老师不准假。回家的原因是一个女孩子跟他提出了分手。我们一帮人曾去过他的家乡，那是一个遍地桃花的乡村。他曾和我说起过，上学前夕，他掐过一大把桃花送给一个女生。他说他们在谈恋爱。在那个乡村，桃花和一个女孩子是他的整个城。

我想象他整个城都空了，想到散落到他家台阶上的花瓣，积成凌乱风中凄美的荒芜，大概那些花瓣会被一只只脚踏成粉末，那会有细小的汁液迸溅到空中，异香便是散了桃花的魂魄。一个消亡的人，还会不会有桃花映照他的脸？

那天晚上，梦到桃花，虚弱的红。它们奔跑，犹如古代影像中，少女水袖的轻舞。冥寐之中，有着不知被引领和召唤的轻入，但人却是虚弱的，眼前如一口落满粉红颜色的深井，周围是沉沉而寂然的黑夜。一簇簇淡然而浅的红，湿漉漉的，悄然砰溅，一片水花的响，虚幻，晶莹而细碎，仿佛就在天堂之上。

多少次，走过荒凉、偏僻，浮尘到处低垂的路途，我到城外去。风打着一阵阵小小的漩涡，在眼前，在接近一片桃花的风景区时，感觉到气息柔弱的香气跑过来。惹得春天不可自抑。桃花张开叶片，摇晃着风，像极了蝴蝶的翅膀。盛大的开放，让人想起岁月覆盖尘埃之下，命犯桃花的男女，诸如历史烟云深处的梁山伯、祝英台，张生、崔莺莺……

每一个可能想起来的白天，桃花都那么虚弱。在游离的景色中，有着若有若无的印象。它们几近于无的视觉，常常让我忽略了它的实体。仿佛只是风景里曼妙的记忆，在后来在不易觉察中消失，而一同消失的，还有更多的生者，一一从尘世离去。就这样，在突然回望时，愕然起来。眼前，犹如一片迷蒙的黄昏烟雨纷纷落下……

那么干净的美，在桃花身上，绚烂了植物的春天，而桃花在人的心里，仿佛一世宿命。它究竟死在谁的掌中，它常常会那么不可救药，让你说出：我终有一天会死在你的怀里，死在你的怀中便没有遗憾了……

大片大片的桃花，任何一次的到来，都不曾更改它的本色。在容貌上，娇嫩的骨子里，一个春天，永久的复活，和桃花在人心里的出现与暗示，都曾是人的一种没有纤尘的风景。

想象有人站在它的面前，脸上藏着的渴望。在遥远的地方，灵魂被轻轻触及。单纯得透明，决绝到，和一个永远都不想醒来的梦没有区别。那么轻易地，在梦的到来和苏醒之中，大朵地出现在身体里。根植在废墟上桃花树的光芒，也有着沉醉当中的惊心和疼痛。

桃花，仿佛被遗弃过的植物的命，沿着人身体内的召唤，像一面镜子，闪耀着精神和肉体同时获得的光芒，为走进它的人所窥视、体会，渴望着，像一只涅槃的凤凰鸟一样，获得新生。

（2008年5月5日首发中财论坛）

房子，男，山东作协会员，枣庄作协副秘书长。曾在《星星诗刊》、《诗歌月刊》、《绿风》、《时代文学》、《草原》、《当代小说》、《百花园》、《散文世界》、《山东作家》等国内外多家媒体发表诗歌、散文、小说、评论、杂文等多种题材作品，出版随笔集《境遇》。

如铁的父亲

浇洁

一

父亲，在一家人中常常被忽视，就像放在门后的农具，要用到它时，才会提起他。父亲生活中有一扇很高很大的门。这扇门一个具象是母亲，另一个具象便是飞不掉挣不脱的日子。门“吱呀”(高兴)或“哐当”(郁闷)一声打开，父亲才显现出来，憨厚缄默地站在我们面前。

父亲给我们的大多是背影：扛着锄头走向田间地头的背影，拉着大板车绷直腿死劲蹭上坡的背影，蹲在灶前添柴烟熏火燎的背影……

二

怎么也无法想象，一向缄默、不起眼的父亲也有一个意气风发的童年。父亲出生在浙中一个名叫外屋的村子里。爷爷金华体专毕业，是村里的族长，十里八乡出了名的先生，常被人用轿子抬着，到祠堂里议事，走村串户做调解。小小的父亲吃着别的小孩眼馋的零食，神气活现地被村人尊为“小先生”。新中国成立后，划成分，爷爷一家的日子才煎豆腐翻了面 —— 倒了个个儿。“大锅饭”时，爷爷因为省粮给孩子们吃，自己吃粗糠噎死。为了活命，二十来岁的父亲带着仅八岁的叔叔背井离乡，来到江西，砍木椴，烧砖瓦，最终以打铁为生。

父亲黧黑如铁，个头高挺，有一双铜铃般的大眼。年轻时，村人都亲切地唤他“长子”。年长些才改称为“朱师傅”“老朱师傅”。据说，父亲那双铜铃般的大凸眼，加上他打铁练就的臂力，还吓唬过不少人。村人都认为父亲有隐秘的功夫。

听母亲说，堂姑年轻时俏丽迷人，偷偷与一后生好上了。不知何故，堂姑家人却极为反对，可又奈何不得。父亲知情后，傻乎乎地出面了，他从铁铺里操起一把刀就冲向后生家。父亲圆睁大眼，持刀直冲的样子活像勇猛的张飞，把后生的尿都吓出来了。尽管如此，如今已成堂姑父的后生却一直与父亲极其交好。他不止一次和我说：你父亲是我见过最好最善良的人，他真是鲁迅笔下的闰土，敦厚老实啊！

“三十六行，打铁为王”。父亲做事认真，技术精湛，深得“小五金”之乡 —— 永康老家打铁技艺的真传。在上世纪六七十年代，父亲在村里，常被人宴请去坐首席。他左手拉着风箱，右手磕巴着长竹烟斗，在彤红的炉火旁，话语如火星四溅。他“吧吧”猛吸几口烟，神态飞扬地挥动小铁锤，一边“嘭当”作响地敲打着彤红的铁，一边和他的徒弟们笑逐颜开地谈论着从老家来到他这落脚的漂亮娘们儿及村里标致的媳妇们。他过着大碗喝酒、大口吃肉、大肆抽烟、广泛交友的快活日子。他的朋友中有大队干部、公社干部、班车司机、国营企业工人…… 都是些当年在村里吃香的人物。

已经过去三四十年了，父亲已过古稀。有时，在马路上等客车送我回县城，突然一辆小车会戛然停在父亲脚边。车里探出一张微笑的脸，问："您是老朱师傅吗?！我是 ××× 的儿子。我父亲常说起您。坐我的车去县城吗?"此时在村里已微不足道、老实如泥的父亲往往会傻愣上一会儿，紧接着受宠若惊地笑着点头。

就在昨天，我在县城菜市场买菜。一个戴眼镜五十来岁的中年男子直直地盯了我许久。笑着试问："你是小朱吗? 我是 ×××——你父亲的朋友。你父亲身体还好吗? 还在打铁吗? 我俩当年好谈得来……"

"好谈得来"，如今缄默如铁的父亲，当年是怎样与人侃侃而谈、笑语晏晏的，而且与一个和他年龄相差二十多岁的知识青年? 想象力贫乏的我无论如何也臆想不出。只记得小时候，家中常有顾客，买了家什后舍不得离开，在"铮铮"铁锤声中和父亲大声谈笑着，到了吃饭时间，便坐下来和父亲一块大碗喝酒，喝母亲自酿的家乡黄酒。

三

父亲其实是我的继父，我也不姓朱，但村里人都亲切地叫我小朱，因为父亲待我视若己出，连左邻右舍都瞧不出端倪。日子久了，知道我是父亲养女的村民，愈发敬重父亲的为人。父亲三十九岁才正式娶妻。那时母亲才二十八，带着六岁的我和不足四岁的弟弟。

此前，善良的父亲收留过一个怀孕逃荒的外地女人。女人生孩子后，父亲照料她坐月子，给孩子洗尿片，托后门买精贵的奶粉，那年代买奶粉是很不容易的。一年后，由黑瘦变得白胖的女人偷偷带着会叫父亲“爸爸”的孩子逃离，不知所终。但父亲从未为此后悔怨恨过。

聪明漂亮、哭哭啼啼的母亲为了给我姐弟俩找碗饭吃，极不情愿地从浙江来到了江西，嫁给了黝黑老实的父亲，在父亲身边又生了一男一女。从此，父亲的生活发生了改变。圣经里说：女人乃男人一根肋骨而成。有时我甚至怀疑父亲乃母亲的一根肋骨所凝。

母亲是个要强、脆弱又性情暴戾的女人，她只准许别人围着她的思维转，而父亲似乎从来就没有主见。如果父亲是陀螺的话，母亲就是那个抽打陀螺的人。如果母亲是磁铁，她希望一家人都是围着她的铁屑。

朦胧的记忆中，刚到江西，极不情愿的母亲总是哭闹，稍不顺心就暴打执拗的我，把我绑在竹丫上，用纳鞋底的钻子钻，用竹叉没头没脸地抽。一次我嘴犟，母亲用箩绳把我绑在床沿上，发疯般抽打我，痛得我鬼哭狼嚎。父亲忍不下，大叫一声：“快打死我女儿了！”紧跟着破门而入，夺下母亲手中的针钻竹叉。

而父亲的日子也不好过。记得一个漆黑的夜晚，半夜时分，我被母亲的哭闹声惊醒，悄悄爬起，看到昏蒙蒙的灯光下在母亲面前低头跪着的父亲……这一惊非同小可。那一夜我未眠，数次爬起窥看，从门缝里看到父亲在厨房烧火，给母亲煮红糖蛋，母亲泪眼婆娑地瘫坐在靠背的竹凳上。

四

小时候，不谙世事的我还拿过父亲取乐。

那是我初到江西不久，刚学会说本地话，对语言有格外的兴趣。每天晚饭后，我听到许多村民对着我家门窗喊：“朱师傅，明天跟我打把砍柴的刀噢！”父亲总是“吱”的一声推开木窗，高兴地应答：“要几斤重的？”

那天，我玩性大发，捏着鼻子，用老俵话在木窗下学大人喊道：“朱师傅，有柴刀卖么？”正和母亲闲聊的父亲一下没听出我的声音，照例推开木窗，高兴地应答：“要几斤重的？”“哈哈哈……”我和弟弟笑得前俯后仰，差点没岔过气去。发觉不对后，母亲骂了一句“短命鬼！”父亲则跟着“嘿嘿”笑出了声。

父亲待我一直是和善的。我打小嘴甜，“爸爸前爸爸后”的毫无心计，读书时学习成绩又好。村人到父亲铁铺里买农具，常在父亲跟前夸我：“朱师傅，你女儿盖过几村的伢崽，真会读书噢！”父亲每次不接话，很得意地笑笑，然后义务把那人的刀磨得飞快地递给他（铁铺里没有帮顾客磨刀的规矩）。

尽管父亲大名“世威”，从小到大，我却从没惧怕过他。细细回想起来，也有一次例外。那年我有十三四岁，穿着父亲给我买的村人稀罕的粉红的确良衬衫，长得已有点小模样了。一天，父亲酒喝得眼红红的，盯着我看，在门槛边似拦非拦着我。父亲并没有做什么，只是盯着我看，别样的目光。我已意识到什么，吓得不行，立马躺回里屋。母亲回来后，我把惧怕，慌慌地和母亲诉说。此后，父亲对我再没有过那样的目光。

父亲在我面前一直是慈父的形象。我打小体弱多病。上初中时要走十来里上坡下坡路。那年代读书要自己背柴背米交给学校食堂。三年来，我从未背过一次。每次都是父亲打完铁，利用午休时间骑自行车帮我送来。怕我吃食堂里三分钱一勺的薯粉羹没有营养，即便家里买了一斤肉，父亲也会大老远骑车走十多里凹凸不平的沙石路，用搪瓷茶杯装着送给我。茶杯不保温，吃时，杯里的肉还是温热的。为了我，我不知父亲车骑得有多快！

记得1982年中考后，母亲带我回了一趟永康老家。那年凑巧，中考改卷就设在村大队院里我家屋前。每改出一样成绩，就有人飞速向我父亲报喜：你女儿又考了第一！我不知父亲当年有多兴奋。当得知我考了全乡第一全县前几名的成绩录取师范，通知我速去体检时，我人在千里外。那时村里没有电话只有到乡里发电报。我接到电报夜晚赶到家时，已迟了好几天，父亲人瘦了一圈，正躺在竹躺椅上唉声叹气，生怕我没赶上体检影响录取。那副焦虑憔悴的模样，至今仍牢牢印刻在我脑中。

那年秋，我就读师范，冬天特别的冷，头天夜里装在脸盆里的水，第二天全结了厚厚的冰。一天，天飘大雪兼下着冻雨。我坐在教室里，冷得直跺脚。父亲在窗口出现了，一直站到我下课。父亲送来了新棉袄。幼稚任性的我不仅没说什么感激话，却直抱怨："我身上不冷，怎么不送双棉鞋来？"父亲搓了搓冻得通红的手，跺了跺脚，二话没说，就在风雪中消失。当下午上课我又在窗口瞟见父亲时，我简直不敢相信自己的眼睛，父亲手上攥着一双棉鞋——母亲亲手做的棉鞋！因为学校距离我家近五十华里，下车后，还要步行八里。那时一天只有不多的两趟车。父亲定是拦坐了敞天的货车而来，如刀的风"飕飕"刮着父亲的黑脸、黑手、黑眼……我的眼泪夺眶而出，嚅动着嘴唇，说不出一句话。

记忆中，我只挨过父亲一次打。那是我恋爱受挫一时想不开，蹚水库自杀未遂。看我全身湿漉漉水淋淋，脚打战地走在马路上，母亲怒吼了一句："还不打？！"话音未落，父亲已一脚把我踹出几米远。我狗啃屎般跌趴在马路上，居然不知道疼，因为我知道父亲爱我。

前几年，我离婚，一人带着孩子过活。年底扫灰，父亲怕我一人爬楼梯，地面砖滑会摔跤，也怕我累着，七十多岁了，仍大老远坐车从乡下拿来竹叉笤帚、草帽，帮我扫灰，爬窗洗抹。连弟弟都说：“我们家，只有父亲是任劳任怨的。”

父亲待我比亲生女儿还好。在他身边这么多年，我从没觉得自己是寄人篱下。我撒娇、任性，甚至飞扬跋扈，有时心里恼火了，还曾直呼过父亲大名。这除了怯于母亲的蛮横，主要归功于父亲为人的善良宽容。正因为如此，至今我仍不懂得人世险恶，不知道为人处世的奥妙艰辛。父亲啊，你的过度宽容在某种程度上是不是溺害了我？

原先还不觉得父亲品性有多崇高伟大。自从前年，我再婚做了后妈。我才知道一个人要克服人性里的自私与不自觉的血脉之爱有多难，一个人要让他的养女待在身边浑然不觉宛若亲生有多难！我愈来愈钦佩我那老实缄默的父亲。

我想，也许身为铁匠的父亲知道，一块坚硬的铁，黧黑中透裹着银亮，煅打时显现出延展，它本身是不会说话的，只有被锤打成锃亮的刀、剪、犁、耙时，才有它说话的分量、存在的价值。

五

可父亲在我心目中，有很大一部分是懦弱的，会受人欺负的。父亲年岁大了，曾经走南闯北，一个人从浙江步行到江西不会错走一步的父亲，在家门前都会走错路了。我家门前，有一棵高大的泡桐树，父亲曾把它看作来我家的路标。树被砍后，父亲辨不出全是火柴盒般的楼房里，哪个火柴盒里住着他的女儿？父亲老了，有好几回，他坐公交错过了站台，一走出我家，便分不清东南西北。一次走反了方向，走了大半天，绕了大半个小城，怎么也找不着车站，就像遇上岔路鬼一样。还好，那天在路上恰好遇上了来小城的弟弟，要么，我真不知道连我家电话号码都记不住的父亲该怎么回家。

父亲的衰老从哪一年开始的呢？是从小弟得病，父亲唯一的亲生儿子要去杭州做手术那年开始的吧。杭州一家大医院的副院长是父亲的远房兄弟，儿时的伙伴。从江西上杭州，我们之所以带上父亲，就是图他去认个面子，和院长兄弟拉络两句亲热话，以求方便。接连坐了两天火车，到杭州，刚联系好客栈，平常嗜酒如命，一日三餐二餐必酒的父亲，盯着客栈旁边一家酒店的酒出神。我知他馋了，便随意买了一瓶便宜的北京二锅头，劝他少喝点，等会还要干正经事。我们把在城里不识路的父亲留在客栈，自个去找医院。父亲许是愁闷担忧许是酒瘾难忍，尝着尝着，就把一瓶高度二锅头尝了个精光。等我们回来，父亲已一滩泥倒在床上！那个醉啊，他脸上烧得黑青里透紫红，嘴里一个劲呼呼地喘着。

睡了整整一天，我们牵着走路还摇摇晃晃的父亲，去认亲卖面子了。没想他见到儿时的伙伴，舌头打结，竟然说不出话。愣了很久，我忙使眼色，催促父亲开口。他一急，平常跟我们操浙江老家话的父亲，居然结结巴巴地吐出一口纯正的江西老俵话来，听得他院长兄弟云里雾里。还是我在旁忙着翻译、解释，院长兄弟才对木讷如泥的父亲意思意思，露出了同情的笑脸。

父亲一生只吃猪油，菜籽油、麻油等植物油一概不尝。即便蒙混吃下，过一两个小时，就会把饭菜全吐出来。那次我给在外寸步难行、尽给我添乱的父亲买了车票遣送回家，送他上车，告诉他下车从南昌火车站回家的公交车次，他仍被蹬士在南昌拐弯兜巷，骗了一百多块钱。回家以后，我平生第一次也是唯一一次像训学生似的说了父亲大半天。

1999年，我的妹妹，父亲唯一的亲生女儿，二十六岁的花骨朵被妹夫毒打后，喝农药自尽。母亲大哭大闹，悲痛得死去活来。父亲面对这突如其来的打击，依旧是缄默。母亲希望父亲能拿出当年治堂姑父的血性来，可面对只有二个月大酷似妹妹、也有一对铜铃般大眼睛的外孙，父亲却茫然无措地垂着手，无声无息地跟在母亲身边毫无作为！父亲阴着脸——我从未见过那乌云般阴沉、饱含雨滴的脸，照常吃饭，照常喝酒，却垮了一身的肉！此后，父亲粗壮的腿纤细如竿，眼窝塌陷，眼神无光，不带牙套的嘴，下塌松落，一张铁黑色的枯脸"川"成一个巨大的"苦"字。半年间，父亲苍老了近十岁。父亲，我的父亲，我妹妹的父亲，身体里的精灵气已有大半追随妹妹而去。

自从妹妹不幸过世后，早年敢依着坟山入眠的父亲，惧怕鬼魂，再不敢一个人走夜路，就连晚上起来上茅厕，也要开灯拉母亲做伴。母亲多次嘲笑父亲怕死——黄土都掩到颈脖子上了还越老越怕死！

父亲，自从六十岁那年放下手中的铁锤，同时也放下了他"嘿嘿"响的笑声和响朗朗的话语。

父亲手上的活钱越来越少。早年以大方接济他人出名的父亲变得小气精刮。已娶妻生子接过父亲手艺的弟弟曾流泪哭诉道：他在父亲手上学艺五年后，由抡大锤改为拎小锤当上师傅，父亲只在旁边看看转转，带一个徒弟跟弟弟做事，分红却要二一添作五，父亲每天的烟钱还要共同出。弟弟不服，和母亲吵闹，悄悄吐出"继父"之类的话来。父亲却自有一番他的道理：我把铁砧、锤子、风箱等家当全部都给了你，这不是钱是什么？母亲则大肆哭骂：他养你，给你娶妻，给你房子，你怎么能这么没良心！

不管怎样，丢下手艺又不善种地，只会上山砍柴、种菜、帮母亲灶下烧火的父亲，尽管他把一个优秀铁匠的精细完美全使出来，也搜括不出闲钱抽烟了，再说父亲烟抽多了总是咳嗽吐痰，于是母亲强令父亲戒烟。即使父亲烟瘾犯了，趁上茅厕偷偷抽一支，漱了口，母亲也闻得到。四邻八舍给父亲烟，他不接，邻人笑他怕老婆，他怯笑着接过抽起来，一旦被母亲发现，必当着众人的面贱骂父亲！邻人看不下，帮着父亲说话，母亲连带唾骂。在外没得面子的母亲，回家后对父亲更是肆无忌惮地谩骂，父亲从不敢还嘴。如果父亲支吾二声，母亲在灶旁就用锅铲柄狠狠地抡过去。尽管如此，父亲还曾偷偷拾过他人丢弃的烟头，对此母亲伤忿不已。父亲，我那可怜可恨的父亲！

父亲越来越怕母亲，话越来越少。一次他和母亲回浙江兄弟分家，母亲买了几样好菜，捧出一瓶好酒，教父亲边喝边说。母亲嘱咐再三。结果，在分家的桌面上，父亲又一语不发。母亲气极，私下数落父亲，又想出一套补救的办法来，要父亲照本宣科，操练几遍后，再上桌面去说。父亲两唇挪动着，嗫嚅着，还是吐不出字，只知道点头。

奶奶九十多岁过世，母亲怕父亲说不出话，让我带父亲回老家打理安葬的事宜。父亲面对自己从小带大的弟弟，和难得见面的弟媳，在安葬费上，因开不了口拉扯不清。结果出殡那天，父亲差点没能戴上孝帽。我见父亲如此，难过得落泪，只得出面周旋。

从此，母亲对父亲家里的人充满了怨恨。父亲几年来难得和自己的弟弟妹妹们见上一面，连电话都不打。去年正月，我回娘家，跟舅舅、姨们打完电话后，看父亲眼神空茫地坐在一旁，让人痛怜，便和姑姑们通起了电话，母亲在旁大声叨念，电话那头是全听了去的。放下电话，我为了父亲忍不住和母亲争吵起来。父亲望着母女俩大吵大闹，仍是一贯的缄默。

父亲是个失去根的人。为了生活，他只能匍匐着，把茎须旁牵到暴戾自私的母亲身上。抑或父亲另有一套自得其乐的生活系统，他已把根牢牢地扎进心里。他每天默默地做事，雷打不动地午休、喝茶、饮酒，就如同铁，不管在火里（如果母亲、生活是火的话）被煅烧锤打成什么模样，它的内心始终保持着铁的秉性，那坚强不变的信念——忍辱负重，一切为了家庭的和睦团结。而母亲却额外难得地迁就了父亲这仅有的乐趣、嗜好。

我常想，母亲爱没爱过父亲呢？如今的母亲把父亲当着一个相伴说话的人，提水砍柴的人，生病照料的人。

我眼前常常浮现出一个这样的场景：父亲喝着黄酒，笑眯眯地吃着母亲烙的家乡肉饼，用没牙的嘴大口蠕动着，吞咽着，嘴角边流出亮亮的油。

父亲幸福吗？我不知道。我只知道父亲怎么也离不开时常对他吆三喝四的母亲。在母亲每天的责骂、呵斥声中，父亲内心安定、举止从容，该干啥干啥，吃饭时吃饭，休息时休息。他们用迥然不同的性情，完完整整地折射出生活复杂的正反两面，相依为命，相濡以沫。

但愿上苍保佑我年老的父母健康平安！

（2008年8月13日首发中财论坛）

浇洁，女，中国作协会员，江西省滕王阁文学院第三届特聘作家。在《散文》、《美文》、《天涯》、《北京文学》等发表过作品，出版散文集《被风吹过》、《草尖上的漫步》。

如花美眷，似水流年

绝版蔷薇

这世界上有一种人，傲然独立，不拘小节，举觞痛饮击缶而歌，纵情江湖；千里单骑打抱不平，取人首级如探囊取物。这种人，人们称他们为“侠”。他们是茫茫人海中几近传说的一个族类，不属于大众人群。

还有这样一种人，他们没有传说中“侠”的手段与事迹，但却有着类似“侠”的脾性习气。如果把大众人群比做水，那他们是油，同为液态，却在精神内质上，处于半疏离状态。

这种人人数不算少，藏身人海。他们或许可爱可敬，或许可憎可厌，声名狼藉。究竟如何，得看评价他们的人是谁，是否赏识。有句名言说走自己的路，让别人说去吧。实际上没有任何人可以做到如此洒脱，这是由人类的群居性质所决定的。

其实我费了这么多笔墨，铺垫出场的是尤三姐和柳湘莲。因为，他俩个性浓烈鲜明，精神层面上的要求高度一致。原著章节，不难看出，这对男女具备一股侠气。这样两个璧人如若结合，所谓金风玉露一相逢，便胜却人间无数，即是如此吧。

但是，人世间最寂寥最令人伤感的事莫过于此，拼却一生寻找灵魂之知己，那个人上苍不仅造了他，且就在你咫尺之间，然，隔了若干机缘，寥寥三两步却怎也牵不到他的手，看他不见。

柳二尤三就是这样。

他俩一样孤高，清冷。放浪形骸的背后，揣着一双冷眼，洞若观火明了一切。他们对未来对自己的人生都有着美好的期盼，甚至，在周遭一团浊世中，显得过于美好，几近强求了。

柳湘莲，著中说“原是世家子弟，读书不成，父母早丧，素性爽侠，不拘细事，酷好耍枪舞剑，赌博吃酒。以至眠花宿柳，吹笛弹筝，无所不为”。短短几十个字，可知柳二是个浪子，兼具豪侠的品性。多才多艺，喜爱音乐、玩票，搁哪个时代都是一个文艺青年。

在前朝，优伶是被人鄙视的行当，他一个世家子弟，喜欢，便去做。他揍薛蟠，虽对薛蟠的无礼颇为恼怒，但顾全主人脸面，并不当席发作，计诱了薛蟠出了城才动手。他有勇有谋，虽然内心清傲，说出“你们东府，除了两个石狮子干净罢了”这等话，却并不缺乏与俗世和谐共处的妥协和智慧。他豪侠仗义，不拘小节，他痛殴过薛蟠，但见薛蟠被盗贼打劫，不念前嫌救了那呆霸王。

这个翩翩少年，他活得率性而认真。他是一个完美主义者，戏里佯醉装欢，戏外，他有着坚定的人生原则与道德底线，不容践踏。他是浪子，放浪而任性，高调，不畏人言地游走江湖。对爱情，他要求未来的伴侣“绝色、干净”，这个干净是要求处子之身，还有人品上的高洁。久惯风月，他不是一般舞枪弄棒不谙风情之辈，如果不出意外，尤三姐若能嫁于柳二，柳生定会好好疼她，珍惜她，谱出一曲两情缱绻萍踪侠影的天籁之音。

比较起柳湘莲，尤三姐的处境就太难了。用现代话说，她是个拖油瓶，母亲再醮带过来的女儿，与大姐尤氏没有实际的血缘关系，进入贾府，已是那么名不正言不顺，只得靠依附伪姐夫为生。寄人篱下遭人歧视自不必说，人又生得美，身边几个男人狗一样缠绕，觊觎不已。

两百年前的一介女流，她能如何？提了一只行李箱远走天涯？她唯一逃脱狼窟，甚至还可能获得幸福的方法便是嫁人。这么说来，几百年，几千年，不过一个轮回而已，没有进步。

美貌是女人的通行证，却没有给她带来福音，尤三的悲剧恰恰结束在她的美貌上。

尤三不是不懂，但她无可奈何。这般身世，说是主子，实则低贱如蚁。按辈分，贾蓉身为晚辈且敢对她姐妹无礼，这种耻辱不是一般贵族女子能够接受的。她无力逃避命运的安排，无力有效抗争。要么沆瀣一气，要么以暴抗暴。她选择了后者，以泼辣嚣张的行径，阻止伤害和保护自己。但这样做的结果，是遗有大患的。从此，声名狼藉。

书中描写尤三最精彩的部分是她挑逗戏弄琏、珍的一段，她泼辣大胆，嘲弄权贵，那般张狂，形若妖冶放荡，的确超脱于那个时代一般女孩子的胆色。这段文字也是这个人物最令人同情的部分，她的愤怒、悲怆天地可鉴。这个女孩子冰雪聪明，玲珑剔透。她不像她的姐姐尤二，对自身命运混沌不明，对他人看不透看不穿。冷眼旁观，三言两语，她看得出宝玉是个外表糊涂，心内明白的金玉一样的人。她直言要嫁柳二，并说一不二，断簪为誓，颇有侠气侠风。

尤三的死是必然，侠骨柔肠说的正是她这类人。五年前，情窦初开的尤三遇到了柳二。锣鼓铿锵，丝竹婉转，水袖流云之间，透过台上画满油彩的清俊面庞，她对他一见钟情。红拂夜奔人们赞她好眼力，尤三姐的眼力没问题，她同样感知到了一种属于同类的精神磁场。她相信这就是她的真神，命中唯一可等可盼可依靠可救她于水火的男人。

叹息，深深的叹息。如果不是那么多障碍，柳湘莲与尤三姐如果能够在一起，真的将是一对神仙眷侣，琴心剑胆情投意合。但是，阻隔他们的是现实，是残酷的生活现实。这段爱情悲剧任何时代可以单独拿出来说，大师与平凡作者的区别便在于，他对社会对人生的认知更深刻，经得起岁月的反复推敲认证。

再说尤三姐吧，她心性高洁，不愿意做小伏低，不愿意以图衣食随意嫁个什么权势人家。她要的是爱情。她刚烈的个性容不得遭人欺凌，更容不得被爱人误解。声名已误，即使如宝玉那样怜惜女孩儿的男人也不曾为她美言，一句“尤物”竟是生生将她钉在了贞节的耻辱柱上，更是将她的所有期盼全盘毁了。

任何时代，名节对女人的重视超过男人。柳二固然是浪子，眠花宿柳无所不为，但又如何？任何时代，对男子的贞节，社会是宽容的。而且，浪子也有资格要求他的女人贞洁如玉。

除了死亡，她没有办法证明自己的清白。与其在悬崖上展览千年，不如在爱人肩头痛哭一晚。最终，三姐以生命换来了爱人的敬慕，这个代价甚大，但无可奈何。如果看着她重复二姐的命运，不如就这样吧，爱情固然有始无终，人间处处伤心人。一个陨石一样灿烂而寥落的故事有时好过一个落拓无涯的尾巴。

（2008年10月2日首发中财论坛）

绝版蔷薇，本名陈凯雯，湖北黄石人，2004年开始上网，偶尔写作，在《长安文学》、《作品》、《芳草》等发表散文随笔多篇。

那盏橘灯

雪梦

月色旖旎，夜风微徐，路在脚下延伸……

今晚总算抽出时间回家看望母亲了。我骑着车子刚拐进那条窄窄长长的胡同，远远就望到了二楼窗口的那盏橘灯。那扇窗子，那束透出的柔和光线，是那样亲切，那样温馨。一晃二十多年过去了，母亲依旧守在那栋老楼里，房间里依然亮着那盏熟悉的，暖煦的橘灯。

时光荏苒。每每想起往事，思绪就如今晚乍起的夜风荡漾开来，越飘越远，飘过时空，越过红尘，最后落脚于那个青春激扬、轻狂无羁的高中时代。

记得高一那年，学校增设了夜自习，每晚十点半才放学。父母不放心我一个人回家，所以父亲很晚了还要骑自行车行十多里路去学校门口接我。放学铃声一响，同学们个个如离弦之箭飞快地从教室窜了出去，我也不例外地蜂拥着冲向校门口，每次都能从黑压压的人群中一眼认出已伫立风中多时的父亲。从父亲手中接过一件外套穿上，再静静地随父亲一起回家。或许从小跟父亲聚少离多的缘故，在我的感觉中，父亲的神情总是严肃的，总是让我敬而远之。每次陪父亲回家的路上，我像被关进了一个逼仄的空间，感到了莫名的矜持与压抑，沉闷的空气使我窒息。久之，我开始抵触并厌烦父亲来校门口接我的举动，开始羡慕起其他同学放学后三五成群地一路天南地北的神侃。记得那次父亲来接我，我把憋了好长时间的那句话终于跟父亲说出了口，那是斗着胆第一次冲父亲嚷嚷："总把我当小孩儿，我都17岁了，以后不用你接，别的家长都不接孩子。"父亲看我一眼，把外套披在我身上，没说什么。从那以后，校门口再也未见到父亲的身影。

这下我可乐颠了，像刚解放出笼的自由小鸟儿，放学后跟同学们骑着车子你追我赶，忽快忽慢地骑着车子一路跟同学们畅所欲言，神聊胡侃，心里感到无比的轻松与惬意。跟我一路的同学们家都比我近。等同学们都到了家，只剩我一人时，我不由得还是感到了害怕与孤单。因为我还要经过2里多的一段坑洼的土路，那段路没有路灯，漆黑一片，两边是茂密的，不长庄稼的杂草盐碱地。望着两边杂草丛中发出的窸窸啾啾的声音，听着身后"趿拉、趿拉"像有人跟踪的脚步。我不免浑身战栗，怀里像揣了小兔子一样胆战心惊。每走近那段黑暗的路，我脑海里总会浮现出《聊斋》电影、电视中那恐怖的画面，每当这时候我就把车子骑得飞快，害怕放慢速度就跟"鬼"撞个满怀。但聊以自慰的是，只要远远望见自家窗户里透出的橘红灯光时，心就莫名其妙地踏实、平静许多，脚踏车子的速度自然就放慢许多。我想："爸妈一定还没睡，在等着我回家。"我快速把车子骑到楼下，在窗口那束灯光的注视下，我锁好车上楼，未等我从口袋里把钥匙摸出，或许是心灵感应，母亲已笑眯嘻嘻地为我打开了门。腿发软的我回屋才发觉，一路惊出的虚汗已湿透了衣衫，贴在肌肤上凉飕飕地直冒寒。“回来了孩子，在学校来不及喝水，先吃个苹果再去睡。”母亲随手把给我编织一半的毛衣搁置一边，把削好的苹果递到我手上。“谢谢妈妈”每次我接过水果，都会给母亲一个会心的笑脸。“咦，爸爸呢？”我大口啃着苹果往父母的卧室瞅了瞅，奇怪地问母亲。“你爸在单位加班呢！手头有些文件需要整理，你先去睡，我再等一会儿你爸。”母亲带着倦意，坐在沙发上继续着她手中的毛活。以后连续多天，我放学回家后，加班的父亲总要比我晚回去一会儿。我从小就是粗心的孩子，对父亲晚上总加班的事情虽有些纳闷与不解，但并未放置心上。

直至我发生了一次意外才让我幡然醒悟。父亲所谓的“加班”亦露了马脚，一直蒙在鼓里的我心灵亦受到了一次前所未有的震荡与洗礼。记得那次放学我飞奔在那段黑漆漆的路上，因骑得太急，太莽撞，一不小心车子的前轮撞在了路边的一块大石头上，前冲的惯力，瞬间车子的重心失去了平衡，我随着车子的颠簸跳了起来，随着“哎呦”一声，连人带车一起摔滚到路边的土坑里，待我爬起来，疼得抱着膝盖蹲在那里正沮丧地咒骂老天时，身后远远传来了父亲的声音：“孩子，怎么回事？摔伤了没？”父亲赶过来快速下车，把我慢慢扶了起来，帮我掸去身上的杂草尘土，把他的外衣脱下来穿在我又惊又怕而瑟瑟发抖的身上，语气里带着疼惜，埋怨：“你说你怎么不小心点儿，骑那么快干嘛，害得我差点赶不上你！”听完父亲的话语，我惊愕地：“爸，原来每晚你不是加班，是在暗地里护送我回家？”虽在暗夜中望不到父亲的面容，但我深深感受到了父亲因追赶我累得已是气喘吁吁。我自责，难过，泪无声地滑落。父亲帮我推着车子，我手扶着车座一瘸一拐地随父亲走在回家的路上。“孩子，看，咱们家的那盏灯还亮着，你母亲肯定没睡，在等着我们!”我顺着父亲指的方向望，整幢楼都熄灯了，唯独我家那盏还发着淡淡柔和的亮光。顿然我膝盖的疼痛减缓了许多。回家后母亲果然未睡，正看着表，着急地在屋子里坐卧不安呢。那次我回家比平时晚了20分钟。“女孩子家，骑车子怎么这样不小心，就那么一块大石头单让你给撞上了?”母亲望着我痛苦的表情，边数落边心疼地、小心翼翼地为我清理了伤口并进行了包扎。原来我膝盖的裤子挂扯了一个三角口子，膝盖部位搓起了一大块肉包，淤血已从边缘渗了出来，疼痛难忍。

待我瘸着腿拿着母亲削好的苹果回自己的小天地后，隐约听到了父母在客厅轻轻的说话声："这孩子就是太犟，总以为自己长大了，什么都不怕，多亏我赶到及时，不然她还不知道吓成什么样?还不知怎样回来呢?”“那你以后就不要再藏在那路口等她了，还是跟她一起走吧……”下面的话我已听不清楚。吃着香甜苹果的我忍不住心中的愧疚，眼泪大滴、大滴地掉在了已咬了几口的苹果上。

或许儿女在父母的眼中是永远长不大的孩子。想着父亲为了尊重、体谅我那可怜的虚荣心，想着每天我一路与同学们眉飞色舞地聊着，想着每天都躲在暗处专心等我，害怕一眨眼工夫就会错过我的父亲，想着保持一定距离小心翼翼跟在身后保护我的父亲，想着守在橘灯下无聊地织着毛衣，再困也要等我回去再睡的母亲。我的心忍不住隐痛、抽搐。至此我方明白了一个道理：女儿走得再远，也走不出父母关爱的视线。女儿是风筝，父母是牵着风筝的那根长长的线，父母与女儿永远是不离不弃的。

后来，刚参加工作那阵，因有夜班，父亲依旧充当着我的保护神。但我已不抵触父亲，因为我长大了，明白了许多的道理与关爱。我喜欢父亲陪我边走边聊的那种温暖感觉，父亲一路上经常给我讲一些做人之道，我洗耳恭听，受益匪浅。那时候，无论多晚，无论刮风下雨，父亲始终如一，从不间断去厂门口接我。每次陪父亲一起回家，远远望到始终亮着的那盏橘灯，我心中就会涌出阵阵的暖流。我下夜班，习惯了吃夜宵，每次进门，母亲就会忙不迭地从厨房里端出一盘馒头煎蛋，一碗紫菜汤。父母看着我香喷喷地吃下去，他们就由衷地喜欢。

回忆至此，泪已潸然。父亲已去世多年，他的灵魂却永远活在了我的心中，就像那盏橘灯永远照耀着我前行。母亲如今年纪大了，身体不好，已不方便下楼。我从母亲家出来时，忍不住又仰头望了望窗口的那盏橘灯，母亲正伫在窗口向我挥手，在那盏橘灯的映射下，母亲的身影是那样高大。我忽然懂得了，在人生之路上，只要心中有一盏灯亮着，就不会再惧怕什么。因为，走在黑漆、泥泞的路上，那盏灯就会给我勇气与力量；走在迷失方向的路上，那盏灯就会给我正确的航向；走在康庄大道上，那盏灯就会为我发出灿烂的光芒……

那盏橘灯，那扇窗口透出的灯光永远留在了我的记忆中，永远留在了我的生命中。它将照亮我的人生之路。我知道无论我什么时候回家，那盏橘灯永远会为我而焕发出温暖的光泽……

（2008年12月19日首发中财论坛）

雪梦，原名刘断英，女，1969年10月出生。作品散见诸多报纸期刊，有散文入选《中国美文21世纪十年精品选编》。

西部乡村

柯英

古朴的村庄

在西北大地上穿行，或远或近，一片古朴的村庄就撞进你的视野。

阳光酣畅淋漓，绿荫饱满浓郁，野花五彩缤纷，那些村庄安详得像个知足的老人，宁静淡泊，无忧无虑，梦一样的甜美，诗一般的含蓄。

村庄就这样袒胸卧在蓊郁的树丛中，明丽的阳光泼洒在它的额头上，清亮的溪水绕着它的脚歌唱，年迈的老人围坐在门前的磐石上不厌其烦地咀嚼着它沧桑的历史，偶有几个孩子欢蹦乱跳地在它面前撒一路天真的欢笑。它隐约看见体态丰盈的麦田里一顶一顶的白草帽和红头巾浮着，那是它勤劳的儿女们在用勤劳的双手创造生活。也看得到更远处的山坡上，一群群牛羊悠然地哺食着石上的阳光。老鹰举着翅膀平滑在天际上，无聊的狗儿追着老鹰的影子疾行。家鸡们大大咧咧地在它的脚趾缝里刨食着草籽和虫子。大路小路全都空洞地张望着，偶有行人或车辆经过，都似乎给了什么恩典似的，路便悠悠地颤动起来。

夕阳西下，纷沓的脚步声惊醒了它的酣梦，街道仿佛突然窄了许多，家家的板门生动地响着，晚归的牛羊踏着细尘走过，路面上便印满了杂乱的梅花。这时，各家屋顶上相继腾起了炊烟，渐渐，又溃散开，弥漫四野，于是，眼前朦胧一片，只听得到长一声短一声呼唤小儿乳名的叫声响彻村巷上空。一轮硕大的圆月拔地而起，村庄便枕着夜色回到恬静的梦里去了。

村庄的味道

熏暖的微风中，一缕缕甜香幽然扑鼻，顿觉满口生津，循味而去，竟不知源自何处。茫然立于田间地头，刹那间，便觉心旷神怡。不用刻意追寻，野芳幽香自然沁人肺腑。尤其对于久居闹市的人来说，面对自然本色，仿佛看惯了浓妆丽服的女人，又蓦然面对天然朴素的村姑，她的身上没有那一层粉饰和脂粉气，有的只是本真的肌肤和淡淡的草香。她就这样朴素地让你惊叹：原来不饰雕琢自然朴素才是真。浸透了青草气息的乡村就这么真诚厚道地接纳每一位亲戚。

行在乡村，如果暑气正烈，会有一种乡村特有的泥土气息让你动心。乡村绝不是你想象的充满牛马粪腐败味儿和泡菜酸臭味儿的落拓相，你无论站在哪个街头巷口用力地嗅嗅，你定然会闻到一种实在的乡村味，那是大豆小麦薄荷枣花之类朴实的植物混杂在一起的气息。这是乡村的呼吸。这弥布天地的清新气息让人感到坦然，感到舒服。你就怀揣这份坦然和舒服走进乡村，坐在农家的土坑上，吃一碗最有风味的青豆小米饭，保证你一辈子也难以忘怀那个土土的院落。

品味之妙，味之鼻息，得之心间，你在心间品得乡村之味，你便理解了西部农民的朴实厚道。

硬的风和累的树

置身大自然，不是诗人的人也会不经意地灵感突发，说出句很诗意的话语。

“风太硬了，把人的头都撞愣了。”我们在戈壁滩上植树时，一位女同志蓦然说。话一出口，大家都笑了。回头细细体味，戈壁滩上的风还真的不一样，的确很“硬”。这个时节，在城市里已是软风吹拂，春光骀荡，戈壁滩却野风恣肆，撞得空气呜呜呻吟。

猎猎风中，我们闲坐在地上休息。有人说，这样的荒滩上植树能活得了嘛。这时，一位小伙子又说了句很有意思的话：“那些树活得太累。”

一个“累”字，让人生出无限滋味。你瞧那些杨树、沙枣树，立在那里十几年了，还没有胳膊粗，浑身上下疤疤扯扯，无一个高昂挺拔的。生在偏僻之地，既无人疼爱，又无人关怀，自生自灭，苟延残喘，能不活得累吗？

遥视那些累的树，我是多么强烈地渴望雨呀！老天啊，把你的恩惠多施舍点，给这些苦命的树木吧。有绿色的庇护，人类才有家园。

植物的秘密

瓜果飘香的时节，正是一年当中最燠热难挨的日子。这时候，去瓜地果园看护，便成了孩子最美的差使。

那年，四叔家种了两亩西瓜，晚上看瓜时，四叔的孩子怕鬼，拉我去给他做伴，有一段日子，我就在瓜地里的麦草铺上品味着月白风清的田园诗意。夜色渐深时，那些瓜果、花草、树木便开始了呼吸，有的是轻微的一声长叹，有的一下一下地往外哈气，有的轻轻颤动着叶子，空气中浮动着醉人的混合气味，有瓜果的甜香、豆花的清香、野草的泥腥气，也有蒿子难闻的汗腥味。植物的生命原来也是这样活跃，白天可绝对看不出来。白天是人的世界，这夜，便是植物的天地。原先，我一直琢磨，这花呀、草呀、树木呀什么时候才长高长大呢？这个秘密终于在我与它们比邻而眠的夜里破解了。寂静的深夜，忽然传来一阵“叭唧”、“叭唧”的声音，我循声去找，这声音是从茄秧上发出的；另一边又是“吱吱叽叽”的声音，我过去一瞅，是一方辣椒地；有时，那些树丛、豆丛也发出一串串“叭叭叭”的声音；尤其是前一天灌了水，或雨后的夜空下，四周所有的植物都像是在攒着劲舒筋展骨。第二天天一亮，我再看那些茄子、辣子、树木、豆秧，就感到仿佛长高一些，而它们却像是劳累了一夜，睡着了似的。

大地的夜晚原来并不静谧，许许多多不易觉察的变化都在夜里悄悄进行，只是人睡在梦里无从晓得罢了。

（2008年12月29日首发中财论坛）

柯英，本名寇克英，男，1969年出生，大学文化，甘肃省作协会员。出版散文集《在路上》、《思想的光影》、《行游张掖》、《湿地》，长篇报告文学《注目黑河》等。

缅怀或铭刻：诗作为一种存在

陆承

我写是为了表达反抗。——题记

在阴冷的村落里，破败的土屋，并不暖和的气息里，谈论精神和象征。时光过去了，自我的模糊性始终未能褪去，言语的本身包容了我对现实的某种轻微抵触，在往前衍生的年轮上叠加出幻影。

诗是一种精神的存在。要想成为一个真正的诗人，必须经历心灵与肉体的双重煎熬。在目所能及的书写史上，昌耀和海子是无可替代的例证。在近似绝境的叙述中，语言是上了刺刀的枪械，锐利和不可回顾，迫使人（生命本体）必须在自己所承受的道德层面做出选择。

自2005年以来，我的写作履历极其简单。首次获奖，首次在全国公开期刊上发表作品，至今，在官刊上发表的诗歌总计五首，散文诗五次，散文随笔三篇。有些尴尬的数据构成了我人生中相当重要的光阴。二十五岁对一个视写作为精神为唯一对象的人来说是将拥有自己创造性的标签之一。这一年龄段，许多完整的写作者已完成了自己的代表性作品，而对我来说，写作其实是重新的开始，这一开始的新颖在于：首先，我必须坚守以往的原则，在写作的潜移默化中形成独特性，其次，我必须要真正构建起一座我的村庄（王国），唯有如此，我人生的现实意义才能得以彰显。在陇右这块厚实的土地上，我要做的是将所目睹和听闻的平淡与惊奇混合成一种珍奇的理念，将个人主体潜在的宿命通过二十多年的经历得以呈现。所不同的是，我将如一颗流星一般，极尽可能地去完成一个时代的精妙之作。或许任何的皇皇巨著留给后人的吟诵都不过寥寥数句而已。

对精神的探究应置放在一个宽容的容器里，这样的试验才是有意义的。对于语言或诗意来讲，剖析存在这样或那样的困境，诗与现实的某种关联，诗自身自足存在的根基，这些看似微乎其微的命题更应重视。田园是中国诗歌元素中延续了几千年而不变的素材，当下的困惑在于，“田园”作为一种自然的属性已经消散，在被修饰。当然，以悲观的论调来阐述这一进程本身无多大积极意义。对一些固有观念的扫除更会有效推进某项事业的发展。即使旧的诗意不存在了，而新的诗意也会不断涌现，可以说任何理论上的问题都经不起长久地推敲。写作者只需在已诞生的坐标系上坚定前进，完成的不过是失败者最后的义举。

如何确定自己的写作行为是有意味的。在生命的波浪中，看到窗外，干枯的树枝，冷清的院落，一些鸟还在低低地盘旋。午后，阳光开始缀满寒冷的场景，萌发的意图与丰富的内涵交织在一起，默默地回答着追问和虚妄。急促和平和是否是诗歌道路上的两种音符，飞扬在黄土地的村庄之上？命运的琴弦如何弹奏出波折和疾患？以求死之心去面对，一切干涸都将湿润。

诗意的生活与诗意的写作大抵是相悖的。写作更多的体现心性上的坚持和奋斗，在有限的文字表达中，完成一个理念王国的建立。如果可以容许我在问题甚至文风上做一个推断，诗歌的口语化会有一次清洗，或者说当边缘与中心在悄悄置换后，在那时具有边缘性的文体则有可能成为某一时的主流。以近几年略上升的态势来看，在一个日趋充满着文化气息的欲望时代，诗意的消费会从日常生活的细枝末节展开，而最具有文本意义的便是介于纯诗与散文之间的表述。

以执著的情节来完成灵魂深处的眷恋，是否该以绝世的姿态来应对心灵的拷问？沉默是最有效的途径。我无法确定，业已确定的是否可以奠定一个普通人的坚实写作之路？澄静之后，走向绝对的安宁，叹息也将变得缥缈。《瓦尔登湖》中的寂静更像是一种神示，警告着世人的不可抵达。马骅的《雪山短歌》则在无意识间接近了二十一世纪以来诗最安静的部位。文字的修为到底是载体意愿的体现还是一些温和的东西纠缠着理想？其中自有俗世的规则。

尘世，高贵地活着已无可能，人都被打磨成大理石，而高贵地死也已成为修辞的一种推托。选择是多么郑重，或煞有介事，事实却只有一个，简易地结束背后停靠着一列火车。从形而上来讲，一个智性的人，做出选择有其深远的考虑。死是一种对抗，是和诗一样在表达着反抗，在这点上，是相通的。

新世纪第一个十年的曙光，暗示着潜在的轮回。世人所关注的关节都在模糊，或许关注本身已无多大的哲理。回归生长和生活的土地，目睹发生的悲怆和身体内部的伤痛。

（2009年2月28日首发中财论坛）

陆承，男，1984年生于甘肃榆中，毕业于西北师范大学汉语言文学专业。诗文散见于《散文诗》、《中国诗人》、《青年文学》、《诗选刊》、作品入选《21世纪年度散文选：2009散文》等选本。

艾

南子

艾——释名：冰台、医草、黄草、艾蒿。

气味：苦、微温、无毒。

主治：流行伤寒、妊中作寒、中风口歪、癫痫诸风、产后下血、疔疮肿毒等等。

——《本草纲目》

“你素朴地站立 / 我望你，一片慈悲的海 / 苦涩的气味 / 浸透我成长的岁月……”蓝黑墨水仿佛久远的年代已经褪色，拿在手中，一种恍若隔世的感觉。这是一首诗歌作业，已经过去20多年了，读来仍能感到写作时的压抑，哽在喉咙，棉丝一样阻住了呼吸。此刻，我只想以文字的形式，说说艾，一种有着苦涩香气的植物。

每年四五月份，艾，进入到一个新的轮回。艾，想必是至善的。不像人，难免罪孽。所以艾有无数次的死生轮回。只要它脚下的土地不小于它的脚跟，艾，就在生生灭灭的轮回里永生。我这样说艾，是因为轮回里的艾，不论它经历了几世风雨，与我相遇时，总令我生出对它的牵念与热爱。它从寒冬枯枝中抽出嫩绿的芽，披着白茸茸的毛，像婴儿的脸。到了五月那个特别的日子，粽子、艾草、香蒲、黄酒，艾，成了仪式里不可缺少的程序。艾，在那个节气里尊严而高贵。此时，它站在高岗上，沙滩上，沟渠边，土路旁，房前屋后，贫瘠的土地因为收留了艾流浪的脚步而不再卑贱。

人间四月，晴空万里，柳的鹅黄，杨的娇绿，让穿梭在疏林间的人有种飘飘欲仙的轻盈。我大约是睡着了，睡在了爷爷推着的自行车横梁上。四岁的我还不懂得欣赏人间四月天的诗情画意，还不知道这一前一后走着的人被大自然收纳就是一种幸运。咚，额头撞到了车把，爷爷扶正了我。“孩子瞌睡呢”，我听不见奶奶紧跟上的脚步，一束鲜嫩的艾凑到鼻子底下，我不用睁眼，它的气味早就深入到睡梦中，轻柔地摇醒我的梦境。奶奶喜欢艾，把它视为吉祥的草，我因为奶奶的喜欢而喜欢了艾，又因为自己的喜欢便更喜欢艾了。艾驱走了瞌睡，艾和奶奶一起点亮了这个四月，从此，艾，成了奶奶隐在我心底的一个隐语。

艾是筋骨的，这从你盈盈一握的手感上就可得知。艾是质朴的，质朴得不着一丝修饰。艾又是优雅的，它安静地美丽着。我这样空洞地说着艾，眼前却浮现出奶奶的影子，她那瘦小的身躯，让人触得着骨骼般坚硬。我想奶奶嫁给爷爷纯粹是一场错误。奶奶曾是怎样娇贵的美人，家道中落仍维持着大户人家的生活方式，魅惑于那句“那可是个老实人”，奶奶一下子跌进了贫穷的黑洞——老太太瘫痪在床，爷爷身体瘦弱，举目无亲，家徒四壁。奶奶脱下贵小姐的钗裙，挽起手臂，她把这个破败的家扛在了柔弱的肩上。爸爸一岁时，爷爷扛枪打鬼子去了，剩下奶奶一人撑着破败的家。她开了豆腐坊，只为了填满老少的嘴巴。“那个时候，我一个人一天能磨20斤豆子的豆腐”，奶奶说起往事辛酸中隐隐透出自豪。

三年后爷爷回来了。是被部队遣送回来的。他受了伤，落下了严重的支气管炎症——他已经没有能力打鬼子了。三年啊，爷爷只带回了满身病痛。奶奶欲哭无泪。盼了三年，却盼来了更加沉重的负担。“从此啊，炕上一头一个病人，要照顾病人，要照顾孩子，还有豆腐坊的生意，剩下的时间还要下地……”，“真恨不能把自己劈成几瓣……”

夏季的黄昏，我和老牛一前一后走在长满艾的河坝上，绿的艾，伸展着枝叶，它们簇拥在一起，盘根错节，相互照应，就像一个家族，亲密相处。一直弄不清为什么看见艾会想起奶奶，或许，它们簇拥的姿势里正好隐喻了有关奶奶的一段往事，那么深地打动了我。

奶奶生了爸爸后就没再生育。而此时，爷爷早成了远近闻名的会计，奶奶也在村里做妇女干部。这样的家庭在那个时代是颇令人仰视的。正是饥荒年代，多一个孩子就多一张嘴也就多了一份负担，所以弃婴不是新鲜事。爷爷早上开门，看见门口一个小棉被包裹的婴儿，她还在熟睡。爷爷赶快抱进屋子，奶奶将她揽进怀里。那个年代，没有牛奶，没有奶粉，爷爷为她买来奶羊。奶奶按时按点精心喂养。到11个月时，孩子发烧了，请来医生打针。医生打完针刚走到半道，孩子突然抽搐，进而止住了呼吸。奶奶抱着她小小的身体痛哭，爷爷要找医生算账，奶奶擦擦泪水，“不要怪他，他又不是故意的，还是我们娘俩缘分浅啊……”一句缘分就这样化解了一个医生的失职。而永恒的痛却沉在奶奶心底很多年。

奶奶伤心欲绝。没想到半年之后，又有人领来一个女孩，说来找她失踪多年的“亲娘”。奶奶望着这个可怜的孩子，这个父母离异后没人想要的孩子，心里充满了疼惜。孩子眼含泪水，向奶奶叫了声“妈妈”，奶奶的心再也硬不起，就这样又收下了她。孩子很聪明，她或许觉得这次是真的找到了亲妈，贴在奶奶身旁，不离左右。可是，长她十岁的爸爸不同意。他整天对她恶言恶语，甚至用绝食相要挟。万般无奈，奶奶叫回了那个抛弃她的亲娘。那个女人对奶奶的做法极为不满，质问奶奶为什么反悔。奶奶似乎看见孩子的未来是一条黑洞，她不会有将来，甚至以后如何生存都是不敢想象的…… 孩子还是走了，奶奶说，那个孩子用哀怨和乞怜的目光看着我，剜人心啊……

尽管两个孩子都没有留住，奶奶的善良和对孩子的好却传播开去。又有人来请求收养自己的孩子，奶奶在逃避在拒绝。女孩离开后第二年，一个五大三粗的汉子蹲在奶奶面前抱头痛哭。他哭他刚刚过世的妻子，哭他刚满三个月的孩子。奶奶知道他来干什么，心里却在拼命挣扎。“家里已经揭不开锅了，本来就有三个孩子，又来一个，这个又是个讨命鬼……”，奶奶心软了，她也许忘了刚刚过去的心伤…… 奶奶伸手接过孩子时，他的父亲泪流满面地向着孩子说，儿啊，去找个好人家吧，爸爸对不住你……

艾啊，那些被它庇护的艾，那样紧地偎依，分享着养料。这多像我那奶奶啊，把可怜的孩子揽在怀里，用贫瘠的胸膛养活他们。也许奶奶收养的功德还没有积满，所以，当我九个月时，上天又制造了一次机会 —— 父母离异后，母亲没有带走我，我成了奶奶收养的第四个孩子，只是这次她收养的是她的亲孙女。

每当听见奶奶轻微的咳嗽，我就想起那样的夜晚。夜色漆黑如水。煤油灯微弱的光照着昏暗的瓦屋，瘦小的奶奶，光着腿，只披一件上衣，她蹲在地上，点燃了几根麻秆。青烟升起，奶奶开始咳嗽。小奶锅架在砖头上，冒出热气，她不停地哆嗦，也不停地咳嗽。奶热了，她已经冻得说不出话。这样的场景反复出现在我的头脑中，我总在想，如果当初有了奶粉，奶奶就不用起床了，如果当初有了微波炉，奶奶也不必烧柴了，再如果屋子里有暖气，奶奶就不会冻得咳嗽。只是当时什么也没有。这样奶奶的咳嗽，从我十个月起，已经伴了她整整四十年。

或者我只是她喂养孩子这份功德尾声的一部分，她最后的余音袅袅，竟然是儿子。儿子不满18个月时，看他的保姆出车祸，临时找不到保姆，只好暂寄在奶奶家。已经70岁的奶奶，又一次担当了喂养的重任。一夜要起来三次，要调和奶粉，要勾兑各种添加剂。还要试好温度，奶奶做得娴熟而细心。奶奶说，比起以前喂你们，方便多了。

奶奶用小勺喂养的孩子共计五个，前后贯穿了她六十年的日月。现在奶奶每说起一个孩子的故事，都能滔滔不绝小半天，看着她沉浸在往事里，心中既幸福又难过。我、叔叔和儿子是她喂养的孩子中健康留下的，而那些终于离去的，同样带走了奶奶对他们真挚的爱。就像这艾，牵牵连连的生命的给予，要如何报答呢？

艾啊，慈悲的艾，愿你生生不息，永生永世。

（2009年3月2日首发中财论坛）

南子，原名何新，女，1967年出生，河北省唐山市人，人民教师。

莱菔子

刘梅花

莱菔开花的时候，青稞正在灌浆。谁开谁的花，谁灌谁的浆，各自都忙各自的。至于花的颜色，都是莱菔自己决定的。想开白花就是白花，想开紫花呢就来一朵紫的，这有什么关系呢，主要看莱菔的心情如何了。

不过紫花一般来说开不成深紫色的，只是淡淡地一种紫，很清雅，一点也不如大蓟花俗气。当然，莱菔的花也算不上美丽，很平常。这只是我一厢情愿的见解，蝴蝶们可不这么认为。

这世上所有的花蝴蝶都认为她很漂亮，所以莱菔的花欲开未开时，它们就呼扇着翅膀从我不知道的地方赶来，挑挑拣拣，拿不定主意，该落在白色的蕾上呢，还是紫色的蕾上呢？莱菔就攒足了劲儿往枝上扔花朵。

早上还是点点的花苞儿，中午未到，哗啦啦全打开了，简直有些迫不及待的意思。这些沉不住气的花儿。那花，一小朵一小朵凑成一簇，好像是一小口一小口呵出的气凝结而成的一样。花没有香气，轻拢在一起，谦逊的样子。

不是每棵莱菔都可以开花的，真的不是。开花的莱菔是经过挑选和历练过的。让谁开，让谁不开，那是我说了算的。等到开花的时候，开成哪种颜色，才是莱菔自己做主的。莱菔还有个俗名，就叫萝卜。这个名儿俗的，不知是谁给起的，简直让我生气。

莱菔花败了做荚结籽，那籽就可入药。入药的籽就贵气了，叫莱菔子，不能说是萝卜籽儿。中药材的世界是很高雅的，是从《诗经》里走出来的。

每味药走进古风的药材世界，就得把俗名扔掉，换个笔名进入。比如蚯蚓，一旦药用就叫地龙。僵蚕呢，药用里叫天虫。还有橘子皮，青的是青皮，老的是陈皮。我们小时候常挖来吃的辣辣，贱的天底下都是。可是一旦结了籽，那籽就是葶苈子，简直像来自书香门第。益母草呢，也叫坤草，可见天之大，母之贵了。牵牛花的籽，是二丑子，大俗即大雅么！当然，有些花花草草、皮皮根根入药，就不必改名字了。大约那些名字们本来就不错。想想这是多么有趣的事啊。

莱菔子入药，归纳到消导药类里去。吃到人的身体里，归脾，归胃，归肺经。蛇钻的窟窿蛇知道。啥药走啥道都是预先知道的，药按自己的脉络走就对了。药是走不错路的。比如莱菔子，它理气开胃，绝对不会跑到骨脉里止痛活血。不过开药的大夫们常常会开错药。

有时候，人是不如药材的。自己明明该走天涯大道，却偏要跑到七拧八歪的羊肠子小路。人走错路，回头就难了。不像药，牢牢记着自己该走的道儿。

莱菔子入药，主要用来理气消食。还可以配以白芥子，苏子降气平喘。和人参相克，服用人参时不用莱菔子。还有和地黄何首乌也不同用。吃这些药时，那要忌口，对莱菔，就是萝卜也不能吃的。中药其实挺好，小毛病，煎一碗药汁喝喝就好了。不像西药片，治一样损一样，不宜太频繁吃。

种莱菔得起垄。我喜欢看一垄白白胖胖的莱菔挨挨挤挤地生长。那种旺盛的生命力看着非常舒服。待莱菔长到镰刀把粗细时，就可以挑选备用的了。如果让它们一直这么长下去，只能长成大萝卜而绝对不起苔开花，当然就没有莱菔子可收了。

这时，挑一些缨子旺盛的，拔出来，拎到南墙下晒晒日头。晒多久呢，两三个时辰。下午日头不毒时最好。待太阳落去之后，缨子也蔫了，莱菔也塌水了，就重新栽起，浇水。只一夜，莱菔就缓上气儿，又活过来了。

二茬长起的莱菔，过段日子就起苔抽枝，打蕾开花。同时栽起的一垄，有的开白花，有的开紫花，让人不断有惊喜。你不停地猜，这棵该是白花吧？可偏是紫的。那棵应是紫花吧？是白的。就这么，花朵儿不断地炸开着，我就是贪图那份实在的欢愉。

有些付出是要等很久才能收获的。等的过程要耐心才行。多大的耐心呢？直到你差不多忘了曾经付出的时候，收获才翩然而来。花败了，结荚。赶在白露之前拔起晾干，就能收到莱菔子了。此时的莱菔，已经不是白胖胖的水萝卜，而是地道的柴萝卜了，变成莱菔子的根。那根蔫巴巴的，让人想起村里哑巴那张二指宽的脸。

那一年，我们种了很多莱菔，后院里几乎被撑满了。到了栽二茬的时候，我就跑到后院，把他栽好刚换了气的一垄莱菔统统拔起扔一边，让它们集体晒太阳。我是很粗心的人，居然没有发现重栽的痕迹。黄昏，他呵呵地笑着，捡来又一棵棵重新栽下，浇水。我们担心那些莱菔会死掉。但过了两天，它们居然活过来了，只是有些羸弱。然而不幸的是，莱菔正抽苔的时候，被邻居家的一群鸡飞进去，把叶子连吃带糟蹋，弄得七零八落，残兮兮的。注定，收不到多少莱菔子了。

其实我的心，已经悄悄走拢那些莱菔，还梦想着它们把一场将要到来的美丽，埋伏在未来的天气里。可是一群鸡，打碎了我预想的浪漫。生活它总是无奈的啊。这样的过程，我觉得就像村里哑巴的生命过程一样，让人黯然。

哑巴家离我家并不很远。反正，见天儿能见得着。哑巴家门前有个浅浅的水坑。有时积水多，有时积水少。水多水少对哑巴来说都是灾难。哑巴不仅哑，还瘸着。后来瘸的那条腿生了病，走不利索了。哑巴的哥哥动不动就把他一脚抄到水坑里去。

本来，哑巴还有很多的事情要做。放牛，拾炭。可是那条腿却疼痛得厉害了，无法走动，让他荒废了很多的活，荒废了日子。哑巴的哥哥大约试图找一个最荒芜的角落把荒废了日子的哑巴藏起来。可是他肯定是找不到那么一个地方，只好把哑巴踹到家门前的水坑里。他大约没力气再把哑巴扔到山里边，因为他会爬回来的。

哑巴泡在水坑里，慢慢地往坑沿上爬。有人看见了，叹息一声，就把他捞出来，放在墙根控身上的水。哑巴躺上半天，也就活过来了，一步三爬去讨饭吃。隔天，又被踹进水坑。若没有人看见，一泡就是半天。直到有人路过，才能将他来捞出来控水。

哑巴的这个过程就像我家的那些莱菔，从水坑里拔起晒晒，晒晒又栽进水坑，再拔起晒晒。如此反复，他居然皮实地活着，让人唏嘘。哑巴的脸上，无奈里洇染着淡淡的愁苦，还有孩子气的纯真——那是无法准确表达出自己的情感，还有对生命的渴望依恋的表情。尽管难以觉察，但他一直都在那样表达着。

不过，哑巴被这种日子磨损得厉害，他已经爬不远了，顶多，爬到我家门前就筋疲力尽。哑巴做起讨饭这件事，太笨了。他天天盯着一户人家讨要，不会转移一下目标。所以，足足一个夏天，我就得把家里的馒头饼子均出一部分给哑巴。还有从后院拔来的萝卜。他说，反正这些萝卜也结不了几个籽，不如直接给哑巴吃掉算了。能救命的萝卜可是最值钱的。

哑巴的嫂子骂人是很凶的，别人家要是常给哑巴吃食就会被她骂得鸡飞狗上墙。但一般来说她不愿骂我，但我们总是做贼一样地提防着她，怕被骂。总之，那一年的莱菔还没有机会开花结籽呢，就都被哑巴吃尽了。他爬在水泥台阶上，专心地吃馒头，啃一个个胖的瘦的莱菔，样子虔诚极了。

那年秋天，我们翻整后院的菜畦。拔掉莱菔的地方，一个个圆圆的坑空着。从此岸到彼岸，莱菔渡完了自己的一生。

（2009年3月20日首发中财论坛）

刘梅花，原名刘玫华，1972年出生，甘肃省作家协会会员，武威市作家协会副主席。有作品入选《青年文摘原创精华版》、《感动你一生的散文全集》、《飞天60年典藏》、《新时期甘肃文学作品选》、《散文百家十年精选》等选本，出版散文集《阳光梅花》。

天鹅湖

薛暮冬

我从来都不说心碎
我懂得节制
救赎和疼痛，在果实深处甜蜜
我沦陷，我诞生，爱开始

——白雪

失语了好久，泪水这才恣意地滑落在草地上，水面上，轻的连一点声音都没有。不是为我自己。而是为了一只水獭。一只许多年前被我放生的水獭。现在，水獭早已成了我生命中的过客，只剩下我孤零零地踯躅在天鹅湖边。没有了她的目光，她的温度，她的苍老而壮硕的身影，我浮在春天的花影里独自叹息。我知道，其实，启程以后，我就注定会迷失方向。风把我撕成碎片。我把自己扔在歧途。

夕阳依旧在天。一排打着唿哨的大雁呼呼地飞过梦境。我清晰无比地记起时钟里的那个黄昏。几个孩子热热闹闹地玩着捉迷藏的游戏。大人们在秧田里打药，薅草。偶尔站在原处搅动自己的影子。有人不时地向我走来的天鹅湖畔瞄上一眼，然后再慢慢转过头去。十五岁的我千载独步。没有人知道我下一步将会邂逅什么。我茕茕孑立，看上去更像一个遗漏在岁月深处的影子。

那是一个黄昏。我卷起裤脚，毅然决然地走进天鹅湖。之前，我已被再三告诫，湖水里有水鬼。小孩子一下水，就会被她拽去吃掉。果然，我觉得有一股力量，在一个劲地把我往下拽。眼看着水就要淹没我的肚脐眼。我禁不住心惊胆战。心想，完啦，这下完啦。但是，我又不甘心。我使出吃奶的力气，把一个黑糊糊的动物拽上了岸。只是，她显得十分脆弱，如同一张薄纸，一戳就破。

她更像一个饱经沧桑的老人。她的眼睛，耳朵都比我的小得多。爪长而利。体毛长，富有光泽，尾毛长密。它的大小同哈巴狗差不多。身体细长，很像一只圆筒。头部短宽而前端略为平扁，四肢粗壮，但又显得十分短小，脚趾之间有皮蹼。背面棕黑色或栗褐色，光泽耀眼，鲜艳华丽。她颇不服气地瞪视着我。我想把她抱在怀里。但是，听说她是水鬼，我不敢。

弥留的风声正一页一页翻过时光之书。我似乎听到了一声沉重的叹息。我知道，她比我更不容易。从小到大，她都是在春夏秋冬里节节败退。她的脸上，心上，落满了风霜雨雪。这就是铁证。现在，她所能做的就是恐惧，不停地战栗。她应该看得出来，村庄里那些认识的人，还有一些不认识的人，他们其实都是一个人。那就是杀手。他们曾经杀生无数。在这个黄昏，他们会放下屠刀吗？

正当她无力地瘫倒在我脚下的时候，那些孩子们，和大人们，不约而同地聚集到我身边。他们手里拿着石头，镰刀，棍棒，还有满腔的怒火。他们嗷嗷怪叫着要杀死水獭。我不知哪里来的勇气，一下子把水獭抱在怀里。我说，你们谁想置水獭于死地而后快，就先砸死我。一个石头一下击中我的后背。我觉得钻心地疼痛。生产队长弯下腰来附在我的身边，跟我摆事实，讲道理。用意只有一个，让我交出水獭。

我早已泪流满面。我一句话也听不进去，抱着水獭冲出重围向家的方向奔跑。大人们，孩子们都尾随在我的身后。看样子，他们是不达目的决不罢休。而我已经下定决心永不放弃。生产队长再次挡在我前面，说，你不能把水鬼带回家，你会害你一家人，也会害了全村人。我没有理会他，绕开他继续跌跌撞撞地跑向家中。他一个扫堂腿，我扑通一声跌倒在地。水獭仍旧被我紧紧抱在怀里。我的鼻血一滴一滴颠覆了这个春天的气息。我一头朝队长撞过去。然后，便什么都不知道了。

醒来以后，我已躺在家中的土炕上。父亲救了我。父亲那时是大队书记。他用他的权力救了我，也救了水獭。从那时候起，我初次知道了权力的作用。父亲依照我的意愿，把水獭养在我家后院的荷塘里。再也没有谁可以伤害到她。我对父亲说谢谢。然后，水獭成了我最忠诚的伴侣。我要喂养她。我要用我的食物和忏悔来喂养她。每天放学回家第一件事，便是用各种各样的食物喂养水獭。她不是水鬼。她更像我失踪了许多年的亲人。我们常常面对面，相互注视。我们不说话。我们只是让彼此的眼睛里有了盈盈泪光。

然后，便到了梅雨季节。我在荷塘边看着许多年前的绵绵夏雨。我看见水獭用身体在水面上写字。她的毛发湿漉漉的。圆圆的字体没有任何惊惧。她写下的肯定是一个孤零零的名字。经过风吹雨打，我看到名字周围突然增加了许多虚实不定的话语。我在这里已经很久。我坐今夜的风回家。你好。你来啦。你是好人。冬子，你这个大坏蛋，我要像爱上回忆一样爱上你。我和你一样下落不明，我们到底去了哪里？我的目光越过那些歪歪斜斜的文字，消失在一朵正在盛开的白莲上。一个没有深度的故事终于变得有些意味深长。

雨下了整整一个月。我从荷塘回来时，我已经不再认识自己。黄昏，我走在年久失修的水塘边，菡萏香消翠叶残，西风愁起绿波间。吱吱嘎嘎的响声混合着雨和雨下面泥泞的声音。这响声多么像老人脆弱的呻吟。我自言自语道。而水獭依偎在枯萎的荷叶下，正凝视着我。也许，我的出现使她的梦境变得斑驳而迷离。我脚下一滑，差点摔到荷塘里。水獭飞快地游过来，也许是想抓住我惊慌失措的手。

我平衡住身体。努力地对水獭笑了笑。我看着那双有点陌生有点熟悉的眼睛，我看到那眼睛里有一种山高水长，日久生情的情形。我用力地把她抱在怀里。我决定把她放生。她的家不在这里。她的爱人不在这里。起初，她不太理解我的举动。她用质疑和恍惚的目光看着我。我把左手轻轻抽回来，不断抚摸她鲜艳华丽的皮毛。我听到一声叹息，生命其实是不断地告别。吞下了又一滴眼泪。我知道，我会在下一场梅雨季节里不知去向，满目苍凉，一无所获。那么，我又将流离失所的亲人，水獭呢？

然后，我站在天鹅湖畔。这是一座远离村庄的大塘。我早已累得气喘吁吁。我把怀中的水獭放进湖中。她先是感激地朝我点点头，然后，便毅然决然地消失在万顷碧波中。我听到自己似乎尖叫了一声。可是，四下里死一般寂静，一点儿回声也没有。空空荡荡的水面上仍然空无一人。我听到自己的灵魂哗变般发出乱七八糟的声响。水獭的影子剪纸般再次出现在不远处的远方。我感到自己的眼皮跳得很厉害，左右眼一起跳。我甚至想跳下水去，和水獭一起共度余生。

当然，我没有。我浑身发热，昏昏沉沉的。我把手伸过去，却再也抓不住她的身体。我大声喊道，不要把我丢了呀！这一次，我清楚地听到了自己的声音。我觉得有些口渴。趴在湖边，捧了满握的水，一口气就喝光啦。准备再喝一口的时候，忽然看到水獭再次浮出水面，用力地朝我点了点头。我的内心猛地刮起了十二级风暴。我用双手努力堵住夺眶而出的泪水，然后，义无反顾地朝家的方向走去。在我和水獭之间，是她率先长出了那对最另类明亮的眼睛。她走啦，而把内心的剧烈风暴留给了我，让我爱情混沌，周身战栗和寒冷。

三十年后，当我再次经过天鹅湖的时候，我发现周围和眼前的一切都变得更像一个梦。这里，没有嬉戏的孩童，没有薅秧的农人。我看到的只是一片风声鹤唳的旷野。那一瞬间，我觉得自己恍惚做了一个梦，一个为期三十年的梦。梦中的主角水獭还在，可她的眼神不在，她的体温不在，她的爱情不在。我更像一株消瘦的植物的影子，黄昏潮湿的水汽慢慢深入到我身体里的时候，那些短而密集的忧伤轻而易举地击中了我内心最柔软的部位。

我像一个老人蹒跚着在天鹅湖畔独步。我有些魂不守舍。突然感到谁趴在我耳朵边，凄凄切切地嘤嘤唱歌。树上倾斜的一根柳枝战栗起来，在我的脸上打了一下。与此同时，我仿佛听到一个声音对我说，走吧，离开这里吧，永远地离开，你的那个亲人早已驾鹤西去。我辨不清这是哪里发出的声音，是男人的声音还是女人的。我向水里看了看。泪眼蒙眬中，我看到孤独的水，合起来变成了那么庞大的孤独。却有影子剪纸般出现在不远处的远方。我全然不顾被哗哗响的时光割伤的身体，奋不顾身地跳下水去。

（2009年4月20日首发中财论坛）

薛暮冬，男，著有散文集《天上一个月亮》，历史小说《民国怪状大观》、《上海巨商演义》，科普读物《大地的历程》、《世界科学通》等作品。

流过青石板的清澈时光

宋长征

青石板泛着青，安静地停泊在小河旁。柔软的水，清澈的水，从远方赶来，只为触摸一下青石板光滑的额头。然后，奔向远方。

小河离村庄不远，青石板和村庄很近。几方青石板，许是倒下的远年的墓碑，或是推转很多年终于停歇下来的一盘老磨。但无论以怎样的姿态出现，已无关紧要。眼前，它们只是一块块小小的石头，一侧沾满泥土，一侧亲近着水流，让时光就这样安静地流淌，荡出一丝丝涟漪。

河边，青石板是女人的天地。这些乡间的女子可能没有姣好的面容，也可能没有苗条的身段，抑或身上还杂糅着庄稼和青草的气息。她们顾不得这些，咿呀关上破旧的木门，鸡鸭们不舍地看着渐渐消失的背影，无奈地回头，在有些杂乱的农家小院里，转来转去，等待着熟悉的脚步声再次响起。

绾上裤管，把脚伸进水里，流水潺潺，抚摸着女人的脚踝，有些凉，有些痒，还有一丝说不出来的惬意。绾上袖口，粗糙的双手感知一下水的温度，取出要洗的衣衫。那些衣衫啊，有男人的，有女人的，有孩子的，也有老人的；有朴拙的土蓝，也有镇上刚开始时兴的长裤短衫；甚至还有几片已经很有些年头的土织布——家里年迈的婆婆叮咛又嘱咐，千万别让小河里的水冲走……

天很蓝，几朵云，白色的云，行色匆匆，走过村庄的上空，来不及在明净的水面照一照自己的影子，便驭风而去。浣衣的女人不管这个，云飘过去的时候，在水里照见了鬓角的几根白发，叹息一声——唉，时间咋走这么快呢，还没来得及看看眼前的风景。就像这条弯弯小河里的水，白白地流掉，等来的却是岁月的沧桑。

“嗵嗵”的捣衣声传得很远，说笑声，流水声，一阵被惊扰沉下去而又浮上来的蛙鸣声，还有河滩上谁家母羊刚生出小羊羔咩咩地呼唤声，骤然打破了小河的宁静。那么多清澈的时光，一一被唤醒。仿佛在村庄的不远处，流过的不仅仅是一条弯弯的小河，而是琤琤琮琮的弦韵，安详而宁静，一如温软的摇篮曲。

一群小孩子，泥手泥脚，围坐在一盘老石磨旁捏弄挖上来的胶泥，捏泥人，摔泥碗，盖房子，造大船。还有的正在小心翼翼用前村跛脚货郎路过村庄时，换来的“孩模子”拓印着什么。那些粗糙的陶模印制得并不清晰，一只狗，一只猫，或者一个来自神话里的人物，被拓印，而后风干。更有的会缠着家里的大人，埋在烧火做饭后的余烬里，烧透了，扎堆聚集在一起，自诩着，炫耀着。他们不知道，快乐总是如此匆匆，就像小河里的流水，尽管清澈，前方却依旧曲折。未来究竟是什么？是一片桃红柳绿，还是一片野渡无人的荒芜，没有谁来回答。玩累了，疯够了，自会缠上一个正在浣衣的女子。

——一个乡下女人的怀里，总会栖着一个人孩提时清澈的记忆。那么暖，那么真。

布谷鸟的叫声由远而近，一树苦楝花开在清澈的小河旁。杏嫂，为什么这个远方嫁过来的女子，坐在青石板的一角沉默不语。杏嫂本名杏儿，十七岁被南乡的刘大花（一个拐卖人口后来坐了班房的男人）骗到村子里。那一日，好心的二娘分开人群，吩咐儿子留根回家拿来盖房子的钱，把哭哭啼啼的杏儿领回家里，又送到汽车站。天黑了，二娘站在村口的小桥上，让月亮的银辉落满双肩，月光下，乡村小路上，两个影影绰绰的身影越来越近。

从此，杏儿和二娘成了一家人。

二娘穿衣只穿自己没日没夜“卡塔卡塔织下”的土棉布，却给杏儿到集市上扯来时兴的的卡、呢子料。二娘吃饭只吃自己腌下的咸萝卜，却给杏儿炒了一大盘葱花鸡蛋。二娘老迈的身影挥舞着镰刀，在长长的地身里来来回回，顾不上擦擦流淌的汗水；却叮嘱如花的杏儿就坐在地头的大梧桐树下，看好刚孵出来的一群毛茸茸的小鸡崽儿。下雨了，一场麦子淋了雨，二娘撵着留根快回家，必须把杏儿背在身上，自己却一步一滑，蹒跚在泥泞里……

怀孩子，坐月子，孩子长到两岁半，总是二娘大包小裹地把大人孩子的衣服放在青石板上，杏儿看着，刚想插手，就被二娘沾满了水的手像轰小鸡一样轰上岸去。说娘是干活的身子劳碌的命，一天不干手发痒。

二娘一头栽在猪圈旁，一盆猪食洒了一地。脑溢血的二娘躺在床上奄奄一息，叮嘱着杏儿：杏儿，娘不能给你们洗衣了，自己照顾好自己……

杏儿已经泪流满面，眼前的青石板旁，依稀还能看见二娘的模样。家乡，迢迢路远，一个女人有幸在另一个女人的臂弯，享受过太多的温存，这泛青的青石板作证，这清澈的流水作证，下辈子杏儿和二娘还会相互依恋。彼此，用纯净的目光取暖。

女人，这些乡间的女子是村子里最亮的一道风景。穿衣着红带绿，说话清脆响亮，走路风风火火，更不用说操持家务，里里外外一把手，把个简单的日子整饬得井井有条。不是没人嫉妒，住在村西土坯房里的二蝙蝠，年纪轻轻不学好，专拣夜深人静的时候飞檐走壁，偷鸡，偷牛，然后卖了做赌资，眼瞅着过了四十好几，大好的光景就这样白白流掉。二蝙蝠绾上裤管，拎着衣衫在离女人有些远的桥墩上搓洗。五槐嫂眼尖嘴快："呦！蝙蝠兄弟又亲自来洗衣裳了。"且把亲自两个字咬得邦邦硬，丢在水里能翻俩水花儿。二蝙蝠笑笑，挺大个老爷们儿臊红了脸，却不忘回敬一句："五槐哥不在家吧，夜黑里咱给嫂子暖暖脚"。洗衣的女人们跟着笑，吓跑了一群正在靠近青石板的小白条，吓飞了正在苦楝树上赏花的几只鸟，一只青蛙妹妹刚浮出水面，听见如此爽朗开怀的笑声，鼓着两个大眼睛，看傻了，望呆了，忘记了身后还紧紧跟随的一只一见钟情的蛙哥哥。

时光在小河里静淌的时候，总是那么纯净。即使雨天，洗衣的女子站在屋檐下思忖着该干点什么，还是干脆和不上工的男人钻进被窝里说上几句贴心话，青石板仍兀自敞向天空，石碑上的丰功伟绩或文绉绉的铭词，早已被乡间一双双粗糙而温柔的手搓洗得渐渐模糊；老磨上放射状的凿痕也被清澈的河水慢慢磨平。也许，石头就是一块石头，用来铭记或劳动都沉默无语，立身何处，只深藏一段清晰的回忆。最后老了，被时光风蚀了容颜，化为土，化做尘，飘散于浩渺的红尘。

但此刻，泛青的青石板或许还未修成正果。一滴滴雨珠砸在水里，也溅落在光滑的青石板上，滴答，滴答，用另一种方式记录着难以挽留的光阴。纹路，清晰的纹路。是碎裂还是生长——一棵纤细的小草正沿着一块青石板的缝隙，向上，在风雨中飘摇。

小河还是过去的小河，一波又一波清澈的记忆流经青石板的侧旁，漫上来，滑落，只剩下几颗晶莹的水珠。

水珠有七彩——小河上空架起一座美丽的虹。或许转瞬即逝，却剔透了流过青石板上的那些柔软时光，让村子里那些辛劳的女人们，珍藏一生，美丽一生。

（2009年5月7日首发中财论坛）

宋长征，男，1975年出生，山东省成武县人。作品发表于《散文》、《散文百家》、《经典美文》、《四川文学》、《文学报》、《读者乡土人文版》。

一日三餐

后村别调

有些东西太平凡，太简单，几乎说不出口。但它们有着自己的能耐，在这个雍容繁华的世上，简约至今。

其中的一个名词就是，一日三餐。这个词语纯朴着，并不代表它的内在也一样寥寥数笔，但它的花样再多，都离不开另外一个最关键最简单的词——火。或者说是能够将一日三餐煮熟的那个玩意——灶。

今天与爸爸妈妈一起坐在餐桌前，话题不由地就越过了这些看得见的梅干菜烧肉，丝瓜清汤，清蒸鲈鱼……越过了这饭菜背后买、配、洗、烧的辛苦……越过了一些汗，一些盐……而它们的结晶随着空调的自然风叮咚一声落到了多年前的用砖头砌出来的灶台上，大大的铁锅，永远温暖着的抹布，劈里啪啦的柴火，以及那一锅锅的，总是胜过今日的那些朴素单一的菜肴。

放学回家的路上，总有形散神不散的炊烟，在收紧着我的脚步。这是无声的召唤，如今回想起来，那炊烟的姿势难怪总是像挥舞的水袖，随着风摆动着，仿佛在说：你快回来！

没有谁会拒绝这样的温情，哪怕相隔再远，总能听到这个最嘹亮的呼唤。

都说，穷人的孩子早当家。在我的词典里，永远没有穷字，穷是比较出来的心理落差。而当年，在周围都是一样的破旧，一样的简陋，所以生活也是一样多彩的。

几乎我们每个孩子都知道在回来的路上，要为一日三餐做点小小的贡献，于是一路上，我们捡树枝，扫落叶，收牛粪，扒野草……一路唱歌，比赛，多多少少我们都能挂着一些收获，或是一串干牛屎，或是一捆枯树枝，或是一蛇皮袋子枯树叶，爬根草……它们把我们的身体弄得很脏很痒，可这一切却将我们的生活烧得很旺很旺。

我的记忆里只有这些快乐的瞬间，可是妈妈说，我也干过不少"伤天害理"的事情，例如要挟其他同学，把辛辛苦苦收集来的树枝上缴给我；当我去偷别人家用树枝插起来的小栅栏时，为我放风。我也纳闷当年瘦弱的我是如何收服了这些野孩子的。也许是教师子女这个身份吧！

当然咯，爸爸说，光靠这点小打小闹是根本无法烧一年的一日三餐的，更大的持续这个火种的来源是我们所居住的校园里那些隔年被换下来的屋顶的茅草，这些陈灰草经过了一年的风吹日晒，已经开始散发出一股子霉气，而且还有着一股臊气，因为里面躲着许多的骚斑虫。

姐姐，这个当年的生物爱好者竟然还把它们仔细地收藏在背带裤的口袋里。这个细节既印证了我们童年时期玩伴的缺失，而从自然的意义上来说，又印证了我们童年极大的富足。

这个时候，当年精力充沛的母亲，在我的记忆里面突然冒了出来，她放下粉笔，穿起长袖衬衫，戴着口罩和头巾，手拿着耙子，头顶着七月的阳光，在陈灰草那翻滚的尘土掩映下——英姿飒爽。

她用她的双手将这些被废弃的东西，在晒干后，绕成一个个的疙瘩，再一个个地码到我们家的柴火屋里——就是一个类似鸡窝的地方，为我们的肚子储备着粮草。

爸爸，这个文弱书生劈柴，也是一道记忆的风景。不对，当年的父亲一定是魁梧的，否则，那么多，那么高的干柴堆是怎么拔地而起的呢？

而至今依然在老家的某个角落里的那把特殊的斧头（爸爸是左撇子，一般的斧头无法使用，这个是找铁匠定做的中性斧头），如果它可以开口说话，它一定会坦白，那个在一个习惯用笔写字的书生手上制造了许多老茧的罪犯——就是它。

那些柴火被隔空摆在那里，如今的我一弯腰还是可以透过它的缝隙，看见老家的炊烟又袅袅升起了。

这样的春夏秋冬交替了几个来回后，虽然为了响应毛主席的号召，父母在师范毕业后双双来到的是最偏僻的地方，但是社会的发展，还是会绕着弯子去影响我们的生活的。

开始有煤了，这个消息是从黑市传来的，城里的有煤票了。我们没有，但我们有蔬菜和鸡蛋，我们可以互惠互利地交换。有煤就有煤炉，我们家的煤炉也是有演变历史的，从起初的笨重型，到轻巧型；从费柴费煤型，到节能型；从不可封，到可封型（就是可以不用灰头灰脸地每天生炉子，可以封起来，第二天一开就可以继续使用）。

随之一起变化的就是煤，从散煤，煤球到蜂窝煤。这黑黢黢的"煤婆子"也像个爱美的女人，不断变换着发型。

那时候，因为物资的匮乏。爸爸所有的周末，就只有一个娱乐项目，那就是到城里去用麻袋运煤，运煤可不能做载人的轮渡，所以爸爸总是和到城里去运大粪的农民混得很熟。这个环节如果与现代的青年人相比，它的娱乐性等同于你开车去打高尔夫，与球场的门卫混熟。它们几乎是同一个性质，如果有区别，那就是一个是为了生活，一个是为了更好地生活。

傍晚，我们在家里迎接着满载而归的爸爸和那些黑珍珠般的散煤，第二天我们共同的娱乐项目就是：做煤球。爸爸和妈妈，你和泥来，我对水，你搅拌来，我搓团，而我们姐妹三个围在一边观看，我们的小手和小脸都是黑乎乎的，那是多么幸福的时光啊！现在想想难怪我童年时候的地面总是有着一个个的黑点，仿佛下满了黑子的围棋盘。

我们不光会做煤球，连"高科技"的蜂窝煤，我们也会做，家里面有个像自行车打气筒样的玩意，把和好泥巴的煤填进去，再用脚一踩，手一压，一个蜂窝煤就轻轻地落到了满是灰尘的地上了，那种成就感并不亚于做什么轮船模型吧！而且这样的一个个的蜂窝煤占领了整个门前的空地时，那是何等壮观的恢宏大作啊！

更重要的是，在这个过程中，煤炉上水壶里的水早就不用蹲在灶台的肚膛下大汗淋漓地添柴火的情况下，自己开了好几回了。这是多么现代和时髦的事情啊！但是也要省着用的，毕竟一个蜂窝煤要二毛钱呢！隔壁一家每天只用一个，而我们家每天要用掉五个，这个使用数量足以证明我们当时的经济实力和生活水准了。

生煤炉和封煤炉是妹妹的专长，她是负责管炉子的，什么时候加最不浪费，最适合，她都拿捏得很清楚。而我，在这种技术性比较高的家务活方面，就显得特别笨拙，例如：

白烧了一堆材料，冒了一屋子烟，炉子还是凉的；

我加的煤，下面的拿出来还是黑的，还没有燃烧彻底；

至于封炉子，我更是杀手级别的。

所以我注定，在家里无事可做，只能到处游荡。只能被派出去与一帮子野孩子去火车站，窑厂，学校的锅炉房这样的地方，去捡煤渣，那些被倒掉的煤渣里面，总有漏网的依然黑色的煤块，有的很小，有的很大。那就是我们的宝贝，能让我们眼前一亮，一窝蜂跑过去抢的宝贝，是我们的既充实又单一的淘金岁月。

其实每个新事物的产生，并非是完全取代了前一种，而是不断地完善。后来又有过煤油炉子，酒精炉子。轻巧的煤油炉子里面有很多的线头，一头点着燃烧着，另外一头拖着长长的尾巴浸泡在下面的煤油里，用掉一点，再修剪一下，拧上来一点，日子就这样盘旋而过，一日三餐也就这样日复一日地持续着。吃饭的桌子也不知道为什么，越来越矮了。

没有任何预兆，煤气灶就突然闯进了我们家，它像个潜水运动员，还自带着一个大罐子。我们像害怕炸弹似的害怕它，却依然冒着生命的危险，去尝试着它。

所以在社会的发展过程中，中华民族的儿女们，在关键时刻，都有着舍生取义的优良品质。刚开始，每一次的使用，爸爸叫妈妈带着我们远远地躲着，但我们所担心的那如同爆米花诞生的声音，从没有出现过。

它最大的妙处，是将做饭的时间缩小了好几倍，可以热烧热吃。如今大部分的人家都在使用着它，大罐子也被一些隐蔽的管子所取代了，但是有些香味却无法被取代，那些从不同的炉子上飘出的香味，会一直萦绕在无数的一日三餐中。

它们谁比谁更香呢？

（2009年7月30日首发中财论坛）

后村别调，本名朱芳芳，女，1973年出生，教育硕士，现就职于上海民办进华中学，常熟琴川诗社成员，中国民主促进会会员。以诗歌、散文写作为主，出版诗集《2006年诗歌日记》。

送外卖的

路上的歌者

静极思动，去朋友的传媒公司帮忙，到了中午，肚子开始叫唤，下楼找吃的，看见近旁有一家餐馆，门脸很小，进去，几张木头小桌顺序排开，整洁，素净。

找个空调正对着的位子刚坐下，就见一个三十左右面容姣好的女人笑吟吟地递上茶水，问我吃些什么，又怯生生地给我介绍，说小饭馆主要经营面条和炒饭。我说生意挺淡的啊，女人便说平时做的是隔壁轻工技校学生的生意，现在是假期，所以生意不好。

我随口点了一份雪菜炒饭，耐心喝茶等待。须臾，女人将一份香喷喷的炒饭放在我面前，客气地对我说“先生慢用”，我点头报以微笑，开始享用美味。

我不是个讲究吃喝的人，山珍海味和粗茶淡饭在我眼里没什么区别，沾朋友的光也曾去过星级酒店多次，通常回到家里还是要再吃点东西，因为那些所谓高档的酒店根本就不是能填饱肚子的地方。我丝毫不担心自己会发福，因为我的身材早就畸形了，细小身板挺着个大肚子，整个人看上去像个硕大的枣核；我更不会在乎医生关于一日三餐吃少吃饱的忠告，总是让自己吃得很饱，因为世事难料，谁也无法保证下一餐就一定准时，说不定就有了突发事件让你几天吃不上东西。

说实话，五元钱一份的雪菜炒饭味道是不错的，只是分量少了点，我考虑着是不是再要一份，偶尔抬起头，发现女人就坐在我不远处的对面，似乎一直在看着我狼吞虎咽，见我看她，有些羞涩地笑。女人的旁边不知何时站着个男人，三十多岁的样子，身材英挺，看上去斯文，沉稳，雪白的工作服一丝不苟，连帽子也是周正地戴着，我本不八卦的，却也忍不住猜测起男女的关系来：主雇？夫妻？情人？

以后，每天中午我都会去楼下那间小饭馆要一份雪菜炒饭，次数多了，便有了默契，女人也不再问，浅笑着递上茶水，然后去后堂，不久便送上炒饭，而且分量也有了增加，足以填饱我的肚子了。

饭馆的生意时好时坏，客人多时，女人便四处张罗，客人少时，女人便安静地坐在远处。而那个英俊的男人一般在后堂忙碌，有时候也出来和我聊上几句，比如问我是不是隔壁写字楼上的，我说是，男人又问了具体的楼层房号，说是可以电话订餐的，这么热的天，上上下下不舒服，他可以做好了送上去的。

以后，到了午饭时候，我就给饭馆打电话，每次都能听到女人脆生生的声音，这让我很愉快。我觉得女人身上有着浓郁的书卷气，于是我开始怀疑自己的感觉出问题了，因为一个小饭馆的服务员是无法和书卷气沾上边的。而送饭上来的总是男人，我便越发地确定他们是夫妻。

有一天下雨，男人将饭送来以后，似乎有留下来和我说话的意思，我便请他坐，给他一支香烟，又递过去一瓶矿泉水，男人客气了一下，便在我对面的沙发上坐下来。

我们开始说话，从天气说到饭馆的生意，说到那个女人，男人说是他的妻子，夫妻俩惨淡经营着这么个小饭馆。他好像对茶几上的那本我们公司刚为某县做出来的宣传画册感兴趣，边翻看边点头，偶尔也皱皱眉，等一支烟抽完时，男人突然重重叹了一口气。

“其实”，男人对我说：“其实……我原先也是做文化传媒的，而且有了不小的规模，因为玩股票被套牢，又想去牌桌上翻本，结果欠下一身的债，公司破产了，现在只好开个小饭馆谋生。”

男人说话时语气显得很沉重，我能感受到他内心的波澜。这是一个曾经辉煌过的男人，难怪我一直觉得他不像个厨师，平时即使他不说话静静地站在一边看我吃东西，我也能感觉到他身体散发出来的不可言表的一种气势，现在我仔细打量起这个男人，他对我一笑：

“我不像是个文化人对吧？”

我淡淡一笑。

男人开始说起他曾经的事业，很平静，像是诉说别人的故事——他们夫妻毕业于一所名牌大学的美术专业，妻子一直是本市一所大学的美术教师，而他选择了自己创业。刚开始很艰辛，男人凭借自己的智慧，渡过了一个个难关，事业有成以后，男人的心变得很大，眼光看到很远很远的地方。他是个纯粹的艺术家，却不是个合格的商人，不会资本运作，为了筹集公司发展壮大的资金，他把手伸向了股市和牌桌。在他迷失的那段时间，女人无数次规劝他，但他鬼迷心窍置若罔闻，现在他破败了沦落了，女人却也心甘情愿，在假期来饭馆帮他的忙。

这个故事令我唏嘘不已，我问他怎么想起开饭馆？即使公司垮了，还可以有其他更好的选择啊。

“唉，这是我自愿的。你说的对，我的确可以找更体面更挣钱的事做，你看看我的手指你就明白了。”

男人伸出左手，我看见左手的食指分明短了一大截。

“这根手指是我自己用斧子剁下的。”男人的语气依然很平静：“我沦落到今天，全是因为我的博彩心理，我太浮躁了，总是想快速筹集很多的资金，去实现那个传媒王国的梦想，当我意识到任何事情都需要循序渐进，所有理想都需要一步步实现时，我已经万劫不复了，剁下这根手指是为了警示自己，我知道我自己，我需要血的教训时时警醒自己。开这个饭馆也是为了磨炼自己，我必须静下心来认真反省和检讨自己。那天听你说起你也是做文化传媒的，我好像又回到从前，我是文化传媒这行雪菜炒饭做得最好的对吧？”

我们同时哈哈大笑，笑声中距离拉近了许多。

我给他谈了公司的情况，他听得很耐心，而且给了我许多有益的建议。我再也不敢将他看成送外卖的，虽然我比他大上许多岁，但内心已承认他是前辈，文化传媒行业的前辈。

说了会子闲话，男人告诉我到这个夏季结束，他就将关闭这个小饭馆，去另外一个城市继续他的传媒王国的梦想，然后和我告辞。

送他出门，我下意识地点燃一支烟，却没怎么吸它，一任香烟自己燃烧。坐在办公桌前，心思乱乱的，不知想了些什么。这是个疯狂的时代，每个人都可以张扬自己的个性，实现自己的梦想。圆梦的过程是艰辛和痛苦的，大浪淘沙，留下来的才是真金。

作为个体的人，谁也不可能永远一帆风顺，送外卖的男人辉煌过，后来失败了，却并没有灰心。女人用自己的细心迁就着男人，关怀着男人，她知道无法改变世界，于是改变了自己。我不知道她有着怎样的理想，但我知道她一直在等待，等待自己男人的觉醒和雄起，而这种等待是建立在对男人理解和信任的基础上的。我相信女人会等来幸福，因为给她信心的是一个拿得起放得下的男人。

那次谈话以后，我再没有打电话订餐，每天中午，我都会去小饭馆就餐，即使最热的那几天也是如此。

我明白，我尊敬这对夫妻，其实是尊敬一种精神，一种不妥协不放弃的精神。当昨天的荣誉变成过眼云烟，他们选择的是从头再来。

（2009年8月7日首发中财论坛）

路上的歌者，原名王兴兵，男，1964年3月出生，安徽合肥人。业余写作，多年不辍，作品散见于报刊杂志。

永远的土墙房

符纯云

他们曾经是我最亲密无间的好伙伴，可是，不知从什么时候起，就遥远得仿佛从来不曾在我的生命中出现过一样。在罐子坪，在平滩河，在狮子石坡，在土墙房的角落，他们冷不丁探出头来，让我苦苦地寻找一下子有了快乐的方向。

是的，当我想到他们的时候，一并想到的是质朴憨实的土墙房。那些土气的脸庞、安静的神色，特别是面对暖色调的夕阳时，溢满了幸福的色泽和味道。在罐子坪，阳光照在每一堵土墙上面，幸福的成色都是相同的。看似微不足道的光线所传递的温暖，轻而易举便满足了一座村庄和一个人内心的渴求。

其实，对于村庄，我一直不愿意写下“怀念”这个词。因为，对于一个多愁善感的人来说，这个词是多么锋利的一把匕首啊！在内心愈感脆弱的时候，它愈是狠劲地剜割，直到让你疼痛得彻夜难眠。而事实上，这又是无法避免的，正如一堵原本沉重得难以承载的土墙，你却不得不装入情感的行囊，然后步履蹒跚地走南闯北。

未曾留意从什么时候起，与那片土地的距离开始变得越来越远。顺着风从罐子坪吹来的方向，对一座土墙房的怀念越来越辽远、深重。每当大风吹彻、雨水狂虐，它那斑驳的脸庞、佝偻的腰身，演示着时光一轮轮苛刻而庄严的洗礼。我知道，在这种时候，已无法看见母亲像往常那样，在土墙边码好一堆堆柴草，让它们缓解风雨的压力。更无法看见伙伴们从土墙房的拐角处陡然现出身来，这实在是多么奢侈的想法啊！因为，早在多年以前，当我还在校园内意气风发的时候，他们中的大部分人就随村里的汉子一起，将梦想装进鼓鼓囊囊的蛇皮口袋，然后豪情满怀地远走他乡。当然，这种豪情是细小而卑微的，却始终支撑着一个人艰难地行走。虽然有的会在某一天黯然破灭，更多的却会坚定生长，直到开花、结果。只是在我的视野中，他们再也不可能突然出现，带给我久违的、莫可名状的兴奋。

对于故乡罐子坪，我是有一些失望的，正如故乡对早年叛离的我一直心存不满一样。或许，在我降生这个世界以前，罐子坪都是质朴如一的，至少它的改变是缓慢的。可是，在交给我短暂的童年之后，它很快就改变了自己的初衷，变得光鲜亮丽起来，与之伴随的是掩不住的颓废与失落。不管别人愿意不愿意，仿佛一夜之间，一堵堵土墙房就被无情推倒，一幢幢小洋楼在原地矗立起来。就这样，一座山村曾经带给人内心的温暖，在绚烂、虚浮的光亮之下，一点点淡化、消失，决绝得令人痛心。

好在我家的土墙房至今依然健在，与村里留存下来的三两幢土墙房一起，它们成了我怀旧情结最为真实的依靠。我坚持认为，它的表情原本也是丰富的，只是因为一贯的低调，让人忽略了这一点。当阳光照过来，它的色彩开始变得绚丽多姿，褐黄的底色之上，能清晰地看见有七彩的光斑反复跳跃，它的兴奋之情溢于言表。当月光推开夜色，它收敛起曾轻微张扬的情绪，恢复了静默的表情，尽可能地隐入村庄波澜不惊的内心。这些看似不动声色的细节，早被我用心记录下来，什么时候想起了，就什么时候翻阅和重温。

常常记得秋后的日子，农事已经闲淡下来，阳光温和而淳厚，妇人们三三两两倚靠在墙根，漫不经心地纳鞋底、拉家常，将生活过得简朴、淡雅而惬意。在一帮子农妇之中，母亲的话语往往很少，但她的笑声一直延续着，与头顶的黑发、手中的针线一起，被快乐组合成最富有光泽的风景。那时候，我混迹于吵嚷的青皮小子群，或在院坝里疯狂打闹、滚铁环、扇烟花，或在土墙房四周穿来跑去玩打仗、藏猫猫，几位母亲便在谈话的间隙抬头，望上我们一眼，软软地骂上一句，然后继续一边谈笑风生，一边摆弄手中的活计。阳光懒懒地映照着辽阔的大地，略显低矮的土墙房与母亲一样，温软、健康、快乐，别无所求，静谧安然。

多年以后，一个初夏的早晨，当我们从城市返回，将重病的母亲交还给这片土地，母亲失神的目光立即恢复了熠熠的神采。与母亲孱弱的身体相对应的，是冷寂的村庄、斑驳的土墙。最后的日子，母亲天天要我们陪着，倚靠于裂痕深深的土墙，安静地想着一些我们无法完全猜透的事情。虽然母亲少有语言，神态却是安详的。顺着她瘦削的额头望去，我发现，那里是一条大河的发源，早已稀落的白发已难以激起青春的浪花，却更沉稳、深刻地诠释着生命的隐忍、豁达与厚重。时隔不久，母亲在土墙房内安详地闭上眼睛，与她相伴一生的土墙房依然平静得没有发出一点声响，只是悄无声息地掉落下一串谁都可以忽略的苍老的微尘……

在我的心中，时光是可以逆转的。只要土墙房还在那里，母亲就会传递给我一两声清脆的咳嗽，我的好伙伴们就会冷不丁在墙角现出身来，让我苦苦地寻找一下子有了快乐的方向。

（2009年8月11日首发中财论坛）

符纯云，男，生于1970年代，四川达县人。在《中国诗歌》、《散文诗》、《写作》、《散文百家》等海内外数百家报刊发表文学作品，作品多年入选《中国年度散文诗》、《中国散文诗精选》等多种年度选本。

青海的祁连

汤如浩

一座山，就将我和祁连隔开了。

祁连山的连绵山脉，东西纵横，南北绵延，横亘在眼前，危乎高哉，切割出了两个不同的天空，山南和山北，两个不同的世界。在此之前，我只有一种隐隐约约的感觉。

在祁连，在湛蓝的天空下，呼吸清新的空气，是一种前所未有的享受。祁连山在它的北面，像宽阔的怀抱，八宝河环绕，是萦绕的飘带，卓尔山（阿咪东索）、牛心山（宗姆玛釉玛），都那么显眼和迫近，真是藏民族心中的神山呢，呵护着山环水绕的县城。

在祁连一座茂密的松林中，我向北眺望。

祁连的山峦重重叠叠，碧绿的牧草从山脚一直生长到高高的山顶，它们的背后，雪山的影子隐隐约约，只露出积雪的莹光，像天际的云朵吧，在最高处缓缓漂浮，似乎是一个梦，雪的白和天的蓝，加上草的绿，足以让人迷醉。在异地，享受盛宴的，似乎只有眼眸和听觉，八宝河水哗哗流淌，宽阔的河床上，星散着黑色的牦牛和白色的绵羊，还有，各种各样的石头。脚下的牧草高耸，青翠，没膝，眼前的荆棘丛大大小小，甚至可以形成天然的篱笆墙，阻止我的进入。雄鹰盘桓，那股神秘的气息似乎俨然在向人逼近。耳边还有鸟的啁啾，它们隐藏在松林荆棘丛的深处，高一声低一声，像在捉迷藏。雄鹰在高空盘旋，神态悠闲，显然这里是它们的庭院，我们是客人，凝眸或者信步，都显得好奇和陌生。

我知道，山的那边，就是我的家乡。祁连山山南山北两重天，绝对是不一样的。曾几何时，那里的蓝天白云青山，总是牵引我的目光视线，我一遍一遍勾勒描绘，花费了多少心血，似乎总是描摹不出它应有的轮廓，在祁连，我知道其中的缘由了。青山绿水共为邻，不过是我一厢情愿的事情。农耕文明与游牧文明的区别，山山水水就是很好的证明，当真正的青山绿水铺满我的眼眸，我曾经铺张的文字，又是多么牵强啊。

陪同我们的老者姓李，年逾花甲。古铜色的皮肤，身上有淡淡的羊肉腥膻气，脊背微弓，和祁连普通的牧民没有什么区别。但是，与其他人不同，他说一口地地道道的我的家乡话，多么亲切。他的口中，偶尔蹦出一两个青海话的词汇，我也见怪不怪了，感觉那是因为浸淫其中很久的缘故，无意识地自然而然流露出来的。老人告诉我，五九年他就搬到“里头”来了，五十年的光阴，他还和我们家乡人一样，习惯将祁连称为“里头”，而不变家乡的语言，原因是怕受到家乡老人们的呵责。我笑了，乡音未改鬓毛衰，改变不了的是家乡的本色，老一辈人，都是这个样子啊。那时候，到“里头”讨生活，是家乡人万般无奈地选择，开荒种地，给大户人家放牛牧马，挖煤窑上山采药，到草原上抓旱獭，时间一长，就成祁连人了。老人还说，祁连的好几个乡，比如野牛沟，鄂博，阿柔，等等，分别是我们老家某某乡某某村的人居多，老人甚至能够说出他们老家某人的名字，当知道我的村庄后，还说和我们村某人家有点亲戚关系，老人的记忆力如此之好，简直让人难以相信。

午饭是设在松林的一间大房子里的，这是老人和他的女儿经营的一处旅游景点，好多豪华越野车静静地泊在树丛中，闪烁着明亮的光斑，身穿天蓝色民族服装的服务员来回穿梭，甚是辛苦。散落在松林的各个角落的亭子间窗明几净，里面人影晃动，觥筹交错。老人出出进进，看样子生意很是不错。八月初，到祁连旅游的人很多，老人甚至忙不过来了。手抓羊肉、羊血肠……老人特意安排了丰盛的宴席招待我们，我们都有些过意不去。老人在每个人那里忙前忙后，热情谦恭让人有受宠若惊的感觉，手抓羊肉放在你的手里，肉肠用匕首切成小截，摆在面前的盘子里，"趁热吃，趁热吃！"一个劲礼让我们，老人满面笑容，唯恐哪一个人的口闲下来。鹿角菜碧绿香脆，是梅花鹿角的形状，苦苦菜叶片肥大，颇耐咀嚼，都是祁连的特产。在异地的一顿丰盛的午餐，家乡话的亲切，让我感受到了亲情般地温暖。

青稞酒是必不可少的，按照藏地的礼节，主人得为每个远客敬上满满的三碗，老人说唱歌的姑娘已经辞工了，于是亲自端酒碟敬酒。我们很是不安和恐慌，老家的规矩，年轻人须敬长者，这未免太唐突了。老人谦卑恭敬，执意如此，我们也没有办法。三碗青稞酒下肚，就有些飘忽的感觉，毕竟，三碗至少在半斤以上，其他祁连的朋友一一要敬酒，终是被我们婉拒了，每人三碗，没有一个人能担当下来的。民族中学的老李是初次见面，是同行，少不了推杯换盏。西北喝酒基本是一个路数，猜拳划码，输拳喝酒，场面就热闹起来。这样的场面和我的老家一样，招待远方来的客人，以喝醉为最好的方式，祁连的朋友轮番上阵，烈性的青稞酒非同寻常，我最终喝醉了，烂醉如泥，在他们提供的宾馆中，昏昏沉沉一直睡到了第二天早晨。

第二天，登上高高的卓尔山，我几乎看到了祁连的全貌。站在高高的山顶栈道，木板在脚下咿呀有声，山青草密，飞鸟起落，这座山环水抱的县城就在下方，一览无余，八宝河从东而来，蜿蜒向西而去。对面的托勒山近在眼前，山坡上的松林密密匝匝，大片的油菜花金黄灿烂，两者相互穿插，青山，松林，油菜花，山顶稀疏的积雪，这样的色彩比对，让人无法形容。我脚下的牛心山，居然是4A级旅游景点，难怪有好多肤色不一的摄影家，架着长长的照相机，蹲下去站起来，在选择最合适的拍摄角度，忙得不亦乐乎。李姓的老者曾经告诉我，牛心山是全城的制高点，新中国成立前祁连有七大牧主，其中之一，曾经在牛心山的制高点建立碉堡，以机枪封锁祁连城，力图自保，后来在解放军的强势冲击下，退缩到野牛沟困守七日，最后弹尽粮绝，牧主效仿崇祯皇帝之法，枪口对准家人，全家数十人无一幸免。耐人寻味的是，牧主在撤退前，用数十头牦牛驮了整整数十担金银财宝入山，他们死后，这笔财宝成了永远的秘密，也成为人们的谈资。而七大牧主之首的秦氏，原来也是我老家的人，掌柜的秦七是开明牧主，为新政权的建立做出了很大的贡献，年老后终得善终，他的后人，据说现在仍然是祁连最富裕的人家之一。

我还记得从青海湖到祁连的路上，途经海拔四千多米的冰沟大坂，在高高的大坂顶端，青青的草原似乎就在脚下。车窗中，祁连大草原赫然出现，无边无际的草场向四面八方弥漫开去，似乎到处是青青的牧草和各色的鲜花，牛群和羊群散落在草原上，小牛犊和小羊羔都在撒欢儿，将头低下去，脊背弯弯地弓着，猛地一用劲，险些将自己跌倒在地，站稳了，凝神屏息，似乎对这样险象环生的小游戏做了一番总结，又撒着欢儿远去了。我觉得，牛群羊群，白色和黑色点缀在绿茸茸的碧草间，更像是一朵朵璀璨的花朵，天然地绽放。蓝天白云，天高云淡，牛群羊群的边缘，衣着随意的牧人在马背上悠闲地四下观望，对过往的车辆打量几眼，又慢条斯理地招呼牲畜去了。凉风从车窗中钻进来，一种惬意弥漫全身。牧草青青，溪水长流，车窗外的景致几乎是相似的，牧民的帐篷偶或出现，长长的炊烟向天际飘逸而去，身躯高大的藏獒向着我们的车辆狂吠，面庞赭红的骑马汉子缓缓消失在身后。一番阵雨忽然噼啪有声，刹那间又消失得无影无踪，空气清新，阳光明亮，雨后的草原愈加静谧，只有车轮滚滚，无边的草原一截又一截远去，绿意弥漫全身，感觉仿佛置身在另一个世界，《青藏高原》曼妙的音乐荡漾在耳际，我觉得自己就要和这片神奇的土地完全融为一体了。

祁连的节奏无疑是缓慢的，无论在祁连县城还是草原，我总感觉到时间似乎在凝滞，缓慢地，自然地，毫无理由地。在人口繁多的汉地，我更多承受的是人声的喧嚣，人流的拥挤和嘈杂，当然还有无时不在的挤压，而在祁连，所有这样的意识都悄然遁去。这种感觉无疑给予了我太多的感慨，青藏高原之行给予一个人的，不仅仅是无处不在的美景，还有内心享受到的清新和舒适吧。无论是那些青草和花儿，还有那些人和故事，都是无私的给予者。

（2009年8月30日首发中财论坛）

汤如浩，男，甘肃省民乐县人。在《中国铁路文艺》、《山花》、《岁月》、《甘肃日报》、《散文选刊》、《华夏散文》等发表作品百余篇，有作品被《读者〈乡土人文版〉》、《视野》转载。现为甘肃省民乐县第三中学教师。

记忆中的童年

刘芝英

记忆中的童年是物质极度匮乏的年代。

吃肉，在平日里是想都不用想的，那是逢年过节才能吃到的奢侈品，鸡蛋也只有过生日那天才能吃到两个，每年大年初一时才能穿到新衣服。所以，那时的孩子天天都盼着过年，因为好东西只有在过年时才能享用。

大米经常不够吃，煮饭的时候要添加包谷面，我们叫面面饭。现在的包谷饭大米多，包谷面少，而且只在少数几家农家乐才能吃到，偶尔吃一顿大家都觉得美味可口，那时却是包谷面多，米饭只是星星点点的点缀，天天吃真是难以下咽。五颜六色豌豆般大小的珠珠糖和同学带来的红糖水，是我童年吃过的全部零食。用树杈削成的弹弓，用铁丝做成的滚圈，用竹筒做成的水枪，用鸡毛或作业本做成的毽子，用桑麻搓成的跳绳，是我童年玩过的全部玩具。

记忆中最好吃的一顿饭是在聋子奶奶家吃苍蝇子肉。那时我只有五六岁吧，已记不清我家跟聋子奶奶家是什么关系，只记得母亲带我去看她。聋子奶奶似乎没有子女也没有老伴，孤零零的一个人。母亲与她闲聊过后，她炒了一盘碎肉招待我们，味道那么鲜美，让我一直念念不忘。我问母亲那是什么肉，为什么那么好吃，母亲说是苍蝇子肉。母亲之所以叫它苍蝇子肉，并不是用苍蝇来炒，而是将猪肉剁得跟苍蝇一般大小炒出来的，这名字取得多么形象啊，事隔多年还能让我清晰地记起。

小时候，我家与江大伯家共用一个院子，他家小孩多，吃过下午饭，大家就全都聚在院子里，或踢毽子，或跳绳，或滚钢圈，或脚勾脚跳着转圈，或去爬门口那棵粗壮的黄桷树，或几人拉成一个圆圈脚蹬一块大圆石旋转，或用自己做的竹筒水枪打水仗，或拴着一只蜻蜓在田地里疯跑，招引它的同伴。夜里到路边的灌木丛里捉虫子喂鸡，打着电筒到田里照黄鳝，捉青蛙，虽然缺衣少食，但还是过得其乐无穷。

弟弟出生后，我家搬到了村子的北边。单家独院，房子是宽敞了，但弟弟却没有了玩伴，又没有什么玩具，他就养蛇。我记得他在自己的房间里养了一条粗粗的菜花蛇，虽然菜花蛇没有毒，但母亲还是坚决反对，说蛇阴气重，不宜在家里喂养。本来菜花蛇是可以煮着吃的，但我们家谁也不敢吃，弟弟就把它放生了。后来他又养了一条筷子粗细的小蛇，因为小，母亲便没有反对。我做饭的时候，他就把小蛇拿到厨房里玩耍。小蛇灵动之极，在厨房里飞快地游走，去远了，弟弟又把它捉回来。我看见那条蛇灵动可爱，也想像弟弟那样把它捧在手里。我生性怕蛇，有一次听同学讲，她去掰包谷的时候，有一条蛇就挂在两棵包谷之间，她没看见，从那里经过，那条蛇就缠到了她的脖子上，还说她曾经在枕头下面发现过一条蛇，把她吓得半死。听她讲过之后，再去玉米地里的时候我就会非常小心，害怕突然间也会有一条蛇缠到我的脖子上。还会经常翻开我的枕头，看看下边会不会爬着一条蛇，睡到半夜的时候还要摸摸脖颈。

弟弟知道我怕蛇，便用一块湿毛巾塞到蛇嘴里，然后往外一扯，毛巾上便是小蛇细细的牙齿。尽管弟弟把蛇嘴掰开让我看蛇已经没有牙齿不会再咬人，但是每次刚要碰到小蛇的时候，我又会因为恐惧而本能地将手迅速地缩回来，如此反复几次，始终没能碰到那条蛇。

那时最高兴的就是电影队下乡放电影了。开始都是露天，有时是在公社大坝里，有时是在水库边的大坝上，后来到了乡政府的大院子里，都是能容纳很多人的地方。这些地方离家都有一段距离，不管有多远，吃过下午饭，大家便提着一条小凳子，邀邀约约走着去。来得早的坐在前边，来得晚的便站着，宽宽的银幕就挂在大树上，风一吹，银幕上的人也跟着晃动。《一江春水向东流》、《永不消逝的电波》、《江姐》就是在那时看的，大家都对会使双枪的江姐记忆犹深，讲起江姐用双枪打敌人的情景都绘声绘色，对在监狱里出生的大眼睛的小萝卜头津津乐道。有一次，我在乡政府大院里看电影睡着了，乡政府的阿姨还将我抱到家里睡下，直到母亲见所有看电影的人都回去了还不见我的踪影，找到大院来时，我在她家里睡得正香。

大约在我读初中的时候，乡里修起了电影院，里面都是成排的座椅，每张电影票上都有座位号，再也不用早早地去占位子了，可以舒舒服服地坐着看。那时电影票也不贵，农村人都还承受得起，母亲也开始上瘾。父亲不喜欢母亲一吃过饭就往电影院跑，便买了一台14吋的黑白电视机，看《霍元甲》、看《陈真》、看《少年黄飞鸿》，唱着“昏睡百年，国人渐已醒。睁开眼吧，小心看吧，哪个愿臣虏自认!”时，我们热血沸腾，心中涌动着强烈的爱国激情，只恨自己没有出生在战争年代，不能上战场为国捐躯。

停电的日子，我们就坐在院中的石榴树下闲聊。月光明晃晃地照着，在一片虫鸣声中，母亲会讲谜语给我们猜。“两口井，一样深，跳下去，齐腰深。”这是裤子。“一对百合，飞到岩脚，白天饱满，晚上空壳壳。”这是鞋子。“千洞眼，万洞眼，中间有个总洞眼。”这是顶针。这些谜语都取材于身边的物事，编得非常巧妙，很难想象是没有文化的农村人编的。有时母亲会讲狼外婆的故事，芭蕉精的故事，宝珠的故事，母亲的故事总会让我充满幻想，希望自己在割草的时候也能找到一颗宝珠，让全家人摆脱贫困。

那时衣服极少，我们穿的衣服都是补了又补。为了缝补方便，在我十二三岁的时候，母亲买回来一架缝纫社用过的“飞人牌”缝纫机。我观察了一下母亲踩缝纫机的动作，然后趁她不在家的时候偷偷学习缝补。在弄断了4、5根针之后，我终于学会了用缝纫机补衣服，第一次穿着自己补的衣服，感觉非常自豪。母亲也是逢人便夸，说从来没有教过我踩缝纫机，我居然自己就会了。

我们春夏秋冬都只穿着一件单衣，一双凉鞋，却似乎从来不知道寒冷。逢年过节的时候，穿自己做的布鞋，厚厚的鞋底是自己一针一针纳出来的，垫的鞋垫是自己一针一针绣出来的，农村人钱特别少，但时间和精力非常多，只要不用花钱，从来不怕麻烦。

有一年下起了雪，那雪却只在半山上才有堆积，母亲说用雪水做泡菜的盐水不容易坏，我们便背了罐子到山上去捧雪。洁白的雪花堆积在松树枝上，我们就用手去捧，手和脚冻得通红，却也不觉得特别地寒冷。

现在看着自己的衣柜里挂满了衣物，却不知道穿什么好。衣服穿得那么多却仍然觉得冬天寒冷难熬。什么肉都可以尽情吃，吃在嘴里却是味同嚼蜡；超市里零食多得让你眼花缭乱，都不知道挑什么好；玩具店里的玩具五花八门，却让孩子们没有了动手的机会。想想现在应有尽有的市场，真不敢相信距离我们物质匮乏的童年只是二十多年。

（2009年9月14日首发中财论坛）

刘芝英，女，1971年生于丽江市华坪县大兴乡，中文专业本科学历。至今已在《散文百家》、《散文世界》、《边疆文学》、《时代风采》等报刊杂志上发表散文、诗歌、小说200多篇（首），出版诗集《诗亦沉思》，现为云南省作家协会会员。

小村

木祥

小吃店的跛老板娶了个时髦女子，在束河传为佳话。

其实，束河类似这样的事还很多，在这里开时装店的、开茶吧的、开客栈的，单身女子为多数，免不了会发生点什么；就是不发生什么，也会产生一点绯闻。一些留长头发的男人，穿土布衣服，脸也晒黑了，又不修边幅，很有艺术家的风韵，他们在束河乡村的边缘野地租房开个客栈，整天听印度、尼泊尔音乐……他们总是渴望自己的生活产生点弦外之音，要不然，他们觉得这一辈子就没有意思了似的。

束河，总是会传出一些让人想象不到的奇闻轶事。后来，束河逐渐被称之为休闲之都，烂漫之地。每年的七夕，这里举办一届“情人节”。

所以，跛老板与时髦女子的事，很快就被淡化了。

我与小吃店相隔不远，属于近邻。心情好的时候，便往他的店里走一走。为什么要在心情好的时候才去跛老板的店呢，有些事，是连自己都说不清楚的。

小吃店名叫“小村”。常见跛老板从店里出出进进。从前，我们当面背地里都叫“跛老板”，跛老板有女人了，我们都叫他陈老板了。陈老板自从与时髦女子好上以后，店的情况发生了一些变化。小吃店不只卖小吃了，卖茶水，卖咖啡，卖啤酒和西餐。变化最大的是店面的装修，我感觉到，小村是附近最时尚的店了。店门口，全用了東河最时髦、最具代表性的晒粮架来装饰，晒粮架上，挂着玉米，红辣椒，草帽和灯笼。门口有一条破旧的小船，小船停在岸上，摆满了鲜花。陈老板从前的“店主告白”，也被重新书写了一遍，很有品味地安放在显眼的位置。

我每次到小村，时髦女子就坐在小船边上，头戴印度绒线帽，像是做生意，也像是休闲。到了小村，先和跛老板打招呼，奉承地说：陈老板鸟枪换炮喽！

陈老板不太理会别人的奉承，除了做小吃，业余时间搞点油画。虽然不专业，但也像模像样，身边摆满了颜料瓶，有好几支笔，专心地在一块画布上涂抹，一种形象出来了，不满意，涂了再来，很不理会其他事物，连他新娶的时髦女子，也不大在乎。我有些明白了，时髦女子看上的，可能就是跛老板的这种有些偏执的“文化”劲吧。

我说跛老板鸟枪换炮，时髦女子淡淡地笑一笑，叫我说话不要含沙射影。

这时候，陈老板也站起来了，随便走两步，轻轻地踮踮脚，活动活动，跛得不严重。揩揩手上的颜色，喜形于色地让座。束河一般情况气候都好，我也在小村门前坐一坐，晒晒太阳。老板娘便款款站起来，问道，喝生茶还是熟茶。我说，老板娘不喝了。无意中开始叫时髦女子老板娘了。老板娘对我的称呼稍显吃惊，或者说还不习惯，但一会儿就过去了。说，捧个场，凑个热闹吧。老板娘先温杯，再放茶，再洗茶，最后才把茶水端到我的面前。

老板娘看上去不满三十，肤色细腻温润，不需施化妆品，而且气质淡然，不卑不亢，容易让男人有些神离。天南海北地吹牛，老板娘说，木老板也是为文的，不要把我的事写进小说里去，我嫁跛老板，不属于社会阴暗面吧？时髦女子也叫丈夫跛老板了，但听起来更亲切。时髦女子继续说，我是读书不多，却偏喜欢有点文化的。她还问我，她做事是不是有点盲目。

时髦女子的话，让人听了觉得出其不意，但听起来真诚，惬意。喝着茶，问小村的生意怎么样。其实，不问都知道，不管怎么经营，小村的生意却是好不了多少，淡季的时候，能保本也就不错了。在東河这个地方，不管卖什么，生意都比较淡。原因是東河的游客比较少，开店的人却多，所有在東河做生意的，好像是做着玩的，如果是打主意挣大钱，那就是找错地方了。東河的意义就在于休闲、田园式。

转眼到了冬天，東河更冷清了。一天，陈老板对我说，时髦女子要再装修一下店面。我惊异，问，才装了，为何又要装修？

时髦女子说，木老板，你不懂，我们女人，心情不好整头发；生意不好装店面。看我有些听不懂，她说。你知道什么是整头发吧？我说不懂。她说整头发就是做发型，女人心情不好的时候，才喜欢做发型的。生意不好，装修可以调节心情。跛老板补充说，其实，装修也是一种创作。

我都被他们的精神感动了，有时候，我生意不好，心情特别郁闷，就是进入不了他们的境界。同时，觉得陈老板和他的妻子都不容易，在東河，为了一种理想，努力寻找生存的另一种意义。但是，他们在寻找一种理想，但不能不考虑生活的实际，长期如此，势必会再发生点什么也不知。物极必反有两层意思，一是物质过多了，人容易变；二是如果太紧张了，也有可能变的。我不想让陈老板在婚姻上发生变故，让理想蒙上现实的阴影。我觉得，如果有可能，应该帮一下陈老板。

有时候，我和茶叶商人汪老板一起去小村休闲。我把这个想法和汪老板说了，汪老板拍了拍我的肩膀，诡秘地笑了笑。我说，陈老板也算是文化人，不能看着他出问题。

从此，汪老板经常照顾小村的生意，请客吃饭，请朋友喝茶，都在小村里。汪老板请的客人，多数为女性，酒喝多了，和那些女子搂肩搭背，感觉有些俗。但对时髦女子一是一二是二，付账更是不含糊。

汪老板是茶叶商，与旅行社打交道多，人缘关系复杂，办法点子都多。有时候，汪老板让旅行社放团队到小村用餐，人特别多，小村门庭若市，很能赚钱。但没过多少时间，时髦女子就婉言谢绝汪老板照顾的生意了。汪老板和我都不解，时髦女子说，她理想中的店，人是不要太多的。我们更迷惑了。时髦女子也不看我们，继续说，她的客人，是要在小村里聊天，发呆，静心地享受乡村生活。小村里的客人多了，他们匆忙，她自己也匆忙，这不是她想要的日子……

我和汪老板都不好多说话了。时髦女子把茶泡了上来，我们都不言不语地喝着。时髦女子出去了，汪老板说，和这个女子相比，我们的生意都做得有些没有自信心了……

（2009年10月4日首发中财论坛）

木祥，原名成如明，男，云南丽江人。发表小说散文近百万字，出版《丽江马帮》、《丽江斋女》、《青春棚》、《女土司和她的后人们》、《束河啊束河》等。云南省作协会员，云南省作协文学院签约作家。

夏季已满

清风拂面

夏季已满，它将秋天当做同谋。里尔克的诗句，一瞬间让我倾心，仿佛一见钟情般被吸引。风凉起来，夏季满弦，从满满的夏里漾出一个恬淡的秋来。

阳光在风中摇摆，发出叮叮当当的脆响，银铃一般，晶亮透明。楼下的那些绿树，香椿是最经不得凉的，叶子说黄就黄了，却又黄得不彻底，是从绿的缝隙里洇出的一丝一点的黄，看起来很疲惫的样子，却仍然勉为其难地挂在枝头。倒是木槿，虽然瘦而单薄，却在这一刻被我看到了风骨，仍然开得有声有色，执拗地抗着一场比一场更凉的风雨。

是越来越喜欢秋了，与夏的热烈佻挞相比，秋的宁静疏落，已越来越合于我的心境。我时常会懒散地去街上走走，漫无目的，少有方向。风是从哪里吹过来的，我要向哪里去？遥远的山丘上，秋是不是正停留在哪株草尖上？路边的黄菊花，开得如火如荼，分辨不出这一朵与那一朵的区别，她们连成了一条菊花的河流。

风的足尖轻轻地踩过，荡起深深浅浅的波纹。明黄热烈，反射阳光色泽。

街边的公园，长凳上坐着慈祥安静的老人，他们的目光里有阅尽世事之后的平和与安然，波澜不惊的岁月，是一条平缓的河，看惯了秋月春风，便多了大度的包容。淡然，是长长的时光给岁月的馈赠。或者，只有那些走过了波澜的人，才能真切地懂得平静吧。

不过是初秋而已，所以叶子落得并不狠，三片两片在风中辗转，也一样是闲闲的，有漫不经心的味道。看着它们，我记起了一条瘦瘦长长的林荫路，路边遍植高大银杏树，风吹过来，落叶打着旋飞跑。那些跑不动的，静静地守着树根，静静地腐朽。我们用树枝翻开这些已经变黑的叶子，从里面捡拾往年掉落的白果，剥开外边已经腐烂的果肉，从中剥出果核。被偷偷藏起来的那些无法忘记的旧事，也像是柔软心底那颗硬硬的果核，快乐也好，疼痛也罢，它们一直在那里，无可逃避。落叶中氤氲着叶子腐朽的气味，淡而悠远，是谁落寞的心事，藏得久了，越发沉默着。那些细密的气味，星星点点地浮起来，轻且细软，在空气中弥漫。

这是一个大大的院落，大得超乎想象，这条林荫路，很长很长，却只是这个大院落的一段小路。横穿过林荫路，两边都是高大的树木，杨树，柳树，槐树，桑树，还有各种开花的树，错杂地种在一起，就像那些最亲密的伙伴，枝干在空中牵手，树根在地下错杂。落叶满地，鞋子踩在上边，簌簌簌，空谷回音，寂静的，有着淡淡的迷离的忧伤。

我一下子被这个大园子迷住，想在下一个夏天去小住。它的屋子，高大，深邃，里边只一张木床，一个木桌而已，简单明了。

在这里，生活还原其本来面目，一切的奢侈，都归于明月清风，与繁重物质无涉。午夜梦回，或者暗夜独自怅惘，会听到风的脚步怎么走过林间；在树下木椅上闲坐，会看到日影一分一厘黯然流转。这里是俗世之外的所在，是浩繁卷帙之后的一篇闲章，却也是最能生长真性情的地方。它是我的忆念中最难忘的一幕，那次出行，那个地方，一直让我怀想到现在，却终于没有机会再去一次。人生中很多事，就像这园子和林荫路一样，有缘，也只能留在心底，让它慢慢变成清晰的黑白底片，郑重相持。

如果一定要定格，我希望镜头里呈现的，是这样的画面——夕阳西下，晚风轻拂，一个清瘦女子，罩一件白色风衣，款款行于遍布长长日影的路上，一片一片金黄银杏叶落在她肩上，凉凉轻风再把它掀走。就这样，走进薄暮，走进黎明，走进每一个春夏秋冬。孤独着，散发一抹遗世独立的清冷的端然。这样的意境，才配得上这个寂寞寥落的园子。

谁又知道，因缘际会竟是这般巧，居然让我在城市深处，邂逅了一处建筑，仿佛为了安慰我对于那处老园子的思念一般——或者它的出现只是一个偶然吧，但我宁愿相信这样的相遇都是必然。这是一处典雅的维多利亚式建筑，灰的尖顶，白的墙壁，幽深的长窗，似乎藏着无以言说的落寞心事。我看到它，一下子待在那里，久久地望着。它那么静，那么卓然，是喧嚣红尘深处，一滴透明的清露，什么嘈杂都难以将它打扰。在它的小院里有一片草地，蜿蜒小径缠绕其间，明瓦的小路灯，守在小径旁，在夜间为它擎一盏柔软星光。草地上的树，有一搭无一搭闲闲地落着叶子，一样的清冷，“空撇下碧澄澄苍苔露冷，明皎皎花筛月影。”多么空寥呀。秋还是老样子，一如既往地秋着。

如果是住在这里，闲来无事捧一杯绿茶，翻两页闲书，任叶子落在书页间，一定是一件赏心悦目的事。如果恰巧落雨，披一件长衫，伫立空庭，看雨丝迷离，树也静，草也静，一院沉寂，那落寞必然也会闪动炫目的光华。

牵系如此，教我如何不想它？我总是会不由自主地走到那儿，远远的，隔着疏阔的铁栏杆，向它凝望。是谁说“能够遥望也是幸福”。在四面高大的楼群环绕中，它是遗世独立的清绝风景，远离人间烟火。从来没有看到任何人，在这个院子出现。我所向往的那些情节，意趣盎然，却只能在我的思绪里自由纷飞，没有落到实地的一双脚，可以生出活色生香的枝叶来。

在这个初秋日，我耽溺于这样萧索的美。“爱他明月好，憔悴也相关。”世间的事，原本这一个爱字最无因由，即使为它憔悴，为它沉陷，也是没有办法的事。

秋是走一步深一步的，直向纵深处，不疾不徐。我的梦和那个庭院还一直停留在原地，在秋凉里，觅得一处妥帖地。而在我的背后，是喧哗热烈的俗世烟火，那里植着我千丝万缕的根系。

（2009年10月20日首发中财论坛）

清风拂面，原名李冬梅，女，1975年出生，有作品散见于《山花》、《散文百家》、《粤海散文》、《青岛文学》、《思维与智慧》、《黄河黄土黄种人》、《云南日报》、《大港文艺》、《沈阳铁道报》等多种报刊杂志。

7月7日：一个幽深与冷寂的下午

刘川北

七月的阳光，充足，饱满，带有侵略的性质，像箭矢，密集在村庄的路面上，密集在屋顶，密集在少有树木遮蔽的院落里。阳光在巷子里蔓延流溢，左右奔突，进行着一场无声地突围。空气令人窒息，感觉不到时间的存在，它们随着某种可疑幻觉的到来，一点一点板结凝固。我骑着单车，先去老叔家看望我的奶奶。一领单人草席，铺在炕面上，奶奶瘦小枯干的身体蜷缩在这领草席上，草席的色泽暗淡昏黄，和炕面毡子的深灰区分开来，像是画框，或者是一张泛黄的宣纸。奶奶侧身躺在那里，是简笔的写意，悬停在空际的根，一段枯瘦的藤，一个缺少浓墨重彩的“人”字。几乎每一年，她都要病一次，或大或小，吃点消炎药，一粒氟哌酸就能够解决问题，最多打两天的点滴，便慢慢康复了。人生像是电脑里的游戏，需要闯关，每一个关口都带着血腥，带着不能预知的偶然因素，每一个关口都生死攸关地关联到下一步棋路，影响着大局的走势。不幸的是，不管你赢过多少回，最末的收笔，是一种惨痛，和无尽的悲凉。弘一法师，弥留之际写下“悲欣交集”之语，那是凡人无法体悟的大悲凉，隐含着人生的挣扎与无奈。

那一年，我趿拉着拖鞋拉着架子车，她躺在车里，嘴里吐着气，她的呻吟撒了一路。我抱起她的时候，我嘴里默念：上帝，救救她吧！我惊奇自己说出这样一句话来，我的脑子里是没有神的，这临时的抱佛脚，即使真正有神在，恐怕也不会伸出手帮助我完成心中的祈愿吧。看病回来后，她示意我翻出被角，里面藏着她平时舍不得花掉的钱币。她说不出话，轻轻地摆摆手。等她病好了，她跟我说，我死的时候，你们守着我的时候别害怕，哪怕自己变成了厉鬼，也不会伤害家里人的……六十岁时，她就准备了自己的后事，每年夏天，她都会从破旧的陪嫁过来的椿木箱子里拿出自己的老衣裳，晾一晾，晒一晒。

奶奶属蛇，生于1917年，今年虚岁93。1917年，这样一个年份，对于我来说，过于遥远，远在我的视野之外，是写在霉黄的历史教科书里的年份。我特意查过，1917年历史大事件，陈独秀在《新青年》上发表《文学革命论》一文，川军与滇军在成都混战，张勋拥清，宣统帝在京宣告复辟，各地农民不断聚众起事……这样动荡不安的年代，个别人的喧哗，掩盖了众多人的沉默。奶奶尘埃一样飘落到世界上，她的声音渺小得和众多的草民一样可以忽略不计。她的一生没有什么志向，唯一的便是让家庭每个人，有口饭吃，能够健康平安地活着，这是她一生最大的理想，也是她终生为之奋斗的人生目标。她的子孙和她一样平凡普通，没有惊人的举动与值得炫耀的地方。她要过饭，拄着打狗棒，步行上百里去山里讨要一口活命的饭食，她在躲日本鬼子的时候，抹着黑烟锅子躲到青纱帐子里逃难，她平日里纺线织布，黑夜里舍不得点灯，亮着一炷线香，熬过了长长的夜，她从没有让自己清闲下来。日子好过的时候，也是小气得要命，把柴火当成宝，剩菜剩饭舍不得扔掉，一生勤俭自立。

我下意识地感觉到，以前她病了，只是一种可有可无的铺垫，而这次她实在是躲不过去了。身体持续地低烧，她的头脑一阵一阵地糊涂，她的双手，在空中拨来拨去，她喃喃自语，这炕……冒烟，堵一堵……别让孩子受屈，让她拿着吃，吃饱啊……她的脑子里过电影一样，把一生的细节，一一展现。在她生命垂危的时候，脑子里还是那些日常的劳作。我无能为力，虽然我离她很近，我能够感觉到她的心跳，能够从她的呼吸感觉到她的挣扎与努力。她清醒的时候，睁开眼睛，我凑到她的面前，她认出我来，第一句话是询问孩子，问孩子来了吗？然后长长地叹一口气，又进入昏迷状态。用棉签蘸着水，小心地给她润湿嘴唇，用吸管把牛奶灌到她的嘴里。她不拒绝，不反抗，任由别人摆布。狭小的屋子站满了人，大姑、老姑、表兄、伯父、表姑，还有邻近的街坊，同族的长辈。

我爷爷和我母亲在一年里相继去世。之后，奶奶跟着我们过，伺候着我们兄妹的一日三餐，日久天长，我们对奶奶感情最深。在众多的孙男娣女中间，她也偏向着我们。即使她病成这样，她喊得最多的还是我和我女儿的名字。我上初中走读的时候，每个星期日回家，她都给我炒一罐头瓶的咸菜豆，咸菜切得很细，豆是黄豆泡胀后的豆嘴，两者过油一炒，便是那时候难得的美味佳肴，有咸菜煨着，咸菜豆放一个星期也不会变质。很长一段时间里，想吃奶奶做的咸菜豆，我央求妻子做这道菜，她很是不屑，说，这也是一道菜？想想也是，只不过这咸菜豆里有我奶奶的味道，别人是做不出地地道道的咸菜豆来的。父亲操持着把旧宅院翻盖了，一排贴着瓷砖的亮亮堂堂的新房，再后来，父亲去了新疆，我结婚后调动工作去了县城，这样和奶奶相守的日子越来越少了。我们不在家的时候，她天天盼着假期，盼着我们回来。这些年，她一直一个人过，煤气灶电饭锅她不会用，一直是搂柴火，烧火做饭。她说，这宽房子大院住着心里痛快，她哪里都不去，哪的福分都没有这儿的福分大。她一个人住，门早早地插上了，灯早早地灭了。她的睡眠还很好，每天清晨在鸟雀的欢叫声中，迎来黎明。到了冬天，没有供暖，屋子里很冷，她一个人弄不了煤炉子，冬天大冷的时候，搬到老叔家，天稍一暖和，一点一点地蚂蚁搬家似的，挎着个布包袱把东西又收拾回来。我知道，她的心里挂念着我们，才这样恋恋不舍我家的房子，她还常常念起家门前那棵梧桐树。梧桐树枝叶茂盛，高过屋顶，夏天院子里很是清凉。她逢人就说这棵树是招财树，是大孙子栽的。她现在病倒了，直接原因是她看着天气热了，执意要从老叔家搬回去住，别人不同意，说她老了，一个人不方便。她大中午悄悄地一趟一趟溜过去，中了暑，引发了别的毛病。

我要回县城，回县城之前，先回家捎些杂物。铁门上的红漆剥落了不少，院子里少了人的打扫，那些草疯了似的长起来，院子里扔着一个红色袋子，里面有西红柿，黄瓜，还有一棵青菜，青菜西红柿黄瓜都有不同程度的腐烂。这是我老姑来时扔下的，门锁着，只好把东西扔进院子里。奶奶平时舍不得买菜，她买时又买不多，老姑捎来了菜，却没有等到奶奶收拾进厨房。它们等在那儿，一声不吭，等着一位老人的手把它们好好地安顿到铁皮水桶里。外面的晾衣绳上挂着奶奶的一件上衣和两条裤子，洗净的衣服，又重新被灰尘沾染。阵阵蝉鸣，并没有渲染出这个下午的生气。反而，在这单调的蝉声里，这个下午的时光更加幽深与凄寂。也许罪过并不在于这蝉声，这一院的荒草萋萋，和昔日过日子的家常气象，形成了对照。我仿佛看见她端着搪瓷盆去洒淘洗青菜的剩水，浇到园子里的李子树下，或者一棵辣椒一棵紫茄子的身下；看见她踩着露水从园子里拔起棵葱，然后急急如风地移动脚步，进厨房，把葱叶切好准备下油锅；看见她在夏日的午后，坐在矮凳上，手里的蒲扇停在一边，靠在墙角上打瞌睡……

锁上门，天色已晚。

这幽深而冷寂的下午，让我触到了生命的柔弱，和无处不在的忧伤。

（2009年11月8日首发中财论坛）

刘川北，男，河北省散文学会会员，文字见于《中华散文》、《散文百家》、《岁月》、《文学与人生》、《读者》（原创版）、《人民日报》、《北京日报》、《中国教育报》、《河北日报》等报刊。

与芦花恋爱

言子

这个夏秋，没有谁像她一样站在那里忠贞地等着我。

《诗经·蒹葭》的第一节这样唱道：

蒹葭苍苍，
白露为霜。
所谓伊人，
在水一方。
溯洄从之，
道阻且长。
溯游从之，
宛在水中央。

如果仅从字面上把伊人看成一个女子，把找寻的人看成一个男子，爱情，真是很辛苦！在水一方的女子，真是美丽又神秘！让一个痴情于她的人儿不厌其烦地跑上跑下，走西奔东。而她，抛下一个媚眼就不见了，像仙鹭一般站在苍茫的蒹葭丛中若隐若现。让一个为爱而倾倒的人儿欣慰又迷惘，痛苦又忧伤。

我就像那个痴情的人儿，在这个夏秋，为爱而倾倒。

等待我的伊人，是水边的芦花。

如此解读《蒹葭》，未免太肤浅，它蕴涵着更深沉的意义，暂且不说。

蒹——荻，像芦苇。葭——芦苇。那么，《蒹葭》里的植物，是荻和芦苇混杂在一起的？还是只是为了押韵？《诗经》里的诗，是歌，用来唱的，讲究的是音韵和节奏。《诗经·秦风》流传下来的诗歌并不多，仅仅十首。《蒹葭》在其中独具魅力，在整部《诗经》里，也是独具魅力，大放艺术的光芒。除了美丽的意境，朗朗上口的复沓，更为重要的是深藏在文字背后的隐秘含义。这，才是《蒹葭》的精华和灵魂。普通读者很难读出其中隐秘的深意。他们只看到了河流、芦苇、美女、爱情。远远不是这些，远远不是这样……

带着这样的心情，我冒着炎热一次又一次去崔家沟看芦花，是为芦花，但也不仅仅是看芦花。

崔家沟是一条等待开发的山沟，从上至下每一寸土地早已被征用。几年前我在崔家沟游走，散居沟里的庄户人家已经领着政府发放的每月一百一十块钱的生活费。土地不是自家的了，大部分田地荒芜，长满野草野树。芦苇，可能也是这样野生的。在崔家沟，有七八处芦苇，一丛一丛地长在田边地脚，长在沟边的水凼，自生自灭，花开花落。那些年，我是不怎么留意芦苇的。我甚至忽视了芦花的开放。初夏，偶尔从路边的芦苇丛走过，看着苍翠的剑叶，也只是短暂地流连一下她那独特的风韵，过后，再也不去想她。今年却不同，看到青翠的芦穗从剑叶里长出来，就开始惦记、牵挂。就像惦记、牵挂心中的恋人，而她，总是忠贞地等着我，从不失约。

应该在八月，看到芦穗摇动着青色，是八月的一个下午。

我谢绝了一些朋友的邀约，来到崔家沟。我知道，当我一个人独自漫游时，一些寂寞的人正邀邀约约聚在茶楼喝茶聊天。话题只不过都是些老生常谈，看似热闹、投合，其实都是孤独、隔膜、空虚的。这样的聚会，我往往比什么时候都孤独、孤单、寂寞、空虚，远远不及我一个人走进大自然丰富、愉快、充实。这些年，大自然给予我的太多，身在其中，虽然孤单，从来没有孤独感。不像在人堆里，孤独在喧嚣的话语里紧贴人心，无处不在。我在八月的阳光下走进崔家沟时，耳边没有空洞的语言，没有言不由衷的奉承，更没有漫无边际的夸夸其谈。阳光无处不在，却在永恒的静默中普照万物；清风无处不在，掠过绿树时是树叶在低吟，不是风在说话；花儿开放时从不嘀咕，依然灿烂。眼前的芦苇自生自灭，到了季节依然发芽、长叶、抽穗、开花。我在靠近鱼塘边的水凼前站住，青幽幽的芦穗被风吹乱。几个垂钓者坐在池塘边，专注、安静。他们和我一样，都是常来崔家沟的，情趣不同，收获也不一样。他们静坐一个下午，收获的东西是看得见的。而我的收获，别人看不见。空手而来，空手而归，但我已经收获太多。这个下午，芦苇就是我在崔家沟的收获，不带走她们，但我已经收获。芦苇丛下方，是黑堰塘，毗临莲花寺。多年前的一个冬天，走在黑堰塘的堤坝上，一个男人正在栽树。柏树。奇怪的是，十几株柏树，没有一株成活。并不妨碍垂钓者，也不妨碍大白鹅、鸭子在池塘漫游。那个栽树的男人不是一个好劳力，树的成活率居然为零。有些惋惜。

芦苇不知道我在看她。阳光照在上面，闪闪烁烁。

垂钓者注视的是鱼塘，恐怕只有我这样的人专注于芦苇。细细望过去，发现好些芦苇还没有抽穗，挺拔的剑叶依然妩媚。

那个下午，我走到每一丛芦苇前，都是青色的穗，有的还没有抽出。我像一个多情的人儿，伫立清风摇动的芦苇旁，心中便涌出《蒹葭》：

蒹葭萋萋，
白露为晞。
所谓伊人，
在水之湄。
溯洄从之，
道阻且跻。
溯游从之，
宛在水中坻。

望过芦苇丛，看见一个影子从远方的天空下走过，慢慢、消失。

而我，此时正是水边的伊人，站在日落前，看着另一个伊人。

几天后，怀着牵挂，我又去了崔家沟。只为芦花。

她在青山间等着我。

几日不见，剑叶里的芦穗都抽出来了，水一样清幽、飘逸。泛着绿波。

芦苇茫茫一大片。什么时候，开放的芦花才是白茫茫的？白露？霜降？小雪？大雪？冬至？我想看看伊人变化的过程。大约一个星期后，又站到了伊人的身边。青色的穗都开花了，深褐色。像冲调的咖啡加了牛奶。她们垂着头，在风中摇摆。亭亭玉立的英姿裹着一身清秀，优雅地望着对面的伊人。而我，想着那个上下找寻的痴情男子，美人却在宽阔的河流上若隐若现，让他捉摸不定，痴迷难返。不知他最终找到没有？也许多年后，历经艰难地跋涉，独上高楼，望尽天涯路，回头蓦见，却发现美人正在灯火阑珊处。我不是水边的美人，而是那个沿着河流不停找寻的痴情人儿。伊人似乎懂得我的心思，不像《蒹葭》里的女子。她总是站在这里等我。千辛万苦之后，我不再为她憔悴、忧伤、焦虑，而是从容、淡定、安宁地赴约。

一阵清风，吹来一只白鹭、几只大雁。白鹭从松林起飞，掠过芦苇，落到对面的松林。大雁从高空飞过，掠过芦苇，消失在天尽头。一只白头翁紧跟着落到芦苇上，踩着摇摆的叶子，婉转歌唱。远方的河流奔腾着汹涌着，一泻千里。远空下，一个影子在河岸徘徊。伊人在万里之外的芦苇林里。

芦苇茫茫一大片。浩渺的长河，浩渺的芦苇，浩渺的天宇。深远、幽阔的意境!

先秦的思想家，比我们现代人，在精神上走得更远!

白露的第二天下午，放下手中的活，踩着泥泞的小路，去看思念中的芦花。颜色比先前浅了一些。淡淡的褐色。毛茸茸的。花絮蓬勃盛开，但离白茫茫一片似乎还远。我沿着山沟，从沟底走到沟顶，经过几丛芦苇林，顺手采摘了一把芦花，拿回了家。

接下来的日子，隔几天，我都要去一趟崔家沟。上午要写作，一般都在下午。错过了白露为霜的早晨，踩着黄土路上的枯草，我可以想象风霜中芦苇的神韵，叶和花上肯定是白蒙蒙一片，阳光出来，凝结的霜花化着露珠，一滴一滴地滴落，等到下午我看见她时，几乎和上一次没有什么变化。大雪过后，我去看她，却有些不同。那几天寒潮袭击，突然很冷，天阴沉，风也很大。芦花不知被吹落了多少？寒潮退去，有了一个艳阳天，吃罢午饭，晒着温暖的阳光，漫步到芦苇前。鱼塘边依然坐着那些垂钓者。

可能是气候连年变暖的因素，芦苇还没有枯萎，但没有了先前的苍翠，有些苍老。芦花还是那样，淡淡的褐色，没有变化。几次来看她，都是这种淡淡的褐色。毛茸茸，头低垂，没有我等待中的雪白。看来她们只能是褐色了！带着失望的心情，继续朝上走，到了第二丛第三丛第四丛第八丛芦苇旁，都是一样。芦花，都是淡淡的褐色。就在我转身返回，走到第五丛芦苇前，抬头望去，却望见了雪一样的芦花在风中摇曳。她们瞬间成了白茫茫一片。蒹葭凄凄，白露为晞。露珠早已被太阳晒干，但那茂密的雪一样飘舞的芦花着实令我惊奇。阳光正从南坡的松林上照过来，万道光芒落在芦花上。披着金光的芦花由褐变白。我不忍离去，静静地欣赏着伊人的风采，感受着她的神韵。一直到阳光移开芦苇，芦花又恢复了她的褐色，才慢悠悠离开。

回到家已是黄昏，推开门，便看见墙壁上悬挂的芦花。是我在白露后采摘的。已经成了淡淡的褐色，毛茸茸，手一碰，密密的花絮就会飞落一样。和崔家沟的一样。仿佛在我的房间生长着。夜幕降临，进卧室拉窗帘，朦胧中，又望见不远处围墙的野地上，两三株芦苇在风中摇荡。淡褐色的芦花。这几株芦苇（长在干地，也许是蒹），我不知道是怎么长在我们地质大院围墙下的？就像我不知道崔家沟的几丛芦苇是怎么生长的？风，可能是唯一的播种者。我是在今年夏天发现的，那个上午刚写完《诗经·蒹葭》的一节随笔，撩开窗帘，便在阳光下望见了围墙下的芦苇。她们，正对着我的窗口，还没有抽穗。写到《蒹葭》的随笔，就看到了芦苇，虽然只有两三株，却很意外很惊喜。是上天给予我的恩赐？

地球的确是越来越暖了，写这些文字时，离冬至不远了，围墙下的几株芦苇，依然绿着、摇着。芦花，还是，淡淡的褐色。

我的眼睛里，却是那天下午，被阳光照耀得白茫茫的芦花。下午，去了崔家沟，还没走近芦苇，就听见喧哗声。几日不来，黑堰塘已经是繁忙的工地。搅拌机、挖掘机、拖拉机、大卡车；水泥、钢筋、河沙、石头，打破了崔家沟的宁静。问芦苇边一个正在往搅拌机里送沙的民工，他说：码堡坎，建娱乐城。崔家沟终于不再闲置！鱼塘边的芦苇所剩无几，已经枯黄，芦花也在凋零。随着工程的进展，她们将彻底从崔家沟消失。我在机械声中走过一丛丛枯黄的芦苇。芦花正在凋零，还是淡淡的褐色，奶茶一样。一群雏鸟在芦苇丛中跳跃，唧唧喳喳。明年，它们可能就找不到这丛芦苇林了！听着它们的快活，我想起那个阳光灿烂的下午，白茫茫的芦苇摇荡风中的悠扬。

蒹葭采采，
白露未已。
所谓伊人，
在水之涘。
溯洄从之，
道阻且右。
溯游从之，
宛在水中沚。

《诗经》，是一条河流；《蒹葭》，是岸边一株永不凋谢的芦苇。

极目远望，遥远的苍穹下，那个影子还在河岸走。

水边的芦苇苍翠、茂密。白茫茫的芦花雪一样飞扬。

我们苦苦找寻的伊人，在芦苇林里躲躲闪闪。向她靠近一步，她就远离两步。可望而不可即。但我们，在跋涉中，并不是两手空空，已经看到了伊人的美丽，阅尽了河流两岸的风景，饱览了芦苇的青翠，享受了芦花的雪白。就像这个夏秋，我不断地去和芦花赴约，她忠贞地等着我。每次，我都不是空手而归。

她已经融进我的生命。就像《诗经》融进历史的长河。

（2009年11月13日首发中财论坛）

言子，本名向燕，女，生长于四川宜宾。籍贯云南。小说、散文、随笔见于《中国作家》、《北京文学》、《散文》、《散文》（海外版）、《百花洲》、《文学自由谈》、《青年作家》等多家纯文学杂志。

花间蝴蝶梦

安蕊

灯下，她安静、柔顺，似一朵开在午夜的花，奔波多年的寂寞，都是绣在戏衣上的花朵和水影，眼波飞动，她看到的都是自己的愁肠百结。

顺着往事的方向望回去，她逐渐看清自己点点滴滴的足迹。作为戏子的她来说，爱原来是一剂毒药，从痴情打开缺口，侵入内心，一点点扩散，最后无药可治。

梦是美的吗？并不都是。她清楚地记得那天，她从乡间奔向公路，像逃离瘟疫一般逃离那个村庄，抖掉裤脚上的泥土和头上的一片绿叶子，小心地一粒粒摘掉袖子上的苍耳，没有回头看一眼，就毅然奔向她梦想中的城市。那一刻，她分明感到，她离自己的戏梦又近了一步，她只要再努力一点，就可接近它，那是她心中的一粒珍珠，熠熠发光，随时都像一只小虫子，挠着她的心窝，让她蠢蠢欲动。

她从此不再扛着锄头“日出而作，日落而归”，不再面朝黄土背朝天地劳作，她的皮肤少了太阳的炙晒，开始变白，而生活奔波又使得她的脸色变成毫无血色地白。但她仍然不想回去，她害怕那个面目丑陋而凶狠的男人，那个娶她过门的男人，时常闯入她的梦里，惊起一身冷汗。她才十二岁呀，怎么就要做别人的女人？她选择了逃跑。

闲暇的时候，她依然想着戏曲，她喜欢，但是她只能在收音机里听。曾经，她在村支书家的电视上看到了，她一下子迷住了，那美是无法用语言说出来的。后来她来到大都市，偷偷钻进戏院后，才真正看到了真人唱戏，在一点点地接触中，她知道了那美是“唱腔美、身段美、辞藻美”，原来她所喜欢的戏曲是昆曲。

她是如此的迷恋它，它仿佛是上天给她的恩赐，她喜欢长长的水袖和五彩戏服，迷恋戏曲中那女子的眼神，她觉得那是爱到深处的眼神，她感觉有许多漂亮的蝴蝶从水袖中飞出，翩翩起舞。

她忍受了戏班成员的虐待，尝尽了苛刻的刁难，终于，她学会了唱戏。她终于站在舞台上，唱自己喜欢的昆曲，她终于和它走在了一起。她喜欢《牡丹亭》中“情不知所起，一往而深。生者可以死，死可以生”这句唱词，她在戏台上，挥舞浅绿色的水袖，可以抛出，可以收回，她却无法抓紧她的爱情，送出去，却再也收不回来。梦一场，泪一场。爱一程，伤一程。哭一回，苦一回。

她相信，她和他，曾经是一见钟情。她在唱戏的时候，那份投入，那份执著，那份真情来自台下的他，他炽热的眼神灼痛她的眼睛，也暖热了她曾经冰冷的心，她觉得自己是最幸福的女人。

寺庙的钟声响起，一声沉过一声，似乎在等她归去，引她遁入空门。木鱼声，声声急促，在催促她启程。她如何斩断情丝，了结恩怨？她问方丈。方丈不语，在她手中写下一个“空”字。看透了人间的冷暖，纷争，感情的纠缠，一切一切都化为空字，虚无缥缈。

乌云密布，阴沉沉的天空，压抑着内心的火焰，似有一场大雨来临。

电闪雷鸣，忽倾盆大雨，倾注在她烧灼的心口，火焰熄灭，一切在雨中都了无痕迹。雨掩盖了善良和丑陋的东西。

“原来姹紫嫣红开遍 / 这般都付与断井颓垣 / 良辰美景奈何天。”她知道，现在，台下已没有了他。他已经抱得美人归，而美人不是她。她辛苦唱戏挣得的铜板，都给了他，他却拿了这钱讨美人的欢颜，这痛让她如何承受得了？戏里，她粉遮憔悴，胭脂饰红，一层又一层地遮掩她的悲伤，强颜欢笑，心口隐隐作痛，似有万般愁绪，搅扰如麻，终究肠断人倒，在一片水红的花瓣间，如一枚落叶飘下来，身子一点点变得轻起来，在落地的那一刻，化作一只紫色的蝴蝶，她要飞向花朵开放的地方。

《梁祝》中是两只蝴蝶，翩翩而飞，而她，却孤身一人，形单影只。没有谁提醒她小心前边带刺的玫瑰，没有谁陪她去看小溪水，她的心有多凄苦，有谁懂？

她飞过蔓草丛生的小径，来到一个小山坡，她的羽翼忽然变得沉重，她知道离他越远，凄凉就弥漫开来，铺天盖地而来，就挂在她的翅膀上，压得她摇摇欲坠。山坡上，一片野菊花迎着阳光绽放一脸的金黄。每一朵花，似女人娇娆的面颊，或含泪，或微笑，或蹙眉，或嗔怒，可以和栽培的花儿一样，向人间索要呵护吗？从它出现的那一刻起，孕育蓓蕾，到绽放花朵，不都是让人心疼的襁褓中的婴儿，小小的举动，喜怒哀乐，不是一样都会牵动一颗柔软的心，好好疼它吗？而用花朵命名的，每一种事或物，必是赋予了一定灵气的，就如被施了魔法的七色花，每一瓣都有神奇的魔力。

她忽然感觉到一股冰凉的气息，从她的后背掠过，顺着她洁白的羽翼逃掉。她看见一片打了卷的叶子落下来，一头扎在枯萎的草丛里，不再喘息。她不敢再去看，因为凄凉已经覆盖她的视线，冬天要来了，她要去哪里呢？哪里是她的容身之地呢？春有百花秋有月，曾经的繁华已经谢幕，她已经回不去了，而她现在只是一只蝴蝶，小小的生灵，又怎能引起他的注意呢？

她飞累了，就躲在花间，沉睡其中，等待花开，聆听花开的声音。因贪恋花朵的馨香，她将整个向晚的阳光，收在羽翼里，她感觉这里没有人间的冷。

夜晚，湖畔似有琵琶声，清脆，动人心弦，月光女神洒下一片如银的微笑，也在倾听这一湖的弦乐。

静坐如处子，安然恬淡。她努力让自己平静下来，忘掉尘世的烦心事。她是庄周梦里的那只蝴蝶，她要飞回去，重新认识曾经生活过的世界，只是她已经不再是原来的她，她是一只蝴蝶。

（2010年2月20日首发中财论坛）

安蕊，又名那朵，女，1971年10月出生，山东省平原县人，德州市作家协会会员。作品入选多种选本，在省内外获奖三十余次。

离土地最近的幸福

曹国魂

风一年四季都在行走，而且选择在父亲的庄稼地里。风的大脚在水面上哗哗作响，一轮油晃晃的月亮被皱褶，成我梦中的水饺，是母亲亲手捏过的皱褶。父亲指着不远处燃烧着的火焰对我说，这些草都是吸收了冬天的暖气才有的火焰高度。我若有所思地点着头，随着父亲把所有田埂上的枯草都点着，父亲要把这个冬天的刽子手烧尽。

父亲彻底燃烧草丛的过程中，我闻到了骨头的味道。

冬天到底没烧尽，春天来临的时候在我幼小的心灵上留下了谎言，父亲真实的谎言。

我在冬天的时候仔细看过草丛，草丛弓着腰，分明是些可怜虫，它们时而直立，时而弓腰曲背，对着风献媚，一副下贱的卑样。草丛呜咽的时候我扑哧笑出声来。依稀里我看见奶奶哭爷爷的时候就是这个声音，只是我看见奶奶是捏着鼻子的。

我坐在田埂上看大量的蜘蛛从火堆里逃窜，父亲依旧拿着火柴在草丛里躲着风吹。西边的大火转眼就引到东边的芨芨草里。芨芨草是草丛里唯一有骨头的，燃烧起来噼里啪啦，而后是疾速弯曲，即便成为炭火，它自始至终像一根弯曲的黑铁丝，盘曲着一圈光线，一圈春天的温暖。

父亲最后开始点燃南北两条埂上的枯草。父亲的每个细节都很认真，他手里的火柴渐渐减少，大地上的火焰一堆堆升高而后给大地留下一眼眼巨大的窟窿，像镶嵌在土里的眼睛。从东西到南北的地埂，父亲是被风吹过来的一片玉米叶，抑或是流水赶过来的一只蚂蚁，父亲不停地在土地上变换自己，变换在土地上的原点。土地是狭窄的，土地是一张没有开数的白纸，父亲随着自己的梦想挪动一条线段，父亲弯下身子的时候风穿过他的双膝，我看见父亲分明在打战，因为我穿着他的羊皮袄！

父亲渐渐走远了，我睡在春天的大地上，酥软的土地接纳着我稚嫩的身体，在父亲的眼中，我和这块大地一样年少无知，简单极了。朦胧中我贴着母亲的胸，母亲的心跳和体肤的馨香形似成群的蚂蚁钻进我的脑海，我听见母亲轻轻唤着我的乳名，手里攥着为我糊好的纸鹞子，远远地向我走来。我又感觉着母亲俯下身来吻着我的脸盘，她的两手掬疼了我。

当我醒来时我看见父亲又把另一块地上的草丛点着了，此时的父亲脸上抹着草灰。父亲讪讪地看着我，说今天的风大，柴点不着，蹲下来嘴吹也不着，大概是草潮湿了，他回去再取盒火柴。

春天的大地上除了睡在羊皮袄里的我和远处星星点点的羊群外，父亲瘦弱的身躯砥砺着倒春的寒气，父亲行走过的轨迹在他的土地上放大，延伸着黯淡寂寥的半径。

在父亲的脑海里，这个春天的风是为他吹过来的，我就是他开放在田地上的第一朵花，让他左顾右盼，心旌摇曳。在父亲朴实而又简单不过的一生中，太多的土地情结叫他的思想萎缩，逐渐变得少言寡语，整天阴着脸。他一生的过程都与土地有关，好多际遇都与他擦肩而过。

大哥十七岁上入伍，在陕西待了七年。原本不想回家的大哥，愣是被父亲叫了回来。大哥在生产队里干了几年农活，县上来了招工的，父亲又舍不得把大哥撒出去，大哥是长子，是我们整个家庭的顶梁柱。当时父亲是生产队长，手里握着社员的去留权，可父亲却推荐了别的人。那些旧岁月招工出去的如今都高官厚禄坐享政策的实惠，而大哥如今除了几亩地的葡萄园带给他欣喜外，一提到父亲，提到相关土地的问题，大哥都阴郁着，显得很不自在。

大哥直到父亲去世都在埋怨父亲，埋怨父亲的思想过于迂腐，路太狭窄，一辈子总想把儿女都塞在自己的肋骨下，永远长不大。

父亲没能掌握好自己的思想发展，没有修正自己的观点，甚至落伍。父亲被土地俘虏了一辈子，最终也没逃脱土地的羁绊，没能挣脱土地的桎梏。

父亲下葬的时候，从来没有掉过泪的大哥抽泣着，大哥花白的头发闪烁着和父亲头发一样的光泽。岁月已经把黄土赶到了大哥的胸前，大哥一向挺直的脊背也在土地的重负下弯曲成一张弓，搭在这条弓上的作物除了大哥的葡萄园和玉米、苹果、蚕豆…… 还有远在深圳的侄子。大哥在父亲土地的经度上扩张了自己的纬度，两个侄子一个考上了博，一个走上了经商的道路，远走他乡。

这几年，大哥每每到传统的节日都到父亲的坟头摆一些新鲜水果，嘴里念念叨叨，像给父亲交代什么，尽管声音很低，但我知道大哥在说什么，至少他想给父亲说，自己不再埋怨父亲了。

（2010年3月18日首发中财论坛）

曹国魂，男，笔名梦魂，山村墨人。1970年代初出生，现系甘肃省作协会员，张掖市甘州区文联委员、作协副主席，文学杂志《黑河水》诗歌编辑。迄今已有三百多首（篇）诗歌、散文、小说在省内外以及国家级报刊杂志上发表。

心中那盏灯

曾经沧海

父亲生前死后都很寂寞，我无意夸大父亲的形象，坦率地说，父亲无能，在世人的眼里是多么渺小和猥琐。新中国成立时他已是三十好几的汉子了，仍是庙门口的旗杆——光棍一条，一个男人到了这步田地，还有什么资格谈形象和伟岸，谈辉煌和显赫？父亲个子矮小，身高不过五尺，体重不逾百斤，且有哮喘病，凡此种种成了成家立业的严重障碍。1952年的早春，村里麻园婆婆给父亲说和，说村里的寡妇唐银妹前夫赴朝作战，在临津江战役中阵亡，已守寡一年多，与父亲正好般配，只是唐银妹身边有两个张姓的女儿，一个五岁、一个七岁，上头还有一位七十多岁的婆婆，负担可不轻。麻园婆婆说唐银妹生的是“花胎”，头胎、次胎是女孩，那么三胎、四胎肯定是男孩，那时的男人，最看重的是传宗接代，死后有个烧香拜路的子嗣。

父亲犹豫再三终于还是与唐银妹组成了新的家庭，正如麻园婆婆所料，唐银妹二婚后接连生下两个儿子，其中大儿子就是我。

可是父母相依相偎的日子，只在他们生命中延续了六年就画上了句号。1958年大炼钢铁，是年秋后，村里组织炼铁大军，开赴千里之外的邵阳安营扎寨。那时去留问题个人无法掌控，父亲随着炼铁大军走了，临走时嘱咐母亲好好带孩子好好伺候婆婆，过年的时候他就回家。父亲走后两个月，村里流行肝病，好多人栽倒在床上再也没能爬起来。母亲顽硬地支撑着身子，就是死也等到父亲回家交班再死——她走了一家老幼怎么办，没有父母的家岂不是一盘散沙？但母亲无法逃脱死神的魔爪，在一个大雪纷飞的晚上，母亲勾销了她的夫妻儿女情结，永无反顾地走了，当邻居发现母亲时，母亲倒插在火箱里，一蓬脏乱的头发，笼住那张爬满泪水的脸，一双眼睛睁得大大……

在后来的日子里，两位同母异父的姐姐，她们的一个远房哥哥说来照看她们，两位姐姐就离开了我，事实上那个远房哥哥是为了霸占其家产，两位姐姐大部分时间是过着流浪一般的生活，后来被两家好心人收养才结束了漂泊之苦。我和八个月大的弟弟偎在多愁多病的父亲身边，弟弟没奶吃只好送人，送了三家人，三家人先后退回，最后被一家姓黄的人家抱走，但弟弟长到四岁时突发暴病不治夭亡，照迷信的说法是母亲在那边孤单寂寞，就把弟弟接走了。逝世时才29岁的母亲，有了弟弟的相伴，但愿在天之灵也能有些许安慰。

那年月是靠挣工分吃饭，父亲工分挣得少，自然生活就过得极为尴尬和艰难。好在父亲心灵手巧，他从山上砍来楠竹、水竹、斑竹，编织成竹篮、摇篮、背篓、箩筐、谷筛出售，换得块儿八角也能填补一点家用。夏夜的晚上月亮晶莹而幽深，父亲舍不得点亮那盏自制的煤油灯。就着清润的月华，左手持着篾片，右手握着柴刀，持刀的手轻轻往下砍削，捏篾片的手娴熟地往上推送，于是就发出轻微的“嚓嚓嚓”春蚕吃桑叶般的声音，在这苍凉的夜晚里听起来格外的平和，舒逸。那细细悠悠的篾丝丝，如喷泉一般从指间溢出，一束束，一把把悄没声息地整整齐齐地放到了父亲的脚边，翌天那些看似杂乱的篾丝丝就魔幻般地变成各种编织品。

我担心晕晕乎乎的晚上，父亲莫要被篾刀咬了手，就劝他还是在白天破篾片安全。父亲笑笑，说晚上清静凉爽好做事呢。做事是凭感觉，凭一种心境，凭娴熟的技术，愿意做的事情，就能想办法做好，也不觉得麻烦和累，有灯无灯无关紧要，心中有盏灯亮着呢。父亲心中那盏灯是什么，幼小的我当时无法悟透。

我的童年正处于三年困难时期，肚子里装的皆是清汤寡水。天上飞的地上跑的水中游的，能捕到的都捕捉了，能吃的都被饥馑的饿民吃了。池塘里有穿着绿袄的青蛙，隐匿在田田的荷叶下面悠闲自在地静卧着，有人走下池塘去捉青蛙，但青蛙机灵得很，只要听到水响，立马就亡命地逃窜。要么钻进淤泥里，要么潜身石缝中，要么一纵身蹦到岸上，一连串的“三级跳远”，须臾就逃得无踪无影；有脑子活络的汉子持了钓竿，鱼钩上钩了棉团或蜻蜓蚂蚱，紧贴着荷叶飘来荡去，青蛙以为是昆虫在头顶游弋，即蹿蹦而起一口咬住，上钩的青蛙还没转过神来就被捕蛙人擒住。我多少次都想吃到清香醇甜的蛙肉，但父亲既不会钓青蛙，他有哮喘病也不敢下到池塘里徒手捉青蛙，父亲只好望着池塘悠悠地叹气。

终于有一天，父亲还是弄到两只青蛙。青蛙已经去头去足，白白嫩嫩的肉质闪着诱人的光晕。晚上，父亲煮了一碗蛙肉递到我手上，催促我快吃，我埋下头来，一阵狼吞虎咽，一碗蛙肉全被我吃了。可是自始至终，父亲没有动碗筷，当我喝下最后一勺汤时，只看到父亲的喉结快活地滑动了一下。没想到半夜时分，我突然发起高烧来，浑身就像一堆火炭，我烧得不省人事，眼睛里窜出窜进的都是那些红眉毛绿眼睛的野鬼，我就胡喊：娘，快救我，我怕……那时农村缺医少药，父亲早就心焦得乱了方寸，他突然想起麻园婆婆。父亲星夜敲开麻园婆婆的门，一开声就说救救我家峰儿（我叫杨国峰）。麻园婆婆急忙问害了什么病，怎么得的病？父亲打个激灵，突然哭了。在麻园婆婆面前，父亲招了实情，原来他见我饿得不得了，自己又捉不了青蛙，就捉了两只癞蛤蟆。麻园婆婆急得跳起来，扬手就拍了父亲一巴掌，说癞蛤蟆有毒，你家峰儿中毒了！于是她翻箱倒柜找出一个舍不得吃的鸡蛋，就急急火火往我家走，路上顺手扯了一把退烧退火的"茅芭烟"草药。一到家，父亲就生火用瓦罐煨着"茅芭烟"，再把鸡蛋放在草药里一起煮。待鸡蛋煮熟，麻园婆婆问父亲是否有银戒指。父亲就拿出母亲唯一的遗物——那一枚银戒指，麻园婆婆把银戒指嵌进鸡蛋里，待鸡蛋煮熟后用一块白布把鸡蛋包裹着，在我的额头、胸口不停地刮刨。一会儿戒指就变成乌紫色，麻园婆婆说，我的咸气很重呀！抓一把火土灰把戒指擦亮，复把银戒指嵌进鸡蛋里，再刨刮，这样反复数次，我的高烧终于退了下来……从那次以后，父亲不再随便让我吃东西。

时局越来越吃紧，在村里是待不住了，父亲就带着我去流浪。父亲会篾活，到哪儿都能混上一口饭吃，我们父子俩走千里路，吃百家饭，这条条无路条条路，处处无家处处家的流浪日子，让父亲吃尽了苦头。一次我们父子俩盲流到一个叫八面山的地方，在荒山野岭里转来转去，至黄昏时竟迷路了，我们发现不远处有一栋木屋，走到近前发现是一栋早已废弃的牛圈。父亲说就在这儿过夜吧，我和父亲疲软地坐到地上。天宇里亮堂堂的月亮，在云彩里不急不缓地穿行，田垅里，山涧中蛙鼓敲得勤敲得急，父亲嗞嗞地吸着辣辣的叶子烟。后来他霍地站了起来，说总不能让我这么空着肚子熬夜，他要去找点果腹的东西。后来他在一堆烂草堆里找到一衣兜不知名的野蘑菇，就把随身带着的小铁锅支上，生火煮着野蘑菇。当我饥不可待要吃蘑菇时，父亲一把将我拦住，说这年月野蘑菇毒死了不少人，还是他先吃，如果他爬不起来了，吩咐我务必去找我的一位二十多年不走动的姑姑，是亲有一顾，姑姑不会见死不救的。父亲装了一小碗野蘑菇，边吃边品味，终于他吃完了，没有异样感觉，他才说，吃吧，不会毒人的，于是剩下的野蘑菇全都被我吃了……

悠悠岁月，漫漫人生，父亲离我而去已有二十二个年头，他没有给我留下曾经为之炫耀的显赫的地位，丰盈的存款，宽敞的住房，但他在我的心中留下一盏明灯就足够了，那才是珍贵和不朽的。

（2010年4月15日首发中财论坛）

曾经沧海，本名杨国峰，男，1964年出生。湖南省会同县高椅学校教师，湖南作协会员。在《女子文学》、《厦门文学》、《山花》、《四川文学》、《山东文学》、《天池》、《黄河文学》、《短小说》等二百余家报刊发表小说散文400余篇。

雪地上的声音

嘎玛丹增

习惯了乘坐火车和飞机旅行的人，桑耶寺稍显偏远。

距离泽当镇三十八公里的桑耶寺，在下午五点以后总是显得有一些冷清。朝圣礼佛的人们，已经走在回家的路上。我们午间从山南行署所在地出发，抵达这个没有边际的寺庙时，途中就经受了四个多小时的颠簸。

即便道路上堆满了古老的冰雪，以及不知什么时期跑来的沙尘暴，人们总是不辞劳苦，在桑耶寺熙来攘去。你要寻找遗迹实体或事实真相，原本就不会像在互联网一样，随时可以拿取。你必须要经过艰难跋涉、付出耐心和毅力，有时，还需要为之不惜性命。世界上没有现成的东西，唾手可得。

我喜欢走弯路，不管旅行还是人生，总要在同一个地方绕来绕去，使得我永远在路上颠沛。抵达桑耶寺前，因为见到雅鲁藏布江日渐枯瘦的水流，突然遇到的沙尘暴，中途多次逗留，把寻找信仰可能的精神之旅完全放在了一边，心思突然拐弯跑到了雅江源头杰玛英宗，以及我们正在往肠胃填塞的化学和农药，对日渐萎缩的冰川，可能引起的水源困境喋喋不休。朝圣者大不一样，他们的行程和路线相当精确直接，身体和心灵向着一个方向，布达拉宫就是布达拉宫，噶陀寺就是噶陀寺，不会像我一样心猿意马，中途转向。

桑耶寺虽不像布达拉宫那样热闹，但作为藏传佛教的精神源头，依然是很多人向往的古老圣地。

在人烟稀少、气候恶劣的青藏高原，人们总是以到过圣地为荣。我们经常都可以看到，在藏区静寂空旷的山原谷地，满脸沙尘的朝圣者，用等身长跪的方式，缓慢地移动在通往布达拉宫或其他古老圣迹的道路上，爬冰卧雪，风雨无阻。他们对圣人圣迹的珍视，很难被我们所理解。朝圣之路往往都很漫长，在没有公路和长途汽车的地方，人们只能依靠双脚，前进得非常缓慢而艰难，途中来回往往需要几个月时间，甚至一年、两年。

多年前，我在藏东北的类乌齐卡遇见过一个朝圣者。季节即将进入冬季，吉曲河两岸的山原和草场已被冰雪覆盖。她独自匍匐在雪地上，厚重的藏袍和背囊，在长途蜗行中变成了泥土颜色。膝盖和臂肘的衣服补丁重叠，用胶皮缝制在磨破的位置。手掌褶皱干裂，不断有殷红的血渗露在皮肤上，给人一种醒目的疼痛；手心垫着没有帮沿的胶鞋底，用布条固定，可以在匐地时尽可能减少擦伤。

在风雪弥漫，大地寒冷的色吉山山谷，见到这个蓬头垢面，表情平静的四川老乡，一丝不苟地重复匍匐在冰冷的大地，有一种源自心灵的忧伤突如其来。尖叫的风卷起纷扬的雪花四处奔跑，世界一片迷蒙，我的内心满含热泪。

春天的时候，她就离开了四川白玉县的家乡，已经在道路上匍匐了两个季节。我们遇见她的地方距离拉萨还很遥远，公路里程就有950公里，如果步行也需要一个月时间，何况蚂蚁样缓慢地跪行。其实，我们的汽车非常乐意捎带她一程。这个藏族大姐是一个遵循古老传统的朝圣者，从离开家门那天起，一直就用一步一磕的匍地方式，满心欢喜，没有我们想象中的困苦，也不会借助任何交通工具，只是接受了一些方便食品。后来，我在西藏的其他地区也遇到过一些朝圣者，但没有在类乌齐卡那样深细。我在寒冷的天气，总会把她想起。

这些朝圣者值得当然的尊敬，他们身体的每一寸肌肤都匍匐在大地之上，跪行的长途就是心灵的喜悦，坚不可摧无可动摇，最终实现朝圣的至高理想。于今，选择传统朝圣方式的人们已经减少，通过汽车和飞机的朝圣者正在逐年增多。

没有任何力量，可以阻隔朝拜圣地的精神之旅。

我们想去某个地方，向往了很久甚至一生，大多选择节日和假期，不可能像朝圣者一样放下身边的一切。我们是那样的喜欢已有的名利、金钱或地位，谁也不会为了虚无的精神，放弃已经到手的订单或即将兑现的钞票。

桑耶寺是西藏第一座佛、法、僧三宝俱全的寺庙，不仅仅作为宗教圣地存在，所有建筑、塑像、雕刻、经卷、壁画、唐卡、法器，无不指向丰富的历史记忆和精神记忆。除了作为藏传佛教祖寺，还是一座规模庞大的博物馆。它纪念的圣人圣迹，不断激发着人们的宗教热情，并没有因为时间的寒冷而降温，反而随着时间的推移越加神圣。古老的东西总在不断地离开我们，喜欢在旧物中寻求安慰的人又越来越多，通过遗迹访问我们的祖先，自然比在书籍和博物馆直接，像我一样不是朝圣者的游人，也络绎不绝地加入了这个队伍。

走进桑耶寺，就走到了藏传佛教的精神源头。

桑耶寺很大，远远超出了视界，可以从名字的汉译一目了然："超过想象的寺"、"存想寺"、"无边无际的寺"。整个寺院的布局、建筑内容和式样，严格按照佛经"大千世界"的规范完成。融汇了藏、汉和印度三种民族风格的乌孜大殿，既是桑耶寺的中心主殿，也是弥足珍贵的古老文物。

站在这座有庞大体积的寺院围墙前，面对众多的建筑群体和各式各样的白塔、经幡、经幡阵、经轮、风马旗……就像错综复杂的精神意念，突然用形状和色彩，铺天盖地的具现在你眼前，一下子冻僵了手脚。我和我的同行者，站在桑耶寺院墙门楼，不知从哪里开始精神之旅。换句话说，我在桑耶寺的停留，注定只是走马观花。

院墙大门是一座高大的牌楼，呈土黄色。这种颜色在天主教和基督教的宗教观念里，通常当做一种遁世的色彩。但桑耶寺的院门不在这个范畴，它和我们在伊斯兰教地区看到的清真寺一样，那是时间和风沙在上面累积的结果，所有痕迹和裂纹，旨在证明它是这里最古老的遗迹之一。你在上面看不到更多有关建筑艺术的细节，如果把它放在我们的城市，早就被推土机推倒，或者经过了修葺和加固，使其失去了原来的灵性。这座看起来单薄的门楼，穿过它的时候，有一些担心它随时可能垮塌。

同行者匆匆进入了乌孜大殿。我一个人在寺院周边晃荡，一群转经的人经过我的身边以后，世界一片寂静，再也看不到其他任何人。澄净的阳光照耀在乌孜大殿，精雕鎏金的金幢、鳞次栉比的佛塔、色彩古典的房顶，纷纷掏出迷人的光芒，摇晃着我的惊奇。我只能使用现成的词语来形容：金碧辉煌，巍峨壮观。

我独自站在能看清乌孜大殿全貌的地方，安享着心灵的震撼。

一阵风吹过了白杨树，卡日神山上挂满的经幡在远处飘动。鸽子扇动着灵巧的翅膀，不断从白塔和房顶上起飞和降落。纯净的诵经声从出售旅游纪念品的房子里传来，那是刻成光碟的录音在代替喇嘛们说话。随着我向前移动的脚步，莲花生大师心咒唱诵越来越近，直至响彻在整座寺庙。

一位藏族老阿妈站在乌孜大殿南墙，正将手捧的青稞，弯身放到了一块陈旧的石碑下，几只鸽子立即从房顶上飞落于地，在阿妈脚下旁若无人地觅食。

我走了过去，瞬间就站在了1231年前。

（2010年5月29日首发中财论坛）

嘎玛丹增，男，出生于1960年代，现居四川成都。中国散文家协会理事，四川省作家协会会员，2006年新浪论坛十佳写手亚军。著有《越走越远》、《在时间后面》。作品散见《散文》、《青年文学》、《山花》、《民族文学》、《诗刊》、《新华文摘》、《作品》、《安徽文学》、《天涯》、《读者》、《广州文艺》等。

在岁月深处，遥望尘世梦幻

张红华

一

为何你还在远方，你轻盈的脚步，就踏响了我梦境；你的轻吟就叩响了我淡淡烟雾笼罩的岁月；你水汪汪的明眸，就向我倾诉此时无声胜有声的语言；你窈窕的身影，就拨响了我心灵的琴弦；你的飘飘长发就拂动了我生命的一帘幽梦。你的美丽如此动人心扉，却也踩痛了多少人的盼望，牵动了多少人的哀怨。而我知道，你是为我翩翩而来，撑着一把小花伞，从旷远苍茫的前世走来，赴一场如泣如诉的心灵之约。遥望你从前世的尘烟中走来，岁月之路在你身后曲曲弯弯，曲曲弯弯成一种情愫悸动的震颤。往事如烟，却历历在目，让心有余悸的我在今世繁华浮躁的城市中逃之夭夭。我深知古往今来无人能阐述情为何物，我只有惊恐万状地逃避这情感酿成的灾难。我来到了人迹罕至的深山老林，走在蓊蓊郁郁的林木花草间，葱茏苍翠的浓荫遮天蔽日。我让沉郁的心事化一场哗哗弹响树叶的倾盆大雨。雨霁初晴，我怀一腔清新朴素的心境心绪，徜徉在清晰的林荫小路上，闪闪亮亮的阳光穿透青枝绿叶，洒一地的斑斓。而你就在惊鸿一瞥间，悄然出现在小路的那头。哦，一切皆是难以逃脱的情缘。

二

穿过了冬天寒凉故事的刺痛，穿过了阳春三月五彩缤纷映衬的忧伤，我沿着茂盛之路走向酸痛的成熟，蓬勃着一叶叶的心语。在五月明净的天空，尽情释放着绿色。每一片心情的叶子，都摇摇晃晃地披着金黄透明的阳光追寻飘逝的情愫。在没有雨声淅淅沥沥的歌唱中，青春之树的心境一度焦渴如广袤苍茫的黄土高原，淼淼无际的波浪一样起伏着只可意会不可言传的忧郁。

静静地，寂寞堆积如山。伫立在这旷古独有的山坡上，隐隐约约在眺望，隐隐约约又在沉思。空气中，弥散着隐约的内容，捉摸不定。根须在深深的土壤中悄悄地徘徊叹息。只有温馨又温柔的情感之水，在牵引着冥冥之中的走向。

哦，在阳光明媚的五月，随着驿动之心的旋律，青春如树，树如青春，以茂盛之态遥望着前世曾经冰清玉洁的梦幻。

三

都说寒风冷雨中，梦幻易消逝无痕。

我在那些笃信无疑的目光中，想改写出一种心旷神怡的结局。可那些密集的目光终于意味深长地笑了。我的心弦，被笑声拨响了一串串爆响的愤激。可终于回归了深深沉寂着的无奈。灵魂的深处，有一个苍凉坚定的声音告诉我，无奈其实亦是一种置之险境而豁然开朗的崭新起点。

在无奈的山坡上，我已迎接了许多凋零飘落的岁月，我已被苦难层层剥去了年少的轻狂和稚气，我已体味了隐居深山修炼而鲜为人尝的沉默，我已学会将苦痛磨成闪闪发光的珍珠一般的道家之丹，渐渐融入苏醒的佛性。

可是，什么时候，温情的阳光会洒向我身后高高耸立的冰川？那是我千年冰雪封冻的心情，早已渴望融化成清澈的小溪，潺潺地流向远方，流向天蓝草碧之处。

四

那段无法挽留的爱情，早已在前世消失在太阳落山之处。幽幽沉沉的森林，收藏了一个茕茕孑立、衣带渐宽的身影、收藏了那段刻骨铭心的忧伤，收藏了那些血与泪掺和着谱写成的故事。

选择了茫茫宇宙内生死轮回中的期待，于是茫茫森林将收藏的身影、忧伤和故事，孕育成一棵无怨无悔的青春之树。

俯瞰尘世，看惯了反目成仇的虚伪友情，看惯了恩恩怨怨纠缠不清的情爱，看惯了微笑给人以麻醉的狡猾，蓦然想起那时父亲一脸沧桑地说："世上栽刺的人多，种花的人少。"蓦然顿悟，这句心灵滴血的话，是父亲在炎凉的世态中背负着无法躲避的苦痛，跋涉并且粗重地喘息，才慨叹而出，虽然偏激，却含满了一种悲愤无奈的人生况味，给我的禅悟指点迷津。

是的，一切都是命中注定，我才要走过三世轮回的云游漫漫之旅，我才会以一棵树的茂盛之态，伫立在一个寂寞的山坡上沉思。

五

走过前世，如同走过昨天，历历在目，清醒明晰。回首时，已是天涯茫茫处。

在前世。也许我真的是一棵会开花的树。沉思了千年万年，却始终不肯在花开的美丽历程中显现出苦痛过后的辉煌灿烂。遥望着苦苦煎熬的那一世中飘逝的梦幻，依然选择了一种风清月白的虔诚。独守孤独。独守寂寞。独守望断天涯的境界。独守婉约的情怀。将所有欲语还休的花蕾收回体内，化作佛一样的智慧光环和法力无边的空灵，以树的茂盛之态，站成一种奋争精神的昭示，站成一段曲折坎坷历史的证明，站成一部书的深邃，站成一片苍凉岁月的深思无限。

六

遥望前世那一场风花雪月的梦幻，步履轻盈地走在五月明媚欲语的空间，双眸凝视，若有所思。温情的阳光是一种隔世而来的深情呼唤。红尘滚滚，前路漫漫。苏醒的思绪被五月的阳光照亮，早已春意盎然。幸好我走过了叹息的险峻山岭、危林崖路，幸好在那样刻骨铭心的困境中我退了一步仰望苍穹而沉吟，我才乐天知命，随遇而安，以至转烦恼成菩提，转忧苦作安乐，深深体味了不经一番寒彻骨，怎得梅花扑鼻香，不再起烦躁心，怨天尤人。是的，因为懂得，所以沉默地行走。从前世走来，我与这尘世已是三世的因缘，彻悟在与世隔绝的孤独中，灵思可以自由飞翔，在湛蓝的天空下随心尽意地采撷自己倾心的艺术云朵，以一叶叶的心语去抚摸成万古流芳的圣典，我才步履款款，在苏醒的路上走得轻轻松松、平平淡淡、从从容容。

遥望那一场依依眷恋的梦幻，我不再进入迷惑。幸好有一个慈悲的声音总是自天而降："持身不可太皎洁，一切污辱垢秽要容纳得。处世不可太分明，一切贤愚好丑要包容得"。这天之圣水，浇灌着伤口和伤痛，于是伤口和伤痛开了一朵清丽典雅、飘逸纯洁的莲花来。

那时，我已厌倦了躲躲闪闪的世事。沿着青春一段空蒙蒙的心情，我抵达了这里堆积如山一样厚厚的宁静。有一觉醒来的感觉。满眼灵秀，满脑智语，满心欢欣。彻底从尘烟的恍恍惚惚中清醒了。那些隐忍着的疼痛早已随着悸动的风飘散了，无影无踪。巍巍青山依旧，潺潺小河依旧，芊芊碧草依旧，哞哞牛叫依旧，徐徐轻风依旧，淡淡如歌的心情依旧。啊，心境之门阻隔着烦嚣浮躁，城市亦可以是旷野森林。那么，阴谋黑暗又何妨。妒忌刁难又何妨。冷嘲热讽又何妨。灯红酒绿又何妨。我自飘然而行而歌：“我不求人富贵，人须求我文章。风流才子占词场，真是白衣卿相。”

遥望前世那一场风花雪月的梦幻，我恬淡地微笑。

（2010年7月14日首发中财论坛）

张红华，男，1973年出生，现在湖北省红安县民政局军休所工作。在《青年文学》、《散文》、《中国社会报》、《香港文汇报》等杂志报刊上发表过一些文章。

草场：马背上的时光

@边走边唱@

追着一群马，在一群马的后面，它们只给我背影。我在远处，它们走向更远处。

脚下的草地，因为雨水浸润，软如面团，不时有水冒出来。一直替我背着摄影包紧随在后面的人，终于累了，坐在相对高一点的草地上，远远地看着我。我想他非常不理解的是：我为什么要追着一群马跑?

之前，我们追着牛，事实是追上了一群牛。牛很和善。在牛群中，一头黑牛，竟然愿意我抚摸它的角，与我合影留念。在我注视镜头的时候，它也看着镜头。在它的头抵着我的那一刻，我既感受到牛头的力量，也感受到它的友善。在我终于站在它们中间的时候，牛群停止了奔跑，低头吃草。

再之前，我追上了一群羊，因为天热，羊群倦了，挤卧在一起纳凉。天还是闷热的。在广大的草场上，它们能看到的凉荫，其实是它们瘦小的身影留下的。把它们赶起来，我想看羊群在草场上的壮美景致。但羊根本不这么想，它们依然低头，挤在一起很不情愿地挪动着身子。今年雨水丰沛，草很茂盛，羊群在外，即使无人看护，很快就可以吃饱。也因为很快就吃饱了，它们在草地上安卧的时候就多，所以羊毛根本没想象的那么洁白。即便如此，它们仍然和草场浑然一体。草场是它们的家园，无论什么时候，我们都是闯入者。

这是在甘肃张家川回族自治县与陕西交接的关山牧场。2010年8月27日，我从早晨8点出发，从这个县的西部到东部，从农区到牧区，一路奔波，到深夜12点才完成采访。对于西北山区，农业是疲弱的。土地瘠薄，农舍简陋，一个小镇安了20盏路灯，都被镇长视为大新闻；修一条农路，他们都要逐级汇报。这个小镇叫梁山。

回头穿过车马杂乱、尘土飞扬的县城，我们直奔马鹿乡，该县最大的牧业乡。据说有各种牲畜1.5万头，当地农民收入主要靠养殖。年人均纯收入只有2000元过一点。为了解畜牧业的真实，乡长一路联系村干部，想带我去牧场看看。也是因为雨水绵绵，许多去往牧场的道路被冲毁，而那些牛羊和骡马都是放养的，无人看护，天黑之后自己回家。

我们只能驱车沿途寻访。这是一条通往陕西的大道，历史上称为关陇大道，曾经承载很多的历史掌故。看着群山巍峙，细水长流，你可以想象当年繁盛的茶马古道，是如何从东到西，一路流荡至西域蕃邦。在靠近陕西地界，就是关山牧场了。远远的，你可以看到悬在大道上方的“欢迎您到牧场观光旅游”的横幅。在路边停下来，下面的草场上到处是散淡的牛羊和马匹。

虽然已是人困马乏，但眼前的景象，仍然让你心旷神怡。

远处赶羊的是一个矮个头农民，一身深色衣服，手持一根木棍。走近再看，他已衰老，如果羊群奔跑，他一定是追不上的。在草场之上，他的黑和小，几乎就是一个黑点，随时都会淹没在灰白的羊群中。

相对羊群来说，牛群的移动虽然缓慢，却很有质感。它们浑圆的身体，鼓胀的肌肉，无疑是对牧场的最高奖赏。当牛羊终于聚集在一起的时候，眼前的世界顿时一片安详、一片纯净。我竟然会想，如果给我一匹骏马，如果给我一间草屋，我是否甘愿做一个关山深处的牧羊人。

世事苍茫，在回头的瞬间，我们全部的忙碌并没有在繁华都市留下深刻的印迹。我们背负着逝去的时光，只能把巨大的阴影留在自己心上。

马匹在我们经过的路上。折返时候，遇到一个骑着摩托赶马的人，七匹马迎面而来。在离我们不远处，他把马匹赶进山脚下的草场，兀自骑车离去。

我顺着马匹消失的山口跟进去，看到更多的马，在午后的阳光下埋头吃草。和马群对视的时候，我看见它们的眼神机警而戒备。我只好轻声慢步地靠近。但它们仅凭敏锐的感知，就能和我保持相对安全的距离。在十米开外，它们不断地向前移动，我只能看着它们的背影。在不知不觉中，我和马形成一种默契：我动，它们就动；我站着，它们也会停下来，回头看我。我突然觉得，我就像一个傻子，眼中一定满含对马匹的请求。即便我无心伤害它们，它们也没理由信任我。我只有尽量拉近镜头，把它们对我的拒绝和排斥留在心底。

我们正在经历一个充满敌意的时代吗，似乎也不是。那又是什么阻隔了人与马、人与动物的交流呢。如果一匹马、一群马突然闯入我们居住的城市，城市一定一片哗然。在这个假设之下，马群对我、对任何陌生人的排斥似乎又在情理之中。

应该说，因为马的警觉，我看到阳光从正面照耀着马背的时候，一匹马和一群马的矫健，那光亮的毛色，隐含着奔腾的激情，在它们的奔跑中，这个局促的世界一定会不断扩大，我们一定只能望着它们远去的背影发呆。只是此刻，它们是安静的，我没理由搅扰它们。静美，原来就是这样，听任午后明媚的阳光在马背上流逝。

在逆光中，我看到一匹母马，带着它的小孩在树下悠然吃草。相对那些与我对视的马群，它们母子似乎更亲和一些。如果说阳光流泻舒展在马背之上，是一种表达，是熨贴的，是陈述的，那么逆光中的马匹就是一个剪影，是质感的，是哲学的，它锋利的芒，是对时光的诠释，这温情的画面，直击内心，在隐隐的疼痛中，有一种幸福让你炫目。

（2010年9月15日首发中财论坛）

@边走边唱@，本名申士嘉，男，甘肃清水人，记者、编辑，天水市作家协会理事。1986年以来，发表诗歌、散文、文学评论、报告文学等200首（篇），发表超过100万字的新闻作品。

岁月深处的秧歌

赵国宝

胡麻花儿蓝花花，
俺们的秧歌是娃娃家。
不会玩来不会耍，
大家亲亲别笑话。

刚过正月初一，社里的娃娃秧歌就起来了。首先得自制“高灯”——一种带花边的可以拿上随意摇摆的灯笼。找一把老扫帚，抽出竹枝，放在煤油灯盏上烤软了，就扎成一个灯笼骨架。底下又套一个可以活动的木板，用以固定蜡烛或灯盏。有时是六面体，有时是四面体。糊上亮亮的纸，绘上兰草、牡丹、菊花，或者写上“五谷丰登”、“四季平安”之类，一个漂亮的“高灯”就做成了。

“高灯”队一般由12人或16人组成，在夜色里一齐点亮了，像一条舞动的长龙。玩“高灯”又叫“闯高灯”，一般是两人一小组，一前一后跑动，错落有致。高灯上的花穗子刷刷响，人的脚步极有韵致。灯笼随着人的身体，上下左右摇动，在夜空中斜插漫舞，令人眼花缭乱。闯“高灯”者一般为身强力壮的年轻小伙，一趟高灯“闯”下来，往往大汗淋漓，但小伙子们乐此不疲。一夜的“闯”，让他们的身心得到极大的放松。因此，在社里长大的孩子，每个人都有闯“高灯”的经历，也都会自制高灯。

娃娃秧歌耍上几天，正式的秧歌就起来了。头家是德高望重的老者，聚集庄里人议事。一锅老旱烟之后，一切就敲定了。谁是打鼓的，谁是打钹的，谁是闯高灯的，谁是“旦娃子”，谁是玩狮子的，谁是耍龙灯的，全村老少，几乎是人人都有了事干。傍晚，一听见鼓声响，全村人就聚在秧歌坛里（敬神的地方），等候命令。

正月初五左右，各社的秧歌都起来了，就开始轮流收秧歌。此事非同小可，先得下帖子，打发几个麻利的小伙将十里八乡的秧歌请定了，才开始准备。我们社里一般在正月初八收秧歌。先是准备夜餐，一般由头家打发几个人到各家各户收“年”，也不管是花卷儿、猪肉、粉条、包菜，反正每家拿出一些“年”货，一顿秧歌饭就绰绰有余了。

开始收秧歌了，锣鼓声起，头家提着灯笼，拿着一张黄表，就带领着秧歌队远远地出迎。两家秧歌队的头家提着灯笼，碰头了，就点燃一张黄表，互相叩头、作揖，互致敬意。两队秧歌的高灯队就大声呐喊起来，并使劲地摇高灯。然后，主家的秧歌队往回跑，被迎的秧歌队紧紧跟上。

秧歌摊子就设在一块平坦的旱川地里。等十几家秧歌队收齐了，就开始表演。领秧歌的一定是个不凡的人，得有头脑。如果你站在高处观看，你不得不赞叹，这才是民间奇迹。

一种玩法叫“蛇蜕皮”。十几家秧歌队连成一条长龙，走在每家秧歌队最前面的头家，提着灯笼。依次就是各队的高灯队，锣鼓队，“旦娃子”，狮子队，龙灯队。在漆黑的夜幕下，一条“长蛇”先是盘成一个漩涡形，接着，就一层层“蜕皮”了，等到皮蜕完了，又变成一条长蛇。这时候，所有的队伍都气喘吁吁了。简直像诸葛亮布阵。

一种玩法叫“华门市”，得有四个“华门”，即先指定四个高灯手，守候在场地的四角，领秧歌的就将十几家秧歌领着，绕着“华门”转圈。几经周折，花灯就整整齐齐聚集在四个“华门”，令人叹为观止。

那时，六十岁的二爷就给身边看秧歌的我指出这些“道道”，不然，我还不知所以然哩。

集体表演完了，就开始吃夜汤，“夜汤”就是村里人准备的秧歌饭。走了很长路，玩了很久的秧歌队饿了。一碗又一碗热腾腾的烩菜汤，一个又一个花卷儿，就进了庄间人的大肚子。有时也做“捞米饭”，就是小米饭浇上肉菜，吃起来更加热乎。为了得到好的评说，秧歌饭必须做得油汤油水，香气四溢。不然，第二年收秧歌，人家就不愿意来了。

饭吃得饱饱的，才开始扎摊子唱戏。各队都拿出拿手好戏来吸引观众。什么《华亭相会》、《过江》、《庙郎认母》、《火焰驹》…… 都需要极好的唱功和表演，弦索也得整齐响亮才行。

最爱看的是《火焰驹》，戏中报信的艾前提着马鞭，口中不断喷出“火焰”（其实是一口煤油从口中喷出），就将边关的紧急表现得惟妙惟肖。其次是《华亭相会》，科场得意的高文举被招为相府快婿，却遇见小时定亲的未婚妻张梅英。其时梅英虽沦为相府丫鬟，却还认识高文举，而高文举早已忘记了梅英的长相。戏曲就在捉迷藏似的对白中开始，一波三折，引人入胜，往往引得许多情窦初开的少年男女落泪。

《庙郎认母》是一出苦戏。庙郎中状元赴任，却在路途中遇母亲状告父亲，后来庙郎携母同行，碰见昧良心的父亲。庙郎两难之下，终于原谅了父亲，携母前行，圆了自己的孝行。记得这出戏自小就和姐姐在爷爷那里学会了，姐姐扮演庙郎母，我扮演庙郎，曾在本村上演，赢得许多人赞叹。

“旦娃子”一般都是本村十三四岁的女孩子，擦了胭脂，腰里系有一个裙摆，手里拿着蜡花盆儿。“载旦”，也不过是不断踏着十字步，裙子在微微颤动。“载”得好的体态轻盈，花盆儿随着脚步一高一低，颇能吸引人。“载旦”的时候，集体的合唱就开始了。歌手将“旦娃子”围了一圈，就放声唱了起来。

天上的星星挤眼儿，
亲亲给我的花卷儿。
天上的月亮弯月牙，
亲亲让我们缓一下。
这山高来那山高，
那山背后摘樱桃。
樱桃好吃树难栽，
秧歌好唱腔难开。
……

唱得越有劲，“载”得越欢快。那些个歌手中，总有一个“老妖旦”，一个“老艄公”，其实是护着“旦娃子”，免得人多出差错，所以几乎是寸步不离。旦娃子“载”到哪里，他们就扭着大屁股跟到哪里，唱到哪里。

大概到正月十六，元宵节过了，一架秧歌就“烧马”了。这天晚上，秧歌在本村上演，演完之后，就将所有灯笼付之一炬，名曰“烧马”。明年正月，又从头再来。只有狮子的“皮”，可以放到第二年继续用。

不知什么时候，山村里通了电。接着，有了收录机、电视、CD、光盘。人们的注意力转移到了看电视，或埋头于麻将、牌九。秧歌，也和煤油灯盏一样，逐渐淡出了人们的视野。

只有那种激情，那种力量，那种浓浓的乡情，还留在山村人的记忆里。如果要将秧歌申报为“非物质文化遗产”，恐怕没有几个人能忆出来了。这，又不能不令人遗憾！

（2010年11月7日首发中财论坛）

赵国宝，男，1971年出生，甘肃陇西人，甘肃省作家协会会员，定西市作协理事。自1994年以来，在《飞天》、《诗刊》、《星星》、《扬子江》、《阳光》等国内报刊发表诗歌散文作品100余首（篇）。

禅若心莲

落梅

仿佛在一夜之间，就到了深秋，因为我在风中闻到一种凉，是深秋独有的凉。萧索、干净，让心微醉，却也神伤。季节就是如此，从来不需要对任何人诉说，兀自流走更替。此时的莲花已经凋零，池塘里铺陈着枯枝残梗，转身的时候，给这世间做着最后的告别。可我始终相信，有一朵心莲，会一直在秋水中，静静地开放。这朵心莲，就像一盏洁净的心灯，将漫漫世路照亮，给迷惘的众生，以光明，以温暖。

我们带着使命来到人世间，各尽所职，无可厚非。在陌上红尘行走，总是会被漫天飞扬的尘埃砸伤，在不能抵抗的宿命里，我们所能做的，就是舔血自疗。我终于明白，为何这么多的人说禅、信缘，那是因了彼此那颗饱尝烟火世味的心，需要寻求一份清淡如水的宁静。而禅却可以用其清澈，来擦拭这个繁复的人间，让起伏纷乱的心，渐次安静平和。也许我们做不了一枝出淤泥而不染的莲，但是可以做一株水畔的芦苇，或是一朵篱前的霜菊，枕着前世未醒的梦，归入今生无尽的风尘。

世间万物皆有佛性，世间之人皆有禅心。许多人寄身于纷芜尘世，心中其实清明醒透，自己却不以为然。我们与佛境，不过隔着一条江岸、一篱栅栏、一道门槛、一载春秋，悟得早的人，轻易就抵达了彼岸，悟得晚的人，则还在此岸彷徨。在阡陌纵横、乱云飞渡的人世间，我们却时常会感到孤独，心辽阔得没有边际。如果把想要说的话、想要爱的人、想要做的事，镶嵌在一株菩提中，看着它随流年一起，长成参天的回忆。这样是不是，就可以填补人生玄妙的虚空？

在岁月迂回的巷陌，我们难免月迷津渡，而那些长满青苔的山林古刹，则是你我一夜的归宿。总有钟鼓，回荡在黄昏的路径，悠然而缥缈，像是一种无言的召唤，我们会不由自主地随它遁迹荒林，结束一段有如落叶的旅程。也学僧者盘膝静坐，泡一壶闲茶，在氤氲的茶雾中，想象每一滴水凝聚的含容，每一片细芽绽放的美丽。至于是何种芬芳，又是哪般味道，似乎并不重要。我们所要的，只是一种品茶的意境，一壶茶，足以酝酿出一剪静谧的禅意。秋水湛湛，绿波无尘。霜菊一梦，只在南山。这就是茶的光阴，以浊为清，以苦为欢。

其实我们每个人都明白，人生是一本薄厚不同的折子戏，无论你以哪种方式、哪种心情、哪种演技，从开始到落幕，每个章节和片断，你必然要完成。有些人倾尽所有，只为了酿造一种强大的气场，试图感染更多的人，却不知，醉倒在午夜的是自己。有些人只想低调活着，在冷清的场地，把寂寞舞给自己的影子，反而拥有了一颗本真的心。我们所能做的，只有两种选择，或做一朵荼蘼花，开得冷艳又妖娆；或做一棵含羞草，长得平凡而素简。

一个人的心，最热闹，也最寂寞。渴望爱，又害怕被爱。因为有些看似很近的距离，伸出双手，却什么也抓不到。有些看似遥远的地方，却触手可及。在平淡的生活中，我们自以为深藏不露，于佛的眼神里，早已袒露无疑。我们之所以愿意心向菩提，是因为佛有着高远的悟性和智慧，他宽容而慈悲。落入迷境之时，佛祖拈花一笑，就可以使你我豁然开悟。而世人心中以为高深的禅机，其实亦是那么的简单。一点禅机，有如晨晓一片出岫的白云；午后一束稀疏的光影；黄昏一匹醉人的晚霞；夜晚一剪清凉的月光。

在明天还没有到来之前，让我们都好好地珍惜今天，尽管昨天的回忆很美丽，但谁也不需要在回忆中来求证过去的自己。如果你觉得心被苔藓包裹，请相信你只不过是一个提前老去的人，比别人早一些阅历了沧海与桑田。在参禅的路上，没有谁是最早的那一个，也没有谁是最迟的那一个。有的人，早早地寻到了归宿，有的人，永远在行走。从来都以为是时间在将我们追赶，竟不知道，我们也可以催促时间。

既知人生萍水，聚散不定，潋滟浮云，幻灭无常。莫如持有一颗平常心，不为稍纵即逝的光阴，而叹息不已；亦不为真实永恒的自然，而暗自愉悦。来者已来，去者已去，忘记开始，淡漠结局。做一个善良的人，干净的人，为了你，为了我，为了所有的芸芸众生。有一天，当你我都无所适从的时候，请记得，《金刚经》有这么一句偈语："一切有为法，如梦幻泡影，如露亦如电，应作如是观。"

也曾有过去
也曾相逢在最深的红尘里
在花开之前

我已明白
人生不过是一场萍聚
没有谁，要去为一段如莲的往事
做着毫无意义的沉迷
也曾有回忆
也曾有过漫不经心的别离
在花落之前
我早已把一盏茶喝到无味
尽管经卷里写着三世的轮回
可我们，还是无法参透宿命的玄机
也许会忘记
也许有一天我们会老到孤独无依
当所有的故事都成为背影
就在心底种下一树菩提
只要一点禅意，一点点慈悲
那时候，任凭光阴静静流去
我还是我
你还是你

（2011年1月11日首发中财论坛）

落梅，原名胥智慧，女，栖居江南，简单自持。心似兰草，文字清淡。已出版作品《你若安好便是晴天——林徽因传》、《因为懂得 所以慈悲——张爱玲的倾城往事》《世间所有相遇都是久别重逢》等。

船中人

冷晰子

走下火车冰冷的台阶，小小的我，并不知道与故乡，从此是客。走下火车之前，小姑紧紧地牵着我的手，叮嘱又叮嘱：不要乱走，要紧紧跟着她。我喃喃地应着。

冬日的麦苗，还绿茵茵的在眼前，转眼，已是人流熙攘的城市。我有些不适应，梦游一样任由小姑牵小绵羊一样地牵着，从一个城市，坐铁皮箱子一样的火车，到另外一个城市。

我从来没有离开过山村，在大山深处的土家山寨里，见到的，都是山，都是树，是花花草草，是麦苗油菜花，是鸡鸭猪狗。唯独没有见过摩肩接踵的人，我的目光怯怯的，藏在眼帘下面，不敢抬眼看任何人。偶尔飞快地瞟一下，又慌慌张张地垂下，生怕这一眼出去，就再也回不到我清幽幽安静静的土家山寨，回不到娘的身边。

子青把我从火车的最后一个台阶上抱下来，十几岁的我，在他宽厚的掌心，像一片飘零的树叶，随时可以被风吹走。

他的掌心，像我的土家山寨。很温暖。

小姑家的房子不大，还有一个表弟一个表妹。表弟表妹都在城市生长，他们看我的目光，像在嘲笑我身上的花棉袄和黑灯芯绒的布鞋，还有，离别的那天，娘给我梳的两条小辫子。我低头看着脚尖，不敢看他们。尽管，他们比我小了好几岁。或者，他们并没有嘲笑我，只是对我身上的花棉袄、黑布鞋和小辫子感到好奇。

子青将我瘦小的身子，朝他的身上揽了揽。像是在给我于小姑家生活下去的某种力量。我的眼泪，被喉咙噙着。

娘，在我看不见也摸不到的地方。子青的力量，是我不转身跑开的唯一魔力。小姑忙碌着，收拾我们两个人的行李，安顿我到一个早已备好的小房间。等一切停当，小姑说：睡会儿吧，这几天都没睡好。子青笑着看了我一眼，也转身离开。小屋里，只剩下我自己，玻璃窗很明亮，却没有我熟悉的稻草香。城里，用席梦思。用弹性极好的细钢筋做的。

大概太累了，不知什么时候，我沉沉睡去，梦里，背着书包，蹦蹦跳跳地走过土家山寨那座唯一的小桥，走向麦苗青青紫云英盛开的田野。

我以为我总会回去的，总有一天，会和我乡下的姐妹们一样，在邻寨找一个相好的后生，用竹叶的情歌，私订终身。或者，那个人，是子青，我像所有待嫁的女子一样，欢欢喜喜地穿着鲜红的嫁衣，在锣鼓唢呐声中，在亲人们的祝福里，把自己嫁出去，然后，像那里土生土长的树一样，找一个地方，扎下根须，枝繁叶茂。

时光里的故事，从来不是我们的笔随心走。

多年以后，我飘到西北。姑父英年早逝，子青牺牲。

我曾经努力生存的小城，成了断壁残垣的空城。

每一块砖，都满是斑驳的伤痕，每一棵花草，都爬满泪迹。连同我的土家山寨，那些有过熟悉足迹的地方，都被烙上疼痛的印痕。

好在西北，我并不孤单。这里的大街上，随便喊一声，都有异乡的魂答应。

遥远的西北，正在热火朝天地搞开发。抬头一看，满地塔吊。高楼一栋接着一栋地立起。很多的人，背井离乡，一个包裹，两床被褥，到这里淘金。湖南、江西、福建、四川、甘肃、陕西、广东……天涯海角，揣着梦想与希望，抱着信心匆匆抵临，又像水滴一样，迅速地汇入城市建设的洪流。

现实和梦想的距离，遥不可及。

再多的高楼，不是你的，再亮的灯光，不是为你亮，再暖的炉火，你也只是卖火柴的小女孩。低矮的工棚，高楼夹缝中还未被开发商金指点过的大杂院，偏远郊区的农家，那才是你的栖身地。

我们都以为，这一切，只是暂时的。高楼里精装的舒适公寓，离我们并不远，每天早晨醒来，打开窗户，它们就在眼前，高高耸立。

总有一天，我们会是高楼里永久的主人之一。这常常是我们梦里的场景。

来这里的人，有的，年纪大了只想挣几年钱，为儿女挣点学费，然后和妻子在老家，安居乐业。可年轻的我们，却想在这个城市，寻到一块适合自己属于自己的土壤，像家乡的树一样，扎下根须。

愿望，比现实美好。

一年又一年，每天早晨从高楼公寓的梦里醒来，依旧是又脏又乱的大杂院，依然是没有任何取暖设施的板房。偶尔，也学旭日阳刚，抱一把吉他，吼一曲《春天里》。唱一句：如果有一天，我老无所依，请将我埋在春天里。

有幸运的，可以住上每天0.85元房费的外来务工人员公寓，让梦想，风一样，游荡在城市的大街小巷。

有少数的人，梦想成真，出人头地，在这个城市，买了房，买了车，有了温暖灯光，但夜半醒来，总有一条蚯蚓，在身体里，偶尔，被轻轻地咬上一口，"哧"一声，冷不丁疼一下，忍不住在暗里"哎呀"一声，渗出几滴莫名其妙的眼泪。早晨起床，从精装的公寓走出来，踩在脚下的土地，忽然变得绵软，不真实。空气里，努力呼吸，也闻不到槐花香，尽管，季节，正五月。

小姨和小姨父，改革开放之初，就随第一批打工的人流，到了广州，他们走的时候，小表妹刚上小学三年级，如今，即将大四毕业。

小姨走的那年，家里刚刚盖了新房，簇新的木质吊脚楼，散发着桐油的清香，簇新的木板和新刷的桐油，在阳光下，闪着自豪的光。屋前屋后，勤劳的小姨，栽满了果木。半坡的橘林果实丰硕。屋前，一块围着竹篱笆的菜园，菠菜绿得油亮。

小姨和姨父走的前几年，时不时地回趟家，打理打理田地果木菜园，清扫清扫屋子，随着时光的拉远，他们回家的时间，越来越少，这三年，再也没见他们回来过。外婆早已安然入土，三个舅舅，相继离世，娘，成了小姨唯一的姐姐。姐妹俩的联系，也仅仅是靠电话，十天半月地通上一次电话，报个平安。

新屋迅速地老去，布满尘埃。果木成荒林。菜园里，再也没有生长油绿的菠菜。读大四的小表妹年节偶尔回家，也是住在大姨家。她说她不敢住在自己家，害怕。

小姨说：在广州住的时间长了，越来越懒得回家。

娘说：你老了总要回来吧。

小姨说：哪里的黄土不埋人。

我想，我是最了解小姨这种想法的人。在外面漂泊得越久，和与故乡相连的那条路就越生疏。一同生疏的，还有小路那端的人情世故，比如我，离家十几年，虽年年春节归，乡音亦未改。但每每踏上故乡的土地，便生了情怯之感。

越来越陌生的日新月异的街道，越来越陌生的面孔：那些正在成长的和慢慢老去的。以及，大片被抛弃的田地，萧瑟的老屋，凋零的青瓦，不再清澈的河流。令人坐立不安，心生痛感与莫名的焦灼。

一朝梦生，在水中央，怏怏地摇着船，不知，哪边是岸。

或许，在我们背起背包，走出家门的那一刻起，就已是船中，摇橹的人。

（2011年1月29日首发中财论坛）

冷晰子，本名陈夕，女，1978年出生于湖南湘西，某师范大学毕业，现居宁夏银川，自由职业。

我们的家

夏冰

一

自小，我们不是回姥姥家，就是回奶奶家。至于“我家”，或者“咱家”，只是奶奶家里的一小部分 —— 先是两间西屋，后改盖为两间正屋。另外，还有一间小南房，存放米面，堆放杂物。

记忆里，小的时候，院子里住着爷爷奶奶，大伯家六口人，三伯，还有我们一家四口（那时候弟弟还没有出生）。姑姑的几个孩子也时不时就住姥姥家，于是，这个不大的院子里，显得拥挤不堪。

1984年冬，备受房屋憋屈困扰的父母终于做出了一项决定，并很快付诸实施 —— 在村北“新排房上”买下了一块四分大的宅基地。于是，分别在两个学校任教的父母，利用一切空闲时间，拉土垫院，脱土坯，像燕子筑窝一样忙碌起来。

二

1985年正月的一天，父亲忽然嘴歪了，说话也不利索起来。

急忙送省城医院就医，诊断为脑血栓。这样，父亲在省城住院，母亲在家操持，不歇气地忙。几个月后，父亲出院回来，用母亲现在的话说，“好得好好的了”。当时赶上假期，学校组织老师们去西安旅游，父亲没去过西安，他有心去，可又想负责看校，一个假期下来可以赚40元钱。这对于当时月薪34元的父亲来说，也是一笔不小的款子了。于是，他毅然放弃了外出旅游的机会，白天回家脱土坯，晚上骑自行车去学校看校，整整忙碌了一个假期。

那时候，县城里一家很是红火的工厂招工，20出头的我报名、考试、进厂，下班后住厂里宿舍，基本上没有为新房子的事情做些什么。当簇新簇新的房子盖好后，我心安理得地住进去，并没有多想。

不能够体恤感受父母为我们这个“家”付出的艰辛与心血，不能够力所能及地替父母分担家庭一任大事小情。我不知道这是属于自己的无知还是不孝。

1986年5月份，我们的房子“站”起来后，全家人的喜悦难以言表。尤其是父母，整天乐呵呵地，合不上嘴。逢到礼拜天在家，我经常看到父亲在院子里随意走动。他看看这儿的墙壁，摸摸那儿的窗台，看不够，摸不够。父亲常常在大门两旁的石头上安坐。那样子，就像在告诉人们说：看，我坐在自家门前，多安逸。

三

2009年1月31日，父亲在进行第四次透析时因高压太低（仅仅60）被迫终止。当医生告知我们如果想回家的话，可以提前出院后，我们真的是有些手足无措了。怎么会这样呢？我们还寄希望于奇迹的出现：父亲好起来了，可以自如吃喝，可以自如走路，可以自如说笑；继续看电视，跟我们下象棋，给村里拟元宵节时候的谜语；在园子里作务他的菜，种南瓜，看着豆角西红柿笑；佯装生气地嗔怪着，眼神里不无爱怜，屈起拇指和食指，轻弹大黄猫的脑门儿，逗得它喵喵叫……因为就在这之前的两三天里，通过三次的透析，肾脏各项指标趋于正常，父亲吃饭明显好转，不再呕吐，吃面香甜，喝稀饭痛快，一点不像是这样一种结局的兆头。这样突如其来的变化，转折如此直接，不给我们铺垫，不给我们喘息，不给我们任何心理准备。这很像是一个梦，荒诞离奇的梦。但是，病房里雪白的墙壁，窗外明晃晃的阳光，走来走去的穿白大褂的医生护士，都确凿无疑地告诉我们，这是现实。

现实，无情而又自然。谁也无法逆转。

母亲强压悲凄，跟父亲说：大夫说了，让咱回家……好了，咱回家……

父亲嘴唇翕动着：……回……回……家……

极度虚弱的父亲，已经连一句完整的话都说不出来了。这一点不像大清早临进手术室时候那个样子。世上的事情变化得令人猝不及防。

午后，我们长途奔波，送父亲回到了家。

父亲躺在炕上，痛苦的情形，让人不忍目睹。他剧烈喘气，身体扭动，目光里流露的是无奈与不甘。我和弟弟妹妹跪坐周围，握着父亲的手，饮泣不止，最后竟至于号啕起来。

当天晚上，罹患心脏病、肾脏炎等疾病十余年、一直在病魔的侵袭下挣扎着的父亲，终因脑梗、心梗并发，离开了我们，离开了这个家。

缺失了父亲的家，还叫家么？

四

今年春节前的一个周末，我回村，和母亲蒸丸子。一起帮忙的还有刚从大学里放假回来的儿子。我挽起袖子，在大盆子里和丸子馅儿。母亲说起前年腊月里，丸子是父亲和她蒸的。父亲忙活了大半天，有些累着了。母亲说这话时抬起头来，看着我。

母亲接着说，把人家累着了。然后蒸出来，父亲只吃了两个，母亲让他再吃，说是不好消化，不吃了，然后年三十就住院，然后初六就去世，然后母亲就心疼，说，人家和我蒸好丸子了，只吃了两个。

母亲说着说着，就哭。

父亲是蒸丸子的好手，几斤萝卜，几斤猪肉，几两粉面，几钱盐，多少葫油，多少调料，都按比例记在心里的。或者别人也按这样的比例做，蒸出来的丸子却没有那种纯正的味道，因此母亲总是让父亲上作料调馅儿。为此，父亲丝毫不掩饰那份得意。我现在能够很清晰地想起他得意笑时的样子。

我想着想着，就流下了眼泪。

五

两年了。

父亲走后，我们过了两个年了。

母亲至今走不出伤悲。前些时候我回村去看望她，她拿出一个笔记本叫我看。上面是她在难以自抑的时候写下的文字，类似于日记，全是对父亲的追思，怀念，愧疚，怪怨……是的，母亲这些文字里不乏怪怨，因为父亲跟她说过，要陪她一辈子。母亲哭着跟我说，他说是要陪我一辈子的，他咋就说话不算话呢。我一个人在家，冷冷清清，他也忍心?

听着母亲的絮叨呢喃，看着母亲日渐苍老的容颜，我无言以对。

我该说什么呢？

在那个笔记本上，我看到母亲的回忆里，提到了我们这个家诞生的日子，也就是父母结婚的日子，一九六三年农历十一月十四日。

六

我在院子里转悠。我看着我们的四合头房。这院子显然是旧了。二十多年的风风雨雨，侵蚀了一切。墙皮掉落，油漆暗淡，门窗破损……我心里愀然疼痛起来。是不是，应该修整修整我们的家了？

母亲说起过重新油漆门窗的事情，我们建议她跟我们一起去住。她未置可否。

站在这个院子里，我们的“家”里，我陡然明白了一些什么。

家，割舍不下的家呀。

家，就是最嫡亲的一家子共同居住过的那所房子。我们说，回家，回家，就是回到那所房子里。某种意义上说，房子在，家就在。

我能够理解母亲不想离开这个“家”到别处居住的缘由了。

我得好好想一想，啥时候，把门窗先油漆了，然后，该修整的部分，尽早修整，不要让它们再以一副凄然的模样注视着我们了。

（2011年3月6日首发中财论坛）

夏冰，本名赵志峰，男，1964年生于山西定襄，现居忻州。广告公司文案、编辑，中国散文家协会会员。作品发表于《华夏散文》、《诗文杂志》、《中国诗歌在线》、《山西晚报》、《语文报》等报刊，《梅子》入选《中国当代散文大观》（第五卷）。

从屋檐下出发的光阴

孙本召

雨一直下，没有休憩的意思。

我站在街道一户人家的屋檐下避雨。潮湿的世界里，有乌云，有寒风，有冷雨，有晃动的人头，有嘈杂的汽笛，还有我一个离家的游子。

雨一直下，不会停了。我看着黑沉沉的天空，心里想。走吧，现在，雨还小，等雨大了，我的世界会更寒冷，更潮湿，更狭小的。冲进茫然的雨中，冰冷的雨迎面扑来，风肆虐着钻进脖颈，我才真实地感受到这个冬季的寒意凛冽。

离开久了，家会渐渐升温。不觉中，老家的影子飘来，片段也好，支离也罢，一个屋角，一棵树，一堆草，都是暖和的。这样的冬雨，让人想家了。

雨一直下，在我回归的路上，我的那个寄居的巢穴，没有屋顶，没有隔墙，没有栅栏，没有青砖，没有门，没有窗，更没有爱情的女主人。那时一个意象的名词，许多人的字典中都镌刻这一个美好的字眼。在异乡的土地上，没有根的树，只要风雨一来，树便会枯萎的。我的根呢？我的脚下，只是坚硬的水泥的街道。不在这里，在故乡的土壤中。我确定，打工来时，背包里的那包乡土还在，被父辈的双手耕耘千遍万遍的乡土，还有汗水的温度。家的温度也在，那是炊烟的温度，我知道，还有，父母的话语，这样温温软软的叮咛，一刻都没有丢弃。

雨一直下，顺着老家的屋檐开始滴答，一声，两声，许多声，直到把故乡的春天唤醒。屋檐下，有多少故事在流传呀！雨丝一样，缠缠绵绵，连续不断。灯影下，站着的那个佝偻的背影，一站，怎么就是一年呢？那盏蛋黄的灯火，一直都那样亮着，亮着，亮在屋檐下，亮在门槛上，穿透着柠檬的夜色，照在门前的青石台阶上。

阳光真好！满院子都是，满满的。那只小黄狗在，白色的猫咪在，高大的枣树在，还有那个石磨，白发的奶奶也在，一切都在。暖暖的，闪闪的，灿灿的，缓缓的。奶奶眯缝着眼睛，蓝色的粗布对襟袄，黑色的纱布裤子，黑色的紧口布鞋。拐杖静静地依偎在奶奶的身边，旁边是黄狗，再远点，是匍匐在地上的白猫。静止的素描，整个故乡祥和极了。即便起风，风也很温柔，叶子轻轻地叙述着往事，偶尔，有几只活跃的鸟雀，嬉笑着掠过房顶……

我在哪里呢？我在寻找自己的快乐。书本，没有那么大的吸引力。童年，多好的一段光阴，没有一丝哀伤，一缕忧愁。屋檐下，一张张玄妙的蜘蛛网把孩子们的目光搜了去，每一个小手里都举着一根麻秸，麻秸的顶端，绑缚着一圈细竹条，我们挨着草房子的屋檐寻觅，寻找蜘蛛的迷魂网。那网，的确不同寻常，严严密密，精巧逻辑。网在阳光下，晶莹剔透，有时候，主人会在上面睡大觉，但，我们的队伍太庞大了，十几个人，十几根麻秸，犹如一只揭竿而起的队伍，浩浩荡荡。蜘蛛，生性警觉，见我们的气浪袭来，它们早已经遁身而去，留下自己装饰的家园。

我们开始肆无忌惮地挥舞自己的快乐。我们旋转着麻秸，黏稠的网重新编织，一层，两层……直到确信，每个人的圈子网能粘住蜻蜓轻盈的翅膀。快乐，建立在毁坏别人幸福的基础上，我那时，并不知道这是一种极其自私、野蛮的行径。

粘蜻蜓是傍晚的故事。那时，暑气已经散去，太阳灯笼似的挂在树梢，炊烟开始升起，我们这群麻秸队出发了。土路边的灌木丛，菜园子的木栅栏，沟渠边的芦苇荡都是蜻蜓停息的好地方。兵，是要分头出发的，这个时候，不能统一。这是属于侦查的范畴，需要绝对保密，不能有任何的声响。那么多的小型飞机，一架架停落在夕阳下，轻捷透明的羽翼，宛如西域的裙纱。轻轻地，近了，近了，轻轻地。似乎可以听见蜻蜓的呼吸，仔细听，只有自己怦怦的心跳。手心里，全是汗，呼吸开始困难，眼睛一眨不眨，没有过的专注。猛地，刹那间，那张沾湿的网从上而下，迅即笼罩在蜻蜓的头顶，即使，它欲飞行，也是徒劳，它的空间完全被我童年的网覆盖了。捉回来的蜻蜓是要放在帐子里的，没有蚊香的晚上，蜻蜓就是我的守护神。我光着屁股，把自己平铺在床上，像一张纯净的纸，等候着梦境的光临。每个夜晚，都有大群大群的蜻蜓飞过我的脑海，但，早上起床的时候，我依旧发现，我的小屁股上，还是留下了一个个小小的、红红的吻痕。蚊子，还是在我的纸张上描绘了一幅幅夜色图。

记忆里，父亲吃饭最有意思了。常常见他端一碗饭，夹一点小菜，往屋檐下，墙根边一蹲，那顿饭就打发了。他的这个姿势，一摆就是几十年。饭桌，只是个摆设。我不喜欢蹲着吃饭，腿、脚都容易酸麻。父亲的这个动作，尤其在每年的夏收，秋种的间隙尤为突出。土地、土墙、花边瓷碗、汗津津的父亲、田野里吹来庄稼成熟的味道，油画一般，难以抹擦。我想，不光是父亲，屋檐下的墙根边，蹲着多少挺拔的脊梁，蹲着多少憨厚的身影。他们长年累月地听滴答的雨声，见证岁月的沧桑。谁家的媳妇进了门，谁家的女儿出了嫁，谁家的老人入了土，谁家的孩子上了大学。这就是乡村的生活，简单的屋檐，简单的生活，简单的幸福，简单的重复！蹲在屋檐下，谁都能咀嚼出生活的味道。比如：墙洞里机灵神奇的小老鼠，夜间飞舞的群娘蝙蝠，淘气可爱的小麻雀，和睦团结的马蜂……

除了父亲，还有母亲。坐在阳光下怀抱里的一张小嘴，贪婪的，陶醉了所有的目光。那是我的小手，紧紧地扯着母亲的衣襟，像一只饥饿的小山羊。我的牙齿疯狂地咀嚼着母亲红润的乳头，或许，母亲感到我的淘气了，手掌拍打着我的小屁股。我吃得更欢了，用眼偷偷地瞟了一眼母亲，母亲笑得真好看，像三月的桃花。父亲也在笑，吃饭的嘴巴发出的吧唧的声音更大了。

一年四季，屋檐下一点儿都不缺乏色彩。春天，青嫩的柳条寄托着哀思；夏天，翠绿的艾草芳香着院子；秋天，火红的辣椒，金黄的玉米，白色的蒜瓣，组合成一张色彩明丽的壁画；冬天，白色的冰锥悬挂着，恰似一根根敲鼓的棒槌，敲打着新年快乐的歌谣。

谁能逃离老家的屋檐呢？谁又能把老家的故事讲完呢？“茅檐低小，溪上青青草。醉里吴音相媚好，白发谁家翁媪。大儿锄豆溪东，中儿正织鸡笼。最喜小儿无赖，溪头卧剥莲蓬。”观望辛弃疾的词性屋檐，自觉这是人生最快乐的境界。从容的白发，生动的幼稚，恬淡的画面，这样的一组镜面，谁能不安然？不陶醉？不向往？

憧憬，只是一种写在未来的等候。而今的屋檐，乡村的屋檐，草的至纯悄然不在，温软不在，代替草茎的是侠骨的钢筋，砖块，混凝土。屋檐越来越高，屋檐下的背影却越来越少。许多匆忙的脚步把屋檐作为起点，收拾沉重的背囊，选择离开，离开熟悉的屋檐，离开期盼的眼神。那些，曾经在屋檐下举起快乐织网的童年早已经逝去，包括，那些曾经生气过，打过架的玩伴，他们都去了哪里？每每回到故乡，故乡的形影孤单，人烟稀疏，都会让人深思：而今的故乡，是否还保存着久远的纯真。虽然，那些新农村的房子是那样的美观，屋檐俏丽，但，只要我目睹，一扇扇紧闭的大门，我的心底就会纠结，屋檐在，屋檐下的人却在异乡的屋檐下遮蔽阴霾的季雨。

雨一直在下，我的身上已经湿透，而我的屋檐不在。拥有一个自己的屋檐，把所有的喜怒哀乐挂在屋檐下，让季节的风梳理苍老的墙皮，让丰收的甘甜来填充所有的空白，让所有飞离屋檐的燕子都回家，回到那个熟悉、温馨、质朴的屋檐下。直到，阳光爬上屋檐的发髻，月光吻上屋檐的唇，星光璀璨屋檐的眼睛。

雨一直在下，我的眼睛濡湿了。故乡，那些静默如沉重肩头，谦逊如父辈头颅的屋檐是否一样泪流满面……屋檐无语，屋檐在低低地呻吟。这样的一种阵痛，只是短暂的难耐，当改革和谐的春风吹遍乡野，当土层里的脚印把城市的霓虹灯跳醒，城市的繁华和乡村的朴质融合的时候，我的乡村，我的屋檐，必定充满了欢笑和歌唱。那时，是的，所有，所有的所有，都在屋檐的期许里，从遥远的地方启程，翻山涉水，日夜兼程……

(2011年3月19日首发中财论坛)

孙本召，男，1972年生，安徽蚌埠人，安徽师范大学专科学历，小学高级教师，市作协会员，《梧桐花文学》小说天地主编。作品见于《读者》、《延安文学》、《翠苑》、《文学与人生》、《散文世界》、《秦都》、《佛山文艺》等杂志。

方向在心中

罗从政

生命的轨迹穿行在城市之间，最让我揪心的，是找不到方向感。

以前只在书本中听说，大海上的船若是失去方向就靠不了岸；飞机在平流层，若失去方向就找不到降落的平台；人生若是找不到方向，就实现不了远方的理想。如今，我倒是亲身感受到找不到方向的无奈。

到市中心办事，人家在电话中说好某某路、某某楼、多少号，可我来到这条路怎么也找不到那栋楼。带着惭愧再打电话询问，原来我已走过一百多米。办完事后，想着不如坐公交回去，挺远，打的太贵。可是东走走，西走走，找不到公交站牌，好不容易找个站牌，上车后司机说，你坐错了，到对面坐去，跳下车，脸一阵红晕。一次在市中心迷路，我问一位大叔，大洋商场怎么走。大叔很和蔼地说，由此向北走，十几分钟就到了。他以为我知道方向，只说了向北走。我哪里知道哪边是北，便指着一条路红着脸问，是向这条路走吗。可不巧，我指的刚好是南路。没有方向感，走在城市的街道上，尴尬一路随行。

我一个人从不敢到市里逛街、买东西。一来，没有这种消遣的习惯，二来，害怕迷路。有一次去参加朋友的聚会，离开时已经十二点多了。朋友住的地方高楼林立，而走时又没有人和我同路。这么大的人也没什么不放心，反正走不多远就找车了，于是一个人孤零零地上路。不想，走了十几分钟才发现不对劲，怎么感觉离打车的路越来越远，眼前竟然出现一片黑茫茫的庄稼地，惭愧至极，又迷路了。

如今城市的公交系统很发达，朋友告诉我只要记住公交路线，怎么走也不会迷路，我默默地记着。可实际用时，还是感觉很别扭，似乎我要走的路总跟公交线路没有交点，抑或方向相反。时间长了，我怕了，出去奔波的事就尽量推托给别人，或者找个人一起，给我做"指南针"。

没有方向感真惭愧，蜗居在城市多年，每次外出还是"步步小心"，别人说起什么路、什么在北、什么在南，我只有干瞪眼的份。有人甚至说，你咋这么多年了对所在城市没一点感觉。有外地朋友来我所在的城市时，最怕人家提起带他到城里逛逛；我一个人迷路事小，若是带着一群朋友丢了，可成了一辈子的佳话。

多年来，我一直对城市生活有一种"抗体"，我也多次深深思考其中的缘由，或许是我的根已深深扎入农村。

小时候是在农村长大的，山村地区是无需辨别方向的，至少我是这么认为。乡村只要看看山脉的走向，河流的波纹，就可知道路在何方。山像一个老人，安然不动，永远都是一副或严肃或喜悦的面庞，其中又总是流露一丝安然。即使换了新装，也不会改变峰的方向。河流是乡村的动脉，沿着两座山的脚下蜿蜒回肠，永远都是流向海拔更低的地方。乡村的田野也是容易让人难忘的，绿油油的庄稼，高低参差的杂草，郁葱的树木，共同包围着小路。没有高楼的遮挡，没有烟雾的萦绕，也没有纵横交错的十字路。

行走在乡村的山水间，不用管这座山是坐南朝北，还是面东朝西，我只需知道我家就在大山深处。在山中行走，看看山势就知道回家还有多远，路有多远，总不会有一分迷失。山即使再多，都是有固定的纹路，除了长时间的季节性之外，一天两天也不会有什么大变化。从山外回来，每次大巴车下了国道，窜进颠颠簸簸的山间村道，我就活跃了，刚刚沉睡的意味尽失。车路在哪里有个多大的弯，哪里有大斜坡，闭着眼睛都能想到，而且我随时知道还要多长时间到家，似乎大山就是天然的指南针，一回到这里，和方向有关的都明了。

在乡村中不会失去方向，还有一个原因是乡村的宁静。没有工厂，虽然少了繁荣景象，但可以保持空气的清新，同样屏除了城市的轰隆。没有纷繁复杂的商业宣传，即使走在乡村小街道，也给人一种沉睡的安详。就是有个货郎挑着各色特产，走街串巷，高声叫卖，那也是片刻的另一番愉悦，倒更凸显了几分宁静，总不会觉得吵闹。乡村里也没有呼啸的车流，坐车倒是有些不便。可细一想，若是车真多起来还会觉得烦，毕竟出行是少数时候。

其实乡村有乡村的声音。鸟叫声最常见了，有的叽叽喳喳，透过林子，飞进屋子；有的悦耳动听，婉转如贝多芬的钢琴曲；有的哀怨凄婉，如同在诉说前世的恩怨。鸟叫之外，还有夏季不可忽视的蝉叫。炎热的中午，蝉撕破嗓子吼着，为高温带来了起伏的波纹，似乎在证明着生命的顽强，愈是热，叫得愈欢。乡村的声音太多了，这些只是最常见的，还有田埂上说笑声，落叶声，植物簌簌生长的声音，风雨雷电的声音……

乡村有听得到的声音，也有听不到的声音。日落月升，花开花落，冬去春来，听不到，却是有声音的，能感知到的。乡村的声音虽多，可居住在乡村的人也不会觉得吵闹。大自然每时每刻都在按自己的步伐前进，一路上留下了很多美妙的音符，可是这些声音都是自然这部乐谱中各部的配音，若是少了一种还是一种缺憾。这些声音有规律，每一部发声都秩序井然，相互配合，共同弹奏了自然的绝唱。人生活在这样美妙的背景音乐下，自然也不会认为是喧闹，更不会心烦意躁，也不会失去丧失心中的方向。

我总认为在宁静的环境中，人的心也会更亮，方向上就会更清晰。宁静中万物是清晰的，没有太多的花哨，一目了然，过目不忘。眼睛发出平静的光芒，看到乡村每一点变化，内心也会刻上深深的一道痕。时间长了，一道道痕组成了一幅精美的画，那就是恬淡悠然的乡村山水图。我一直喜欢陶渊明的诗，认为他肯定是在农村生活了一辈子，至少对乡村有深刻而独到的感受。那“曲径通幽”的意境，也只有在宁静的乡村中可以体会，只有在宁静的山村中才能发出“狗吠深巷中，鸡鸣桑树颠”的吟咏。只有把根深深地扎入乡村，才能保持心中不灭的指向前方的灯火。

初到城市，我以为方向感不好是因为时间短、没适应；现在，我终于明白，方向是由心定的，一个人的方向在心中。有什么样的心境，就能对方向有多深的感情。

（2010年5月12日首发中财论坛）

罗从政，男，1980年代出生于陕南安康农村，校园作家，现就读于东北师范大学。中国散文家协会会员，中国纪实报道通讯员兼任中国纪实报道东北师范大学通联站站长，中国大学生文学联合会理事，青少年作家网通讯员。

背叛的一种叙述方式

敬一兵

采用行为的方式进行叙述，简明清晰。如同从一滴水出发，便可以直接俘获阳光。

行为对思想的背叛，就是这样的叙述方式。

每次翻看自己的相册，无一例外看见的是自己的表情。自己的表情大多是柔和的。别人说像个儒者，我自己则经常觉得像个印度学者。之所以说成是印度学者，大概与那些生活在恒河边上，研究与神沾边的东西的人有关吧。只有在我的一个友人去世后，再次从相册里找出我与他的合影时，才看见了自己行为凝固成的瞬间姿势，背叛了我的表情。友人儿时因小儿麻痹留下了腿脚萎缩不能站立的残疾。他坐在轮椅上，抬起头来看着我。和我说话。我脸上挂着微笑的表情，手却搭在了并肩站立在我身边的另外一个人的肩膀上，而不是体贴地扶在轮椅的车把上。现在怎么看我都觉得，自己的手部行为简直就像一面镜子，把我的微笑，完全反射成了正常人对残疾人居高临下的微笑。我虚伪的影子，一下子就彻底暴露出来了。

表情和行为同时登上照片的舞台，但行为却背叛了表情的含义。这就意味着，从一开始，表情就输给了行为。

表情在映衬意识的时候，会给意识贴上情愫的标签。而行为，就很像是握在意识手上的一面镜子。意识只在乎自己的情感元素和个性活动，所以很多时候都会忘记拿起镜子照照自己。如果意识在这些关键的时刻照照手中的镜子，就会发现自以为被管理得服服帖帖的行为，已经悄悄背叛了意识的初衷。得出这样的印象，不是我的灵感和臆断，而是来自一面镜子的照射。

一张照片，就是一面镜子照射的瞬间凝固的情形。

无数的往事，从照片里源源不断走出来。它们只顾及自己的行走姿势，像春天里走在生长路上的枝条，不打算停下来，更不打算照顾一下面对照片的审视者的任何情绪。这种走出来的姿势，很自信也很强势。它们没有顾虑，完全袒露，不需要掩饰和伪装，仿佛一切都在掌控中，仿佛天生就肩负了把每颗跳跃的心，从皮肤和衣服的遮盖下揭露出来的责任。

你得自己照顾自己了。

父亲每次看见有人出现在自己残疾儿子身边的时候，都要语重心长地说。即使残疾儿子去了天堂，他的父亲如果和我同时出现在这张照片规定的情景里，也会这样说的。

父爱的气息，是一种物质，传递到每个人的脸上，都有瓷实的感觉。不用问就知道，这样的气息，也像风一样传递到了他的心里。虽然他的那颗心，在感觉里已经风干了。残疾儿子听到父亲这句话，并不立即回答。他总是会先沉默好一阵子，然后才会伴随自己用手轻柔地、细致地、缓慢地、来来回回地在轮椅的扶手上抚摸，弱弱地说知道了。他回答的声音不清脆，甚至有点沉闷，很像是从一个长长的隧道里面发出来的。只有从隧道里传出来的声音，才具有这种含义不明的深沉味道。他的手从来不去碰触残疾的腿脚，哪怕空洞的裤脚沾上了泥巴，他也绝对不会去把泥巴弄掉。只要他的手一接触到裤腿，无疑就是接触到了隧道，他在电视里多次看过的隧道。晦暗的色调，带着被生活磨损的焦虑，还有蝙蝠尖叫老鼠奔跑，是隧道给残疾儿子留下的深刻印象。

你得自己照顾自己了。

子里，我还听见他父亲这样说过。他父亲说这句话的时候，眼睛没有一直停留在儿子的脸上，更多的时候，是在我们的脸上迁徙，试探性的迁徙。一个人的眼光迁徙，如果剔除了徘徊的性质，就只有意图明显和躲躲闪闪的踌躇这两种成分了。不管是哪种成分占主导，都会不由自主散发出一丝淡淡的甜味，让藏在眼光背后的某种企图，像野兽一样嗅着味道的踪迹追来。

儿子和父亲的行为在对峙。语言被抛在了一边。

被行为抛弃的语言，正在挑衅地看着父子的行为。

他们或许并不知道他们经常处在对峙的状态里。司空见惯的行为，也就是儿子用手抚摸轮椅的车把，父亲一边说话一边用眼光在别人脸上迁徙，已经成了惯性。父亲面对残疾儿子的语言，永远都是温和慈祥的。儿子面对父亲的关照，一直都是唯唯诺诺的。谁也不会看到也不会提起，掩埋在这些惯性动作下面，极深极深的下面，是一场又一场激烈而又紧张的揭露、背叛和对峙的场面。这就是历史的深邃了。历史总是把不堪的过去，推向时间挖掘出来的黑暗隧道里，完全遮断了眼睛的视线和心灵的视线。于是，不可承受的变成了可承受的。谁愿意退回去，重现那伤人的场面？

我相册里的这张合影照片，成了我推开的一扇窗口。不需要用望远镜偷窥。行为，残疾儿子和他父亲的行为，就已经带着掩藏在他们语言背后的动机，穿过窗户外面明媚的阳光与喧嚣的声音，和我的眼睛连在了一起。

说话的声音停止了。父亲的眼光却还在我们的身上迁徙。似乎只有这样，才会给他刚才讲过的话，标出责任的重量注脚。我们每个听见这句话的人，都能够看到他父亲的眼光，在迁徙的时候虽然是柔缓的，但线条在特定的角度上，却有着刀锋的质感。说话时眼光在迁徙，是他父亲形成的一种习惯，自然不会引起警觉。更不会发现，迁徙的行为，在说话的同时，已经把父亲的忧虑、失去了信心的慵懒、在长期的重压下才会形成的孤寂和乖戾，统统都出卖了。不仅如此，行为还让父亲的语言，背叛了它们之前达成的契约，像被波浪抛上河岸的鱼，不动声色地叙述着声音这条河流里所有伪装，或者表演的成分。眼光的刀锋质感就更可怕了。它背叛语言所表达的东西，尽是像虚伪、言不由衷和自私，甚至欲抛弃包袱的那种企图才有的卑鄙和阴险。这些原本潜伏的东西，如果不是行为的背叛，外人是很难发现的。

有了这些动作行为的佐证和映衬，父亲的语言，说出来的和没有说出来的语言，都因此而变成了粗糙的物质。

残疾儿子听到他父亲说这句话的次数，比我们多得多。他一边听，一边用手抚摸车把。而他的父亲说话的时候，眼光在迁徙，心也在迁徙，这就让父亲很难从儿子的行为动作上，捕捉到背叛的信息。如果不是凝视相片，我也不可能有机会捕捉到背叛的信号。

表面上看，儿子对父亲的语言，没有表现出丝毫的怀疑、反对、抵触或者不屑。把细再看，情况就不同了。

儿子的手在车把上来来回回抚摸，动作缓慢而又谨慎，仿佛手摸到的不是车把，而是生命的某个段落。生命的段落如果是一马平川的，抚摸的动作应该就是连贯均衡的。可是，残疾儿子的抚摸动作，是缓慢谨慎的，有时候还表现出犹豫不决或者无从下手的情形。这条动作线索十分重要。轮椅车把是光滑的，在任何人的手下，都会稳稳地散发出矜持干净的光泽。然而，每当听见父亲说那句话的时候，这样的车把，到了他的手下，就有了坑坑洼洼不踏实的感觉。父亲的话，成了警示的路标，一次又一次提醒儿子，他摸到的车把，有许多地方是缺失的，会让他的手陷入虚空，就如同他萎缩的腿脚，无法踏在坚实的土地上而产生的虚空一样。缓慢而又谨慎的抚摸动作，就是残疾儿子面对虚空构成的危险的敏感，以及对危险理解的一种叙述。这种叙述，背叛了儿子对父亲信赖、感恩和崇敬的表情。随时随地都能够察觉到自己生命片段残缺的人，听见别人说要自己照顾自己的话，他无所适从、忐忑不安、盲目徘徊和局促焦虑的心态，绝对盖过了感恩、信赖和崇敬的情愫。

自己照顾自己这句话，对一个残疾人来说，简直就像是一枚骰子，被人一掷，就送上了前途未卜性命难保的路途上了。

每个人的心里，都有一处阳光无法抵达的地方。残疾的他，就更不用说了。因而，人世间的所有事情，都来自于疑问和隐私。不动声色。掩饰伪装。隐喻暗示。移花接木……人类的最高秘密，因不愿意被暴露而如此惊人地相似。强烈的禁忌之所以被严格设定，正是因为那是人性中最深层的冲动。行为对思想的背叛，既是一种叙述形式，也是人性中最深层冲动的表达。

你得自己照顾自己了。

这句充满关心、鼓励和信心的话，到了残疾儿子的耳朵里，就成了一种彻底无力并像一串不安的音符，从他的耳膜，一直掠到了他的脊背。不知道他意识到其中的背叛行为了吗？

行为，背叛用来叙述自己的方式，就是这样不动声色又出其不意。

现在，我的这位朋友，生下来就不能感受到大地的美好和坚实的残疾人，从天堂里悄悄绕到了我的眼前。他没有告诉我天堂里的情况。他只凭借一幅照片，向我呈现了背叛是如何进行行为叙述的过程。

有很多形式可以让这类背叛的叙述选择，可它却偏偏选择了行为，不易被察觉的行为。没有一丝虚构的行为背叛叙述，从来没有让我面对一个残疾人，突然有了未曾坦白过的赤裸冲动和潮湿。还有对自己过去所作所为的羞耻。

（2011年5月23日首发中财论坛）

敬一兵，男，1960年出生，学者兼作家。1986年出版个人学术专著。在《都市》、《边疆文学》、《岁月》《散文选刊》、《世界文化》等杂志上发表散文多篇。

提篮春光看母亲

昨日时光

我的母亲今年七十多岁，和我父亲一起住在乡下老家。守着一院房子，种着两亩薄田，养着五只母鸡，还有一只花狗，两个老人相依为命。老年人怕孤独，怕寂寞，怕无人理会，他们最盼望的事就是我们这些做儿女的回去。每到双休日，只要没什么别的事，我都会回老家去看母亲。

回家的路是一条洋溢着亲情的路，也是一条洒满了幸福的路。走在那条闭着眼睛就能一直走下去的路上，因为心中盛满了幸福，往日平常的景象在我眼里也呈现出别样的美来。春天满眼黄晕晕的油菜花，那是母亲的笑脸；夏天响彻晴空的阳光和蝉鸣，那是母亲热切的呼唤；秋天收割后静默的稻田，那是母亲质朴的品格；冬天薄霜覆盖的灰绿色油菜，那是母亲坚持的性情——不管哪个季节回去，看见广袤深厚的大地，想起含辛茹苦的母亲，心中总会满怀感恩之情，总会荡漾着明媚的春光。

联系我和母亲的是一部座机电话，每天给母亲打个电话是我必然要做的一道功课。有时候忙得忘记了，又怕深夜打扰她，就在第二天一大早跟她说："我昨天忘了给你打电话。"母亲总是说："你忙你的，我好着的。"每次挂电话前，我总要嘱咐她："把电话放好，压实在了再丢手。"这已经成了一种习惯了。母亲不会打电话，甚至连接电话也不会。很多次，我打过去，传来的是"正在通话中"的提示。我知道，那一定是母亲没放好电话的听筒。我急急地赶回去，一看，果然是。我对母亲说："你好霉啊，连个电话都放不好。"母亲站在一旁，满脸惭愧，像个犯了错误的小学生。

接到我要回家的电话后，母亲显得很激动。她急忙洗腊肉，泡黄豆，招待我的一般是腊肉和菜豆腐，那是我们这最好的美食了。准备好一切，第二天一大早，母亲就站在路边张望，要是看不见我，她会一个人走到村外的小桥边去等。远远地，我看见母亲瘦弱的，日渐佝偻的背影，心中满是怜惜之情。母亲老了，头发花白，脊背弯曲成一张弓。我那站在村口的老母亲啊，你像一个巨大的问号，更像一座温暖的纪念碑。想起你一生一世的辛劳，我怎么会不肃然起敬呢？

母亲远远地招呼我："你回来了。"一脸幸福的微笑。我下了车，和她一起往回走。我对她说："妈啊，你的背越来越驼了。你能不能直起腰来走路呢？"听了我的话，她很努力地挺了挺上身，很快又恢复了一张弓的原样。她说："没办法，这是你外婆给我遗传的。"外婆给我的印象很模糊，我早已记不清她的脊背是什么模样了，但我宁愿相信，母亲的脊背是被无情的岁月压弯了的。

我和母亲边说边走，老家的花狗在我们身边欢呼雀跃，它亲昵地蹭我的腿，伸出舌头舔我的手。早晨的阳光照在狭小而干净的村街上，我的心里温暖而宁静。一路上，母亲主动招呼乡亲们。乡亲们热情地招呼我："回来了。"眼睛却盯着我带回来的东西，身后是小声地一句："孝子哦！"

我不会空着手回家的，但即使我拿了最少的最廉价的东西回去，母亲也会抱怨我乱花钱。她总是说："你挣钱不容易，还要养娃娃。"听出来没有，母亲最疼爱的是她的孙子，要是我带了她的孙子回去，她会格外高兴的。她踮起脚尖伸长胳膊努力地够着我儿子的头，一边亲切地抚摩，一边语重心长地说："我的好孙孙啊，好好念书，我们林家的希望全在你身上了。"儿子听了这话后，一定会使劲地点几下头："嗯，我知道。"然后很听话地去楼上写作业了。若是儿子因为补课回不来，母亲一定会给他装好菜和饭，让我带回去。她还牵挂她的儿媳妇，也给不能回家的她准备了一份热饭热菜。

回到老家，总有干不完的活。农忙的时候自不用说，我们姐弟几个一起上，累得汗流浃背的，虽然很苦，但看见母亲满是皱纹的脸上绽放出舒心的笑容，我们谁也不会有任何怨言的。即使农闲的时候，我们也会去地里除草，给蔬菜施肥。最温馨的时刻是在厨房里帮母亲做饭。一大家人有秩序地忙碌着，有的烧火，有的洗菜切菜，有的炒菜，母亲给我们打下手，跟我们一起聊家常。村里的很多事情，比如王全娃的儿子出车祸撞成植物人了，赖长贵捡破烂吃垃圾，村里水井坏了等，都通过我妈的嘴传达到我们的耳朵里了。更多的时候，她会跟我们说起她年轻时的事，说她过去吃的苦太多，说她嫁到林家有多亏……我们都劝她："你现在好多了，苦尽甘来啊！"母亲点头，很满足地"呵呵呵"笑。

没事的时候，我喜欢到田野里走。看着那些长势喜人的庄稼，那些迎风作响的树，听着鸟儿在小树林里啁啾，嗅着土地蒸腾而上的淳朴的芳香，我紧张压抑的心情会得到极大地放松。一草一木，一花一鸟无不是大地母亲的孩子，是他们日夜陪伴着大地母亲，才不至于使她荒芜，而我却像蒲公英一样被迫和母亲分离，不能经常回家看她。

一想起这些事，每次离开母亲的时候我总有点愧疚。母亲站在路边送我，直到我的背影转过第一个弯道，她再也看不见我了，才走回屋里去。而那条花狗却要追着我跑出好远，跑到村口的小桥边。我呵斥它好几声“回去”，它才肯转身。我知道，花狗代替母亲来送我的。它也是母亲的儿女，是我的兄弟，是我的狗兄弟。它比我陪伴母亲更尽心，更尽责。

南在南方说：“我们长大了，去了远处，而父母留在原地。庄稼，树，猫，狗，油菜，板凳，父母通过它们看见了我们的样子。它们是我们，或多或少地陪伴了父母，或多或少地给了父母一些欢乐，它们是我们的兄弟。”她有猫兄弟，我有狗兄弟，我们都应该感谢它们才是。

夕阳幻化出她的最后一抹晚霞，把回家的路渲染得一派绯红。又一次离开老家，离开母亲，逆着夕阳的方向追逐自己的小家，却怎么也追不上夕阳的背影——她无奈地坠落西山了！孔子说：“父母之年不可不知。一则以喜，一则以忧。”我真怕那一天的到来，我想象不出那是怎样的伤心欲绝。唯一能做的是趁母亲还活在人世间，多看她几次。母亲活着的时候，我就是天下最幸福的孩子啊！

回家看母亲的时候，我只提了一篮子春光，而离开母亲的时候，我哪一次不是满载而归呢？篮子里装满了老家自产的东西，有鸡蛋，有白米，有菜油，有一把豇豆，几个茄子……实在没有什么可送的，母亲也会去屋后的园子里给我割一把韭菜，掐几把胡豆——她怎么会让她的儿子空手而归呢？

（2011年5月26日首发中财论坛）

昨日时光，原名林文华，男，1966年生，陕西省汉中市人，大学毕业，中学高级教师，现服务于陕西省汉台中学。自幼喜爱文学，2007年开始文学创作，业余写作小说、散文、随笔、诗歌等，迄今为止有数百篇小说、散文、随笔等在中省市级报刊杂志发表。

聆听千年春雨声

漠北雪莲

春风带着美好的祝愿，携着绵密的细雨，带着婉转的音律，穿越在河西走廊，那一块块干渴的土地被动人的音符润醒。

这雨，如烟、如雾、如一层轻薄的幔帐从天上慢慢地飘落下来。这是春天的喜雨，它柔柔细细地直穿人的心田。它不像是夏天的雨，来得凶，来得猛，电闪雷鸣让人猝不及防；它也不像秋天的雨，带着心事，带着惆怅，绵绵不断地浸泡大地。春天的雨给人清爽，它悄无声息地渗透到泥土里，沁入到树木和大地上一切植物的体内，无私地奉献着生命所需，滋润万物悄然地迅速成长。

雨滴轻轻地叩击着阳台的玻璃，溅起一点一点地水珠，如歌似乐，细腻温婉。远处那蜿蜒灵动的群山，笼罩在茫茫烟雨之中。山坡上那一块块酣睡中的田地，被犁铧翻起的土坷，一塄一塄僵硬地挺立在细雨中，它们静静地聆听着雨丝在风中轻柔的呢喃。在雨水的湿润下，土坷渐渐软化，它们伸着懒腰，打着哈欠，舒展了全身的筋骨，一粒粒散落开来。

滴滴答答的声音唤醒的不仅仅是土地，它滋润和孕育着新生命的诞生，新轮回的开始。丝丝细雨伴着天籁之音为大地重换新装。“好雨知时节，当春乃发生，随风潜入夜，润物细无声。野径云俱黑，江船火独明。晓看红湿处，花重锦官城。”在欣赏喜雨的时刻，心中荡起了古人描述春雨的佳句，我的眼前晃动着中国文坛的诗圣，诗的创作者——杜甫的身影。

杜甫，这位伟大的现实主义诗人，生活于唐代社会由盛而衰的转折时期，他的诗歌真实形象地反映了安史之乱前后的时代风貌，是当时社会现状的一面镜子，故有“诗史”之美誉，在他的诗中贯穿着强烈的忧国忧民思想。而他忧国忧民的思想源于他身上较为浓厚的儒家思想。表现为矢志不移的忠君爱国思想和深沉广博的仁爱精神。这不仅是杜甫伟大的人格魅力所在，更是其诗句能感人肺腑、震撼人心的力量所在。也是他的作品在中国文学史上千年不衰的原因所在。

密密匝匝的雨丝挡住了我的视线。恍惚中，我撞进了历史的庭院。掬起一捧清凉的雨丝，亲吻久远的岁月，聆听春雨飒飒的音韵。遥想当年如诗如画的浣花溪畔的庭院长廊里，那位漫步廊下，布衣长衫，留着胡须的老人，用凝重的心情，观赏着春天的一场喜雨带给他喜悦的心情。当时，因陕西的旱灾来天府之国定居的杜甫，在浣花溪畔的草堂前，欣赏着飘洒绵绵细雨的春天，他把自己内心的喜悦，寄托在这场知时节的好雨中。诗人欣赏着细雨滋润万物的情景，环视四周平平整整的地块，那凝重的心情被这春天的喜雨悄然冲淡。他来成都的两年时间，除了写作之外，深入山乡田野，广交农民朋友，亲自整地、耕耘。在松软的泥土中，亲手撒下种子，精心呵护幼苗花朵；他经历过干旱带给劳苦大众的灾难，深知春雨的金贵。他渴盼这场春雨，希望这场喜雨能让受灾的人们、久渴干旱的土地得以湿润，他把自己的情感和美好的愿望寄托春雨之中，用真挚感人的语言抒发着自己心中的美好祝愿。

漂泊在异乡的诗人，以达观的心态，独享着雨夜的这份宁静。他昂首挺胸，迈着轻盈的脚步，用手捋着长长的胡须，若有所思地凝视着天上飘落的雨丝，眯着眼睛注视着地上湿润的泥土，一改往日满面的愁容，怀着激动的心情，发出了由衷的感慨，一首经典之作《春夜喜雨》由此诞生。

受传统文学家庭熏陶的杜甫，很小就吟诵作诗，展露出独特的天赋，他一生两次游历祖国名山大川，留下了脍炙人口的传世佳作。他的诗歌最显著的特点是，把社会现实和个人生活紧密结合在一起，表述的思想内容和文学艺术形式能完美的统一。他出身于中原河南“奉儒守官”的士大夫家庭，有着积极用世的思想，但因仕途失意，历经战乱，对时代苦难有深刻的体验。在他游历祖国各地的过程中，目睹到民不聊生的现实，对民生疾苦怀有深深的同情，诗人忧国忧民的心情长久地压抑在心头。

然而，一场春雨在人们急需的渴盼中，飘然而至，催发生机，滋润万物。同时也涤荡去诗人心头的阴霾，在这场体贴人意，知晓时节的春雨中，诗人用情抒发着自己心中的感慨。他极目远眺，雨中秀色的山川大地尽收眼底，他忘却了所有的烦恼和消沉，喜形于色地高声激昂，“好雨知时节，当春乃发生……”

浣花溪畔的草堂前一片幽静，湿润的空气伴着丝丝细雨轻轻滴落。小草、幼芽随着潮湿的泥土，在苍茫的黑夜里，偷窥着人间百态。在闪着微弱烛光的房间里，诗人仔细倾听着情绵悠长的雨滴声。那滴滴答答的声音，让诗人的心怀着一种希望，一种寄托，深深地释怀。“随风潜入夜，润物细无声。”他听到了万物在春雨中惊喜呢喃的喁语；他仿佛看到了一切有生命的植物在春雨的滋润中舒展着肢体，迎接新生活的开始。

诗人展开他想象的翅膀，置身在被浓浓夜色包围着的田园小径中，凝视远处江岸的渔船，还有那一闪一闪，红色亮丽通明的灯火，他的心中孕育着一个崭新的明天“晓看红湿处，花重锦官城”……

被干渴煎熬的时日渐渐远去，被时代的步伐抛弃的岁月留在了记忆的深处。在这绵密的雨丝中，唐代诗人从心底流淌出柔和的，带有深情厚谊的诗句让人沉醉。在摇曳的梦境里，雨滴拍打着沉寂凝重的地面，弹奏着清纯的音符。

滴滴答答的雨声，把我从沉醉中唤醒，那恍若千年的梦境，也只是一个擦肩的过程。我们的祖先杜甫，忧国忧民的心绪，落寞的身影刚刚消失在浣花溪草堂畔，千年后，我在绵绵的春雨中，循着诗人的《春夜喜雨》之声，在文字的海洋里，品味他留给华夏子孙不朽的杰作。

齐刷刷的灯光，将我的思绪拉回到闪着五彩缤纷的城市夜空。细雨依然，纤细，稠密。它像母亲贴心的叮嘱，温暖；像情人缠绵的抚摸，细腻。那晶亮的水珠，在灯光下剔透清澈，丝丝雨珠仍然是那样的漫不经心，仍然是轻轻地落地，悄然地涌入泥土之中……

在四下沉静的夜晚，听凭雨声从四方而来，那跨越了千年时空的雨声，在闪着光亮的空间，穿透了夜色的厚度，把人的臆想和思绪拉回到远方，在天地人的安谧中倾听雨声以外的声音。

飘飘洒洒的春雨，像一根扯不断的长线飘摇而来。它带着喜悦，带着大唐诗人的梦幻，再次为人间送来对万物的希望和祝福。我眼前的这座北方小城，也将展现出千年前诗人描述天府之国的美景“晓看红湿处，花重锦官城”。

（2011年6月3日首发中财论坛）

漠北雪莲，原名滕建民，女，生于1960年代。2007年开始写作，文章被杂志、报刊采用，出版散文集《追寻者的梦》。现为西部散文学会、张掖市作家协会会员。

废墟上的生命

程相崧

四周空无一人，附近有一个陈年的河闸，因为城市的围堵拦截，水已凝固不动，河闸也已经废弃。整个河湾正如一位年届耄耋的老人，悠闲地歪在大地的怀里。

没有人来垂钓，没有人来遛弯，没有粗粗细细前前后后重叠起来的道道车辙。如此的荒芜和静寂甚至让人怀疑，为什么脚下会横生出这么一条黄泥小路。这样的小路曾在梦里一次次出现过，但自从走出儿时的乡村，便已经很久没有在这样的路上走过了。路不盈尺，不，不是路，只是土径、土埂。细得像树叶上青白的脉线。在这些土埂的边缘，长满茂盛的狗尾草和抓拉秧。这些草和土地一样，像用刮刀绘制的油画，质地锋利，坚硬。土块龟裂着，显出神奇的花纹。这些花纹向四周毫无规律地自由延展，像洁白的瓷器上蛛丝般炸开的裂纹。我低头望着，地面上浅灰夹杂着暗黄的色调泛着温吞质朴的气息。让人想起儿时的乡间，想起乡间混合着金黄麦秆的土墙房子，想起儿时坐在奶奶膝盖上消磨的时光，想起在这样的路上行走着又消失着的所有生命……

远处是一片沉寂的农田。因为去年已经被政府征收，它们的主人拿着不菲的补偿款不知已经去忙什么营生，这一季该种庄稼的地方便长着膝盖深的荒草。河面不再宽阔，水里有一墩子一墩子的水草，像一只只巨大的绿毛龟，头和四肢都潜在水中，只露出毛茸茸的背。远处显得有些狭小的水面上，一只小凫正轻盈且警惕地盘旋着，灰褐色的身子在透明的水面上荡起一圈一圈的涟漪。它望了我一阵子，然后蓦地潜入水中，沉沉的，沉得把人的心也坠下去了。许久，才从另一处冒了出来。在它沉潜下去的时候，让人不由得心生奇怪：它怎么会潜得那么久，那么深？有一次甚至让我怀疑找不到它了，然而，就在已经放弃找寻的时候，它意外地从另一个地方冒了出来……

靠近岸的地方，枯黄的芦苇高擎着，静默着，倒映在水中。河边的堤上散布着各种杂树，一概恣意地生长。有的站着，有的歪着，有的倒着。狂生的枝丫毫无章法地旁逸斜出，张牙舞爪。这样的杂树形成了一个林子。林子静谧，只有树枝间的鸟儿在热闹地噪语。河里的蛙们看见我，也都叫了起来；我一走，它们就又停住了。我并没有感到它们聒噪，并不怪它们破坏了四周的静谧。也许在它们看来，我才是个地地道道的闯入者、侵入者，是破坏了它们平静生活的怪人（或怪物）。是我撕破了它们的平静，恰如一片落叶撕破平静的水面。

在不远处拆迁机器和推土机稍稍喘息，停止轰鸣的时候，布谷鸟在咫尺之间的树枝上叫唤，声音却遥远如同躲在林子外的麦地里。昆虫就更多了，在这片林中，我再一次见到了童年时见过但已经许多年不曾蒙面的一种甲壳虫。林子里最多的、也是人们最喜欢的当然是喜鹊。越来越多的楼房，使它们失去了容身之所。小区里低矮的龙爪槐和红叶李它们看不上眼，这高贵的鸟对白杨情有独钟。林子最东头的一棵大树上便住着三家，选择上下不同的枝丫作巢，宛然住上下楼的邻居。林子西头最高大的一棵树上，也住着一窝喜鹊。天气好的时候，它们会飞到我脚下的地上，跟我说话。

那些树大大小小地散落着，不发一语。我在林子中走着，不经意地发现，在几棵如椽如梁的树干上，竟然刻着许多字。它们的出现让我顿感惊诧，我瞪大眼睛仔细辨认着。那些刻痕已经随着岁月长粗，长得线条粗犷，字迹模糊，模糊得像是一些神秘的符号。在许多从前刻画过的地方，生出一个个硕大丑陋的树瘤。可以想象当初那些留下字迹的人，当时的心境是怎样的焦躁、狂乱、郁闷。所以拿出随身携带的利器，在这树皮上留下了他情感的记忆。当然，时至今日，已经让人辨别不清那些字是表白还是控诉，是咒语还是祝福。

这些树木，不仅成为人们寻求荫蔽的对象，发泄狂躁情绪的对象，而且成为他们无限索取的对象。这样说来，人是多么渺小，自私和贪婪啊！我不禁想，当我们把人和动物、植物放在一起平等关照的时候，我们才会发现，或许与人比起来，树木等植物更懂得隐忍、安宁、克制，更加明白生命的意义和人生的真谛，更加知道顺应天道，更知道友善和平等相处。

其实，四周正在蔓延，正在逼近，正在疯长的城市不就是写在大地上的文字吗？它们是文明对自然的入侵，是人类对大地的更改，是绚丽无比和繁华一时，同时也是大地之伤。如果没有它们，你不知道草有多绿，树有多繁茂，天空有多美……它们就像树上的一个个瘤子，让翠绿的生命迅速钙化，让美丽无垠的大地变成盆景和侏儒，让愉快的心瞬间沉重、窒息。古往今来，任何一个城市都建立在翠绿的大地之上，同时任何一个古老的城市都有它的寿命，有它的生和死。就像庞贝和楼兰也难免如此，每一个繁华之都寿终正寝之后，带给我们的都难免是疮痍和凌乱……

在我去林子的几天里，那些喜鹊在林子中的树枝间飞舞着，烦躁不安，忧心忡忡。在老辈人的观念里，鸟类和走兽有预知灾难的神奇能力。甚至在远古时代，人们在杀伐征讨和做出重大决定之前，总要用黄鸟和龟甲占卜。在许多民间传说中，在洪水、地震、海啸等到来之前，动物和鸟类更是带着人类躲避了一次次灭顶之灾……

如今，面临四野蔓延而来的灰色，它们能否再次告诉人类是吉是凶？

（2011年6月21日首发中财论坛）

程相崧，男，山东金乡人，山东省作家协会会员。先后在《山东文学》、《时代文学》、《福建文学》、《雨花》、《鸭绿江》、《散文百家》、《佛山文艺》等报刊杂志发表小说、散文、小小说等文学作品一百五十余万字。著有长篇小说两部、散文集两部、文学评论专著一部。

赏花

周施梅

天气尚寒冷的季节，友人相聚之时，就热切地期盼着春天的来临，约着那时节一同去赏花。

终于，天气一天天变暖，眼看着柳枝萌芽儿，一点点渗透出绿意，想到不久的日子里，那粉的杏花，白的梨花，红的桃花，朵朵花儿在长了新绿的树上绽放开来，就像开在心里一般喜悦，愈加期待着看花的日子。

不管人有没有期盼什么，日子总是慢慢流逝着。时间一日一日地过去了，忙忙碌碌的生活里，友人难得一聚，竟逐渐忘了相约看花的事。等待再聚时，已是花儿都谢了的季节，忽然想起曾经的约定，不禁怅然了，于是，都沉默起来。

不久，就有人打破这沉默，说："不是还有荷花吗？我们一起去看荷花岂不好？"大家眼睛一亮，像是迷途的人忽然发现了前面的路一样，情绪立即活跃，各抒己见，开始设想看荷的事情，为这不久之后的事情重新愉快起来。

某一天，经过荷塘，看荷叶已如美人手里的小团扇一般大，碧绿得耀目，上面沾着晶莹的露珠，似圆润的珠子在上面抖动着，着实可爱。想到不久即可与友人于那风清月朗之际，在池塘边赏这月下的荷，该是如何惬意的事情，心里即泛起一阵愉快的涟漪，很快就在脸上荡漾起来。掩了笑，走过荷塘，还会频频回头张望，自言自语地说：荷啊荷，等着我。

一日日地盼着，终于到了荷花盛开的时节。想起那约定，电话打过去，朋友出差的刚走，坐办公室的正忙着赶材料，当领导的最近公务缠身——就知道会这样，总是都在忙，就连我自己，也只能是抽个小空暇去看看。不过，既然错过了春天那些花开，这次，怎么也要去看看这些荷花的。

于是，我站在了池塘前。

一池的碧荷在水中亭亭，如伞张开，在风中摇曳。那些荷花，白的，粉的，羞涩地隐在荷叶间，如粉面含羞的少女，让人爱怜，忍不住向前，又怕惊动了它。这一池的荷，分明是穿了绿衣的凌波仙子啊，那粉的荷花，白的荷花，又是那另装的仙女。它们悠然在自然里，风吹，窃窃私语，雨打，轻轻摇身，风里雨里，越发清新，丽日下，娇媚明艳。我真羡慕它们，这般单纯地活在流逝的光阴里，自然洒脱，无拘无束。仿佛这个世界再繁华，再喧闹，都与它们无关，它们自顾自地生长着，美丽着。我从这荷上，忽然就悟出了点什么。

我真庆幸，我能来看这荷。我来，或不来，荷，都是一样生长。我来，这一刻，我就拥有了它们。

见到友人，说起那些荷，友人充满了遗憾。于是，我说："秋天还有桂花和菊花呀。"友人立时增了神采，又憧憬着秋的到来。

记得那年有个秋夜，我在外地，正伤感着月是故乡明，手机响了。友人说，她在老家庭院里的桂树下喝茶，月光正皎洁，于是，想到了我。挂了电话，望着窗外灯火灿烂的城市，如此陌生。一颗心，在这一刻生了翅膀，飞到友人的身边。月下的庭院，风起，微微的凉意，握了一杯茶，正小口抿着，米粒大小的桂花忽然落下，茶水起了小小涟漪，瞬间，香气袭人。这会是怎样的一种安然享受？

可是，现实里，人们往往将曾经的期待，成为一次次地错过。芸芸众生，究竟都是在为什么忙碌呢？花开，没时间去赏。有时间了，花儿却谢了。错过，失去，人生总是有那么多不凑巧，也就因此有了遗憾。一年下来，四季的花开，近在咫尺的友人竟一次也没赶得上践约，无法共享花开的美丽。

世间可看的，又何止是花儿。日出与日落，流云和霞光，繁星及明月，乃至溪水丛林，风景处处有，只是那一颗为世俗所累的心什么时候才能停歇下来？如果要等，何时才能等到？不能再等了，“偷得浮生半日闲。”哪怕只有半天的时间，我也要以最近的距离感受大自然的美妙。

于是，在这个初秋，周末一大早，我就跟先生出发了。沿宽阔的马路驱车前行，看远处的山渐近，天空越来越蓝，白云如莲花朵朵，随风悠然飘着，然后，就惊喜地看到了山坡上那一丛丛盛开的花。红色的、粉紫的、菊黄的、各色小花，一朵朵，清雅，朴素，开在湛蓝明净的天空下，开在绿草茵茵的山坡上。山坡下面，是一条常年奔流的河，河水清澈，河底的沙石和游动的小鱼清晰可见。

这是我在城市里能看到的景象吗？这些花儿与公园里的那些花儿一样吗？不，它们分明有着截然不同的风姿。城市的花花草草被人为地修饰，早已失去了自由生长的质朴之美，如同城里描眉擦红的女子．更多的，是一种制造出来的效果。而这山坡上的花草，这些开在秋天的花，经过了炽热的夏之后，如此恬静地开在湛蓝明净的天空下，像不谙世事的单纯女子，安然在人迹罕至的地方，自由自在地生长着，呈现出天然的美丽。

人在大自然面前，会恢复童心，觉出一切的可爱，想融入其中。看着眼前这一片花草，微风阵阵，花香弥漫，我情不自禁向它们走去，伸手去触摸它们，久久不想离去。先生在一边拍下这些瞬间，也因此留下了这些花儿的美丽。

看过了山坡上这些美丽的花草，我们又去了山上。山上奇峰异石，树木依然葱翠，令我最欢喜的是：不知名的小花开在草丛中，给这大山又添了些韵味。这些花再次让我感觉它们如质朴的山里女子，以素雅清丽的姿态生长在大自然。

人生光阴能有几何？短暂的生命里，许多美好一晃就消失了。花开不等人，对于美好的事物应及时去感受。夏天，我曾去看了荷花，初秋，又去看了那些小花儿。不久，菊花就要开了。采菊东篱"且向花间留晚照"，金灿灿的菊花，于萧萧秋风里盛开着，流光溢彩，朴素清雅，却是迎接寒冷季节到来的一次华丽展示。秋天过后，冬天就要来了。"冰雪林中著此身，不同桃李混芳尘。忽然一夜清香发，散作乾坤万里春。"冬日踏雪，去寻那凌寒的梅，看梅花开在冰天雪地，迎雪吐艳，以典雅高贵迎接风霜雨雪的侵袭，怒放冰清玉洁的美丽，迎接春天的到来。那时，不知友人可有空暇一同去赏花？

（2011年9月9日首发中财论坛）

周施梅，女，汉族，山东省五莲县人。自幼喜爱文学，先后在《映山红》、《日照日报》、《黄海晨刊》、《潍坊晚报》、《五台山》、《北京红十字会总刊》、《西部作家》及论坛发表散文、诗歌近二十万字。

我在弄堂口等阳光

郭玉琴

弄堂的阳光一爬上窗台，我眼前的世界便开始明朗起来。这会是一个很好的开始，在阳光的翅膀里，我的心情做了它的爬山虎。顺着它藤蔓一样地折射，反衬妩媚着我这一天的时辰。这是一个秋天，叶落果熟，绚烂收场，硕果捧在怀，年龄又在台阶的上一层仰望我走向它的从容。

下楼，我走进弄堂，和阳光一起散步。这是多久忘了需要享受的事情，恍如隔世。曾几何时，我在我日日经过的弄堂里，一直都是刻意贴着墙角边背阴的地方行走。尽管我怕冷，但我更怕闪亮的光线照出我灵魂里的卑微。拱着脊梁，我怕世界的万物看到我的憔悴和落寞，离群索居是我逃避这世界的一种无可奈何的方式，就像我在光阴的某个角落逃离过阳光一样。

我像弄堂里打野食的野猫，很少有人问津。为求温饱，我四处奔波，弄堂的进进出出成了一条我奔波在一日三餐温饱起跑线上的水渠弯弯的轨道。弄堂里有阳光，有水，有空气流动。在流年偷渡我的意识里，弄堂是陆地也是水路，它看见我一惊一喜地来过，一欢一愁地走过，一行泪一串笑地度过。阴晴圆缺，弄堂的世界照应着我在人世渺小起来的缩影。弄堂是我心底的故事。

我渴望有个归宿，可人海茫茫，至今也只有弄堂的一墙一瓦一砖一水泥石子愿意接受我。我若看天，弄堂上空就会有鸟儿鸣叫飞过，留下一阵清楚寂寥的声音，在我耳边不停地回旋。

我若俯视脚底，石子路上的咯噔咯噔的脚步声就会陪我说话，无论是高跟鞋还是跳舞的帆布鞋子，都会提醒我这个世界的每一天每一个人都在行走，没有人会为你而停下来。世界在动，地球在转，万物都没有因为弄堂有个背阴处而停下来。弄堂的天地从来和我的心一样，无论我在这里住下多少年，无论我走过多少回的曲折，不会停下来，哪怕是孤独来临，哪怕是寂寞侵袭，哪怕是风吹雷鸣，芭蕉雨萧萧敲过一夜一夜。

寒来暑往，弄堂虽小，弄堂里有春秋。走在弄堂里的孩子，每天早晨会背着书包从这里走出去。走在弄堂里的千家万户的孩子中，突然在一天早晨有一个孩子对我说，妈妈，你买牛奶要买两份，咱俩一人一份，要是钱不够，那咱就把牛奶倒出来分开，一人喝一半。曾几时，我抱着这个吮奶的孩子走在弄堂里，那年那月他不过六个月，发高烧，进进出出，一连几天我昼夜不合眼地就这样把他抱在怀里。陪他去找医生，给他看病，惊惶和泪水全抛在弄堂的这一隅天地里。从我背对弄堂墙壁的无助到在弄堂里听到光阴弹下孩子的笑声，再到聆听那一份发自肺腑的怜悯，这一切守得云开见月明的美好，苦尽甘来皆是弄堂在见证。

弄堂的烟火晨起夜落。我在嗅着烟火的弄堂里买过红薯去上班，做杂活，带孩子，遭城市的白眼，曾经一年一月节余不下一毛钱让我彻底心碎，没有一技之长的女人立身安命在这样的钢筋水泥世界里更是无望。

很多时候，站在阁楼的窗台上，我仰望外面世界的来来往往。我像一只苍蝇一样无厘头地用自己本分而又固执的希望打发弄堂外面的时光。

看到弄堂的烟火，我就想起这些年存留在我心底的爱火。我心底是有着多么爱这个世界的一把火，为着这一把火不熄灭，疾病不怕，贫穷不怕，行走夜路不怕，躲在背阴处无人关注也不怕。因为我始终相信背阴处的那一边就是阳光，阳光与我只是一堵墙的距离，推倒它我就在阳光下了，翻过那堵墙我就走进了阳光地带。就像现在晒一缕阳光，我只要穿戴整齐，走出这个屋子，下得楼来，走进弄堂的最深处去，改变贴墙走的习惯，那里就有阳光。

改变贴墙走的习惯，是我在弄堂里的六年里，经过无数次昼夜辗转的思索才确定这是一个唯一能拯救我离开背阴，让阳光照到我身上的一条可行的路。就像我许久以来，总是用潮起潮落的情绪与我不幸福的人生对峙一样。让所有激情的水飞出来，走出一片天地才有可能。

弄堂里是有阳光的，当我把生活的激情都散发出来，你看，我的案头堆满喜悦，在这个秋天属于硕果挂满枝头的季节。常常在弄堂里听到邮递员清脆地喊叫我的名字，不是递给我一份报纸杂志就是一份稿费单。我只要一听到声音，就会穿着拖鞋飞快地下楼，这时阳光会从我的脸上随我一起奔向弄堂里的那一个呼唤声。为着这一束阳光能每天向我飞奔，我会和星星一起数亮黎明，再等日落。为着这一束阳光带我彻底离开背阴，我会伏在案头把往事和未来一起错落有序地重新排列组合。为着守望这一束阳光能够永久照亮我的人生，我会认真对待每一片树叶，每一条河，每一条马路，每一个季节的脉络留给我的思考。为着这一束阳光，大地万物，宇宙无涯，都在我遥遥的祝福和感知里。为着这一束阳光，我愿意每天清理自己蒙灰的心灵，不让尘埃在我静坐书桌前落脚。我把自己的墙壁和生活的每一个角落清理，我愿意为它把自己的世界拾掇得透明澄净，我要让成熟的秋天也看见我此刻置身在弄堂阳光下的一颗终于闪烁出晶莹的心。

我在弄堂口等阳光，只要身心一起走出来，阳光就在一米前的四方天地，放眼这四方，就是世界的天涯海角，我等它到天荒地老，在弄堂口。

（2011年10月10日首发中财论坛）

郭玉琴，女，江苏淮安人，生于1980年代，中国大众文学学会会员，淮安作家协会会员，现为职业写手。文章散见于《散文百家》、《短小说》、《中国职工教育》、《辽宁青年》、《京华时报》、《合肥晚报》、《北京日报》等刊物。

看见玻璃

wzq3316

黑夜里的玻璃看上去也是黑暗的，远处的灯光就像是镶嵌在玻璃上面。玻璃似乎不知疲倦，一直睁着眼睛，看着外面的世界。那玻璃在夜里是不眠的，我知道的一些神话、传说和故事，就由玻璃讲来。

黑夜里，在微弱的光线下，站在一块玻璃前，玻璃向我透露着外面的信息。外面是昏暗的，是广大的充填其中的昏暗，而如果我关掉屋里的灯，那么外面的昏暗也就会涌进来。因为这是一块透明的玻璃，不透明的又是什么呢?

在这明与暗之间，忽然就想到了记忆与现实，现实与未来，想到生与死。玻璃在不动声色中，经历着，从生到死，看明白了你的一切。在这世界上，我无法逃脱玻璃的追索，它像是我心灵的拷问者，审判者，它无处不在，将我置在审判台上。在玻璃面前，我开始怀疑自己，怀疑自己的存在，是否我的目光出了错，怀疑自己认错人了，我看到的那个人就是我吗?想象中的自己与眼前所见的自己并不一样，并不是同一个人。对自我的认识需要玻璃，但玻璃也并不能就给你一个肯定的答复。心头的疑惑仍在。

人与人看起来是有差别的，就是不一样，但是玻璃看起来没有差别，都是一样的玻璃。玻璃不发一言，永远都是那个样子，无论我什么时候看它，它都在那儿，像是在等着我看透它。我的眼睛里就有一层玻璃，它让我能看到一个世界，看到这个世界的丰富多彩，看到我命运的曲折艰难。我在玻璃里醒着，苦着，煎熬着。但是我同时希望自己也不苦，不是煎熬，知道命运已经注定，结局不可改变，就不应该再挣扎，而是应平静地等着终点到来。

单纯的是玻璃，但玻璃所镜像的世界则是复杂多变的。我看见玻璃在照映着世界，但玻璃不会为世界留下什么，好像它就是空的，好像吹在它上面的风把有过的映像都吹走了。有一天我也变得复杂起来，就觉得对不起玻璃似的，它本来是要教给我透明的，我却让自己浑浊了。我因此常常看不清自己，看不清自己的面目，以为我所看到的那一个是假的，不真实的。

玻璃没给我带来足够的荣光，这使我在玻璃面前总是显得黯然失色，自惭形秽，像是一堆尘土，像是自己不值当的被玻璃照进去似的，是我污染了玻璃纯洁透明的形象。所以，在面对一块玻璃的时候，我也会不好意思抬头，害怕看见自己的形象。一次，我在玻璃里看见了自己的表情，很是讶异，那颓唐的面容，疲惫的神情，头发上衰老了的迹象，就是我吗？镜像逼迫着我跳出来看自己。但是我仍然不得解脱，我意识到我解脱不了。我无法将自己的身与心从玻璃里轻逸出来，因为它们在里面都太沉重了。

那天，我看见一块玻璃，上面落满了尘土和鸟粪，这是遭人遗忘的玻璃，看上去丑陋不堪。它让我想到一个人，想到一个人尘封的记忆，一旦擦去尘土，也能变得簇新。但是时光不能倒流，年老了的生命再也回不到年轻时。

玻璃就是玻璃，在玻璃上面是留不住时间，留不住光阴的，光阴在上面打滑。也留不住一个人的喜怒哀乐。玻璃没有表情，有表情的是我们。玻璃也没有感情，有感情的是我们。当我们离开这个世界，或遗忘这个世界的时候，世上的玻璃并没有离开或遗忘，任何时候玻璃里都有世界的影像。玻璃也没有死去，它还活着。

春风夏树，秋雨冬雪，季节的变化，人生的经历也在玻璃上书写着，只是你看不到罢了，时光无形的手指把它们都轻轻抹去了，就像是一笔勾销了。所以现实的我们，面对着玻璃时，就像是面对一个虚无，觉得虚无的是我们，而不是玻璃。

我在这个工厂里，看着那些玻璃，看着玻璃外面的那块天空，一年四季。我在这条路上，来来回回，几十年，从这端走到那端，又从那端走到这端。生命在四季中经历这里的每一点变化，其实我寄希望的这里没有一点变化，就像没有变化，不被刷新的我。我在这里，看到的总是自己的旧颜，工作服上落着尘土，仿佛来自四方的尘土都落进了这个工厂，落在我这儿，落在我身上。我有了一种被尘土覆盖的感觉。我不说埋葬，是因为这个词我说的太多了，在这里不想说了，还因为我现在不想死，我想到生命里的一点明亮，还想活着，就像那些玻璃一样活着。那些沉默的玻璃啊，一年年，一月月，一天天地在这里活着。

在我的内心里藏有一块玻璃，那是块清明的玻璃，明明亮亮的，为我死去了的心愿，也为我还没有死去的心愿，藏着。我愿意透过这块玻璃看到那晴朗的天空。

在一个落雨的日子，我看见一块没有遮蔽的玻璃，在风雨中，为我遮挡了风雨，它是把风和雨都挡在外面了。那个时候，我想代替玻璃，让我来承受风雨的击打。我看见我单薄的身影走在风雨中了。

看着玻璃，你的目光会自然地穿过玻璃，你能看出什么呢？如果你对外面的景物无动于衷，如果你自已心灵麻木，你又能指望玻璃带给你什么呢？有时，我感觉我的身体就像一个空壳，形如枯木，心似死灰。但是我仍然愿意这样坐着，这样安静地看着一块玻璃，什么都不想，让目光穿透玻璃，不为什么，只为在玻璃上面打发时光。

我想，世界本来是虚无的，只是因为尘土附着在了玻璃上，世界看上去才不再虚无，而世界只不过就是一些尘土。玻璃上的尘土。世界上本来也没有我们，只是玻璃把我们呼唤出来了，然后我们在玻璃中看见了自己，确认了自己，知道那就是自己。尽管有几分的无奈吧，心情上有一点灰败，但一个人是不能不接受自己的，哪怕他对自己并不满意，哪怕他生活的并不成功，充满了失望和失败的阴影。

我看见了玻璃，那明明亮亮的玻璃。不是我们创造了玻璃，是玻璃创造了我们，不是世界创造了玻璃，是玻璃创造了世界。

外面轻扬着春风中的柳丝，透过玻璃，就看见那柳丝摆动了。这一时刻，我宁愿相信，那些无形的风和有形的柳丝也是玻璃创造出来的。

关于玻璃，关于我自己，我实在不想再说什么了，我也不想再解释什么了。这些日子思考这些问题，又要上班工作，觉得累。看着玻璃，我也不再想祈求，向一块玻璃我又能祈求出什么呢？所有的目光都空空地略带一点茫然和疲惫地穿过去了，所有的往事如同岁月的风也都在无声中穿过去了。我只觉得空，身体空，心里空。我的目光一刻不停，没有在玻璃上停留，没有一个转身回顾的动作，就那样义无反顾地走了。我感觉我是被那些不断穿越的目光给遗弃在这儿了。是被一块玻璃给遗弃在这儿了，空空的，就像一具躯壳，不具任何形式的欢乐。

但是我想，我应该欢乐的，像所有在欢乐中的人一样，像所有安静的玻璃一样，它们应该都是在欢乐中的。

（2011年11月4日首发中财论坛）

---

wzq3316，本名武志强，男，山西人，生于1968年，当过铁路警察，1991年转业，现为太原铁路局职工。2003年加入山西省作家协会。有作品在《散文百家》、《散文选刊》、《山西文学》、《都市》、《阅读》、《椰城》、《岁月》、《散文世界》等报刊发表，并选入多种散文集。

图书在版编目（CIP）数据

石上柏 / 周爱武主编. —北京：文化艺术出版社，2012.6

ISBN 978-7-5039-5401-6

Ⅰ. ①石… Ⅱ. ①周… Ⅲ. ①散文集—中国—当代 Ⅳ. ①I267

中国版本图书馆CIP数据核字（2012）第117791号

石上柏

主　　编　周爱武
责任编辑　金　燕
装帧设计　姚雪媛
出版发行　文化艺术出版社
地　　址　北京市东城区东四八条52号　100700
网　　址　www.whyscbs.com
电子邮箱　whysbooks@263.net
电　　话　（010）84057666（总编室）　84057667（办公室）
　　　　　（010）84057691—84057699（发行部）
传　　真　（010）84057660（总编室）　84057670（办公室）
　　　　　（010）84057690（发行部）
经　　销　新华书店
印　　刷　国英印务有限公司
版　　次　2012 年7月第1版
印　　次　2012 年7月第1次印刷
开　　本　880×1230mm　1/32
印　　张　11.25
字　　数　250千字
书　　号　ISBN　978-7-5039-5401-6
定　　价　25.00元